Das Buch

Kontaktanzeigen. Auf diesem nicht mehr ungewöhnlichen Wege – davon ist die New Yorker Rechtsberaterin Nina Fischman fest überzeugt – hat ihre Freundin Susan nicht nur zahlreiche attraktive und unattraktive Männer, sondern auch ihren Mörder kennengelernt. Der Detektiv von der Mordkommission teilt ihre Auffassung, und weil er so außerordentlich sympathisch ist und sie so nett darum bittet, läßt Nina sich überreden, am Kontaktanzeigen-Roulette teilzunehmen: Sie wird der Köder für den Killer! Ein witziger Thriller mit vielen Details aus dem erregenden Leben der »Singles«.

Die Autorin

Marissa Piesman ist Rechtsanwältin in New York und Co-Autorin des ›Yuppie Handbook‹. ›Kontaktanzeigen‹ ist ihr zweiter Krimi.

Marissa Piesman:
Kontaktanzeigen
Kriminalroman

Deutsch von Angelika Felenda

Deutscher
Taschenbuch
Verlag

dtv

Deutsche Erstausgabe
April 1993
Deutscher Taschenbuch Verlag GmbH & Co. KG,
München

Titel der amerikanischen Originalausgabe:
›Personal Effects‹

Umschlagtypographie: Celestino Piatti
Umschlagbild: Rotraut Susanne Berner
Gesamtherstellung: C. H. Beck'sche Buchdruckerei,
Nördlingen
Printed in Germany · ISBN 3-423-11682-X

1

»Ausreißer«, sagte Susan. »Ist dir dieser soziologische Begriff geläufig?«

»Ich glaube nicht«, antwortete Nina.

»Typen dieser Sorte hast du massenweise getroffen, dir ist bloß nicht aufgegangen, was sie in Wirklichkeit sind. Jetzt hast du die perfekte wissenschaftliche Methode, um sie einzuordnen.«

»Laß hören.«

»Sobald ich aus der Dusche komme«, sagte Susan, hängte ihr Handtuch auf und stieg in die Kabine.

Susan Gold und Nina Fischman befanden sich im Umkleideraum ihres nicht sonderlich luxuriösen Fitness-Studios. In der High-School waren sie eng befreundet gewesen, und während der vergangenen zwanzig Jahre hatten sie alles darangesetzt, die Verbindung nicht abreißen zu lassen, selbst dann nicht, wenn sie an verschiedenen Küsten oder gar auf unterschiedlichen Kontinenten wohnten. Aber seit Susan endgültig wieder nach New York zurückgekehrt war, schien ihre Beziehung hauptsächlich aus gemeinsamen Gymnastikstunden zu bestehen. Obwohl sie sich kaum je in Straßenkleidung sahen, kamen sie oft genug hierher, um eng befreundet zu bleiben.

Nina steckte sich die Ohrringe an. In der zehnten Klasse hatten sie sich gemeinsam Ohrlöcher stechen lassen und während der ganzen Schulzeit eine Sammlung von Ohrringen geteilt – bis zu dem Zeitpunkt, als Susan, kurz vor dem Examen, eine teure mexikanische Silberarbeit verlor und die Freundinnen sich nach längerer Diskussion entschlossen, den Gemeinschaftsbesitz aufzulösen.

Nina ließ sich auf einer Bank nieder und wartete auf Susan. Sie war es gewöhnt, auf sie zu warten. Zwanzig Jahre hatte sie das getan. An Straßenecken, in Cafés, im Geschenkladen des Metropolitan Museums, vor vielen, inzwischen geschlossenen Kinos, im hinteren Teil der High-School-Cafeteria in der Bronx. Und jetzt war es eben eine Bank in einem leicht schäbigen, aber preiswerten Aerobic-Studio an der Upper West Side.

Susan trat aus der Dusche, und Nina sah ihr beim Abtrocknen zu. Es war erstaunlich, wie wenig Susans Körper sich seit der Schulzeit verändert hatte. Es war im Grunde immer noch ein fast kindlicher Körper, lang und dünn, nur mit einer Andeutung von Brüsten und Taille. Nina dagegen hatte ihr Leben damit verbracht, ihren Körper anschwellen zu sehen, und sich langsam dem unentrinnbaren Gesetz der Schwerkraft ergeben. Sie hatte es nicht leicht, mit ihren drahtverstärkten Büstenhaltern und dem Talkum Puder, den sie im Sommer an den Stellen auftrug, an denen die Körperteile aneinanderrieben. Susans Körperteile schienen sich nie zu berühren. Susan war eine Bohnenstange, Nina eine Birne. Beides immer noch besser als ein Fliegenpilz, dachte Nina, worunter sie hühnerbrüstige Körper ohne Hüften mit dünnen Streichholzbeinen verstand. Obwohl diese Art von Frauen durchaus etwas aus sich machen konnten, wenn sie große, lose Oberteile, kurze Röcke und hohe Absätze trugen.

Für Nina lagen kurze Röcke außerhalb des Denkbaren. Jahrelang waren Minis out und sie mußte sich wegen ihnen keine Gedanken machen und fand es entsetzlich ärgerlich, daß sie mit solcher Macht zurückgekehrt waren. Dennoch versuchte sie, es nicht persönlich zu nehmen.

Susan schmierte sich die Beine mit Babyöl ein. »Ein Ausreißer«, sagte sie während dieser Prozedur, »ist ein Begriff aus der Statistik; er bezeichnet jemanden, der innerhalb einer Gruppe von Mittelwerten eine extreme Position einnimmt. Den Begriff habe ich diese Woche in meinem Statistikkurs gelernt. Ich fand ihn eigentlich ganz hilfreich.«

»In welcher Hinsicht hilfreich?«

»Um all die Männer zu beschreiben, mit denen ich

mein Leben verschwendet habe. Er ist emotional neutraler als der Begriff ›Abnormaler‹.«

»Oder Irrer, Ausgeklinkter und Versager«, fügte Nina hinzu.

»An deiner Stelle würde ich mich vorsehen. Du wirst ja gewöhnlich auch nicht gerade von Robert Redford ausgeführt.« Susan hatte recht. Sie hatten beide mehr als den unvermeidlichen Prozentsatz von diesen Hängertypen abgekriegt.

»Wie ist dieser Statistikkurs? Erträglich?« Nina hatte als Erstsemester Statistik belegt, ihre Vorstellungen davon waren aber nur noch verschwommen. Der Kurs hatte um elf stattgefunden, aber damals kam man schwer aus den Federn. Heutzutage war Nina natürlich um sieben auf den Beinen, um acht in der Reinigung und um halb zehn bereit für ihre Termine bei der Kammer für Mietsachen.

»Der Kurs ist furchtbar und langweilig«, sagte Susan.

»Was hast du erwartet?«

»Ich weiß nicht.« Susan war psychiatrische Krankenschwester. Zumindest im Moment. Nach dem College war Susan Küchenchefin in einem makrobiotischen Restaurant gewesen, dann Muschelkettenauffädlerin, Sambalehrerin und Kindergärtnerin. Während der Muschelkettenphase beschloß sie eine Schwesternausbildung zu machen, ihr Diplom stammte daher von der Universität Hawaii. Nach den verschiedensten Jobs als Krankenschwester war sie nun auf der psychiatrischen Station einer Klinik in Manhattan gelandet. Die Arbeit in der Psychiatrie gefiel ihr. Sie gefiel ihr so gut, daß sie wieder aufs College ging, um ein Diplom in psychiatrischer Krankenpflege zu erwerben. Damit könnte sie nebenbei eine psychotherapeutische Praxis betreiben.

Nina fragte sich, ob Susan das wirklich durchziehen würde. Denn abgebrochene Unternehmungen waren eine Spezialität ihrer Freundin. Aber trotz ihrer Zweifel war Nina ein bißchen neidisch. Psychotherapeutin zu sein erschien ihr als ein Luxus. Nina war Anwältin und vertrat ältere, mittellose Menschen innerhalb eines von der Regierung finanzierten Programms. Den ganzen Tag mußte sie sich die Probleme von Leuten anhören und dann tatsächlich auch noch etwas tun: mit dem Hausbesitzer streiten, die Sozialfürsorge oder die Inkassoabteilung anrufen, eben alles regeln. Sie hätte nichts dagegen gehabt, dafür bezahlt zu werden, in einem Büro zu sitzen und zu fragen: »Wie fühlen Sie sich dabei?« Und am Ende der Sitzung zu versprechen: »Darüber reden wir nächste Woche ausführlicher«, anstatt: »Ich laufe jetzt gleich ins Gericht rüber und hole mir eine einstweilige Verfügung.«

Außerdem haben Psychotherapeutinnen normalerweise Hosen an. Hosen waren bei ihrem Problem mit den Rocksäumen die einfachste Lösung.

Nina war tatsächlich auf jeden ein bißchen eifersüchtig, der nicht Jura studiert hatte, besonders allerdings auf Susan, die sich ihre Arbeit nach dem Gesichtspunkt ausgewählt hatte, daß sie nach einwöchiger Kündigungszeit hinziehen konnte, wo sie wollte. Für Nina bedeutete ihr Juradiplom, für immer in New York angekettet zu sein. Der Gedanke, ein zweites Examen für die Zulassung außerhalb New Yorks zu machen, war lähmend. Und all die Jahre, wenn sie an ihrem Geburtstag von Susans jeweiligem Aufenthaltsort eine Glückwunschkarte und irgendeine kunsthandwerkliche Arbeit bekam, verfluchte sie den Tag, an dem sie eingewilligt hatte, aus reiner Neugier den Jura-Eignungstest zu machen.

Susan lebte seit ungefähr einem Jahr wieder in New York. Sie war zurückgekommen, weil sie so schnell wie möglich heiraten wollte. Ein Bräutigam existierte zwar noch nicht, aber mit fast fünfunddreißig hatte sie keine Lust mehr, mit diesen irren Typen auszugehen. Sie wünschte sich Stabilität. Einen Mann in einem Anzug. Und in New York gab es mehr Männer in Anzügen als sonst irgendwo. Was Susan zu diesem Zeitpunkt noch nicht festgestellt hatte und was Nina ihr klarzumachen suchte, war, daß ein Irrer sich genauso leicht in einen Anzug wie in eine Latzhose oder einen Tangaslip werfen kann.

»Ich glaube, ich habe mir die Kurse nicht so langweilig und schrecklich vorgestellt«, sagte Susan. »Meine Fähigkeiten als Therapeutin werden da sicherlich nicht honoriert.«

»Meiner Ansicht nach wird auch gar nicht beabsichtigt, in den unteren Semestern etwas zu lehren, was man wirklich brauchen kann. Es ist einfach eine Qual, die man auszustehen hat, um sicherzustellen, daß man nicht sein ganzes Leben an der Seite von unterbelichteten Leuten arbeiten muß.«

Susan frottierte ihr streichholzkurzes Haar. Nina vertrat die Theorie, daß man jeden Zentimeter, der an den Hüften zu viel war, bei der Haarlänge dazugeben mußte. Daher pflegte sie natürlich ihre Haarpracht, obwohl sie bei der Gymnastik und im Sommer in unklimatisierten U-Bahnzügen lästig war. Nina zupfte Fussel von ihrem langen, schwarzen Rock, während sie ihrer Freundin beim Ankleiden zusah. Susan zog einen übergroßen roten Pullover und schwarze Lycra-Leggings an. Keine Hosen! Sie gehörte zu den Frauen, die keine Hosen tragen mußten. »Wo gehst du hin?« fragte Nina.

Susan holte ein Schminktäschchen aus ihrem großen guatemaltekischen Einkaufsbeutel. »Eigentlich bin ich völlig groggy, aber um halb neun treffe ich einen Cellospieler«, seufzte sie und brachte mit einem winzigen Kamm ihre Augenbrauen in Form. Eines der auffälligsten Dinge an Susan waren die dramatisch-schwarzen Augenbrauen, für deren Betonung sie sich eine Menge Zeit nahm. Natürlich waren das die gleichen Augenbrauen, die sie jahrelang fast völlig ausgezupft hatte. Kämmen war weniger barbarisch als auszupfen. Daß weibliche Augenbrauen inzwischen gesellschaftliche Anerkennung gefunden hatten, war Brooke Shields hauptsächlicher Beitrag zur Kultur gewesen.

»Einen Cellospieler? Ich dachte, du suchst einen Mann im Anzug.«

»Er ist ein fest angestellter Cellospieler. Bei den Philharmonikern.«

»Ein Mann im Frack. Ich schätze, das zählt wie ein Anzug. Wo hast du denn den aufgetan? Durch eine Anzeige?« Susan liefen überall Männer über den Weg: bei irgendwelchen Treffs, in ihrem Wanderclub, mitten auf der Straße. Aber eine besondere Schwäche hatte sie für Kontaktanzeigen. Das war effizienter. Das häusliche Aussortieren der Briefe war wie ein Rendezvous, bei dem man sich mit der anderen Person nicht wirklich abzugeben brauchte. Und mit denen, die sie aussortierte, ging sie großzügig um: Die Interessanten darunter mußte Nina anrufen. Aber Nina tat dies nur widerstrebend. Da Susan sich als besseres Topmodel beschrieben hatte, kam sie sich dabei wie eine Mogelpackung vor.

»Ja, durch eine Anzeige. Er hat eine aufgegeben. Ich habe geantwortet, obwohl ich glaube, daß er höchstwahrscheinlich verheiratet ist.«

»Hast du ihn schon einmal getroffen?«

»Nein, wir sind in der ersten Runde.«

»Na dann, viel Glück. Ich für meinen Teil gehe nach Hause.«

Diesen Luxus erlaubte sich Nina in letzter Zeit häufig. Auf dem romantischen Sektor hatte sie dieses Jahr mit harten Bandagen gekämpft, und es sah so aus, als müßte sie sich nun für einige Runden auf der Reservebank erholen. Natürlich redete sie ab und zu mit einem Typen und ertappte sich plötzlich bei hemmungslosen Flirtereien, bei Phantasien, wie er auf ihr lag und sie um den Verstand vögelte. Aber die meiste Zeit war sie froh, nach Hause zu kommen, wo nichts Anspruchsvolleres auf dem Programm stand als das Waschen ihrer Strumpfhosen. Susan war immer noch mit ihren Augenbrauen beschäftigt. Auf sie zu warten hatte keinen Sinn. Nina bepackte sich mit ihrer Tasche, dem Gymnastikbeutel, der Aktentasche und ihrer Duane-Reade-Einkaufstasche. Die verschiedenen Lasten verteilte sie so, daß alles im Gleichgewicht war. Dann stieg sie langsam die Treppe zur Straße hinunter.

»Ich bin überfällig«, sagte Susan.

»Wie immer«, sagte Nina mit der seit zwanzig Jahren erprobten Mischung aus Zuneigung und Ablehnung. »Weswegen denn diesmal?«

Nina war selbst ziemlich in Zeitdruck. Ausgerechnet an ihrem Therapie-Abend war sie im Büro aufgehalten worden, als auch noch das Telefon klingelte. Es war Susan, und der Gedanke, nach einem Taxi rennen zu müssen, um zur Sieben-Uhr-Sitzung zurechtzukommen, versetzte sie in schlechte Laune. Sie gab ihr Geld lieber für interessante Erfahrungen als für rein materielle Dinge aus, und Taxifahrten gehörten jedenfalls nicht zu der Sorte von Abenteuern, für die sie gern bezahlte. Eine Woche in Tassajara, ein Abonnement für einen Rangsitz im Square Repertory Theatre oder ein Teller Calamari bei Dominic's kamen der Sache schon näher. Und Therapie natürlich. Die höchste Erfahrungsebene.

Es gab auch eine Kategorie von Dingen, die schwieriger einzuordnen waren – ein neuer Haarschnitt in der Madison Avenue etwa. Gehörte der zum Erfahrungsbereich oder zum Materiellen? Sowohl als auch oder weder noch. Wie auch immer, es fiel Nina leichter, eine Menge Geld für den Friseur auszugeben als die Börse für eine Sechs-Dollar-Strumpfhose, zusammenpassende Handtücher oder eine Vuarnet-Sonnenbrille zu zücken.

»Ach du hast mich nicht verstanden«, sagte Susan. »Ich bin über die Zeit. Verstehst du, meine Periode ist überfällig.«

Dieses Thema kannte Nina bereits. Ihr war klar, daß es mit ziemlicher Sicherheit auf ein Taxi hinauslief. Wie konnte man es verantworten, seine älteste Freundin, die möglicherweise schwanger war, sich selbst zu überlassen, nur um sechs Dollar zu sparen? Andererseits zeigte Susans Monatszyklus die gleichen fehlerhaften Tendenzen wie ihre innere Uhr: Verabredungen gegenüber verhielt sie sich auf eine Weise, als hätte sie zwei Zeitzonen zur Auswahl. Wie die Dinge standen, würde sich das Problem innerhalb der nächsten zweiundsiebzig Stunden ohnehin nicht lösen lassen, und die sechs Dollar wären nutzlos zum Fenster rausgeschmissen. Man mußte sie eben auf dem Konto für Menschenfreundlichkeit abbuchen.

»Seit wann?« fragte Nina und untersuchte, ob ihr Portemonnaie genug Geld für ein Taxi enthielt. Sie fand einen Zehner, lehnte sich in ihrem Schreibtischsessel zurück und widmete sich ganz dem altvertrauten Gespräch.

»Drei Tage.« Drei Tage waren weit unter Susans gewöhnlichen Zyklusschwankungen. Normalerweise geriet sie erst nach einer Woche in Panik. Daß sie sich in solche Angst hineinsteigerte, mußte einen anderen Grund haben. Denn aus heiterem Himmel bekam man keine Angst. Nina wußte Bescheid. Gewöhnlich ging die Angst, die einen schließlich durchdrehen ließ, mit irgendeinem anderen Gefühl einher.

Genaugenommen gab es zwei Arten von Angst. Die wirklich schlimme Variante, diejenige, die einen wirklich in Schwierigkeiten bringen konnte und die man mit aller Kraft unterdrücken mußte, kündigte sich mit Hyperventilation und Herzjagen an. Diese Form war selten. Manchmal überfiel sie einen unter der Dusche, am Tag vor dem Geburtstag, oder im Lincoln Tunnel im Verkehrsstau.

Und dann gab es noch eine andere Art: Sie verströmte einen Anflug von Wohlbehagen und Spannung. Man wußte, wenn man sich ihr ein wenig hingab, stieß man auf etwas wirklich Interessantes, und obwohl das Ganze beileibe nicht vergnüglich war, fühlte man sich dennoch stimuliert. Die Nase begann zu zucken wie bei einem Hasen und die Augen waren so weit aufgerissen wie bei einer Eule um Mitternacht. Die Hand griff automatisch nach dem Hörer und man wählte eine bekannte Nummer – und los ging es: Alles wurde von mindestens siebenundzwanzig verschiedenen Blickwinkeln aus betrachtet, und jeder Satz begann mit einem »aber«.

Wenn man Glück hatte, saß die Person, die man anrief, gerade hinter einer geschlossenen Bürotür oder konnte sich mit der TV-Fernbedienung in der Hand voll auf einen einlassen und einen eine dreiviertel Stunde mit Sätzen wie »glaubst du wirklich?« bedienen.

An diesem Abend hatte sich Susan eindeutig in das Thema Mutterschaft verbissen. Daß sich ihre Periode drei Tage verspätet hatte war bloß eine Ausrede und leitete nur eine Konversation zwischen engen Freundinnen ein. Und Nina hatte bekanntermaßen ein offenes Ohr. Auf diese Weise hatten die beiden Freundinnen über die Jahre hinweg eine Menge Zeit am Telefon verbracht.

Nina reagierte auf die Vorgabe wie üblich; sie versuchte zu entscheiden, ob es sich um ein ernsthaftes Spiel handelte oder nicht. »Drei Tage sind nicht besonders lang«, sagte sie. »Es muß nicht unbedingt etwas bedeuten. Ich meine, du bist doch schon oft drei Tage über der Zeit gewesen, oder?«

Susan klang ernst. »Ich weiß«, sagte sie. »Aber diesmal ist es irgendwie anders.« Gab es wirklich verläßliche Anzeichen? Es schien zwei Denkrichtungen zu geben. Einige Frauen behaupteten, prämenstruelle Symptome glichen Schwangerschaftssymptomen aufs Haar, denn bis zur Menstruation glaube der Körper, er sei schwanger und mache es unmöglich, einen Unterschied festzustellen. Andere wiederum sagten, sie spürten es sofort. Einige schworen, sie wüßten es auf der Stelle und am nächsten Tag setze sofort die morgendliche Übelkeit ein. Manche sagten, am einundzwanzigsten Tag ihres Zyklus schmerzten ihre Brüste oder blaue Venen träten hervor, sie bekämen Verstopfung oder würden nach dem Mittagessen von Schlaf überfallen. »Ich weiß es«, sagte Susan mit einer Überzeugung, die Nina klarmachte, daß sie nicht so schnell vom Telefon loskommen würde.

Nina drehte sich mit ihrem Stuhl herum, so daß sie die Beine auf den Papierkorb legen konnte und lehnte sich wieder zurück.

»Und woher weißt du es?« fragte sie anteilnehmend.

»Ein Ziehen in den Brustwarzen«, lautete die Antwort. »Du weißt, ich habe das schon einmal durchgemacht.« Das galt für beide. Es waren wider Erwarten gar nicht so häufig die unerfahrenen Jungfrauen. Dafür gab es in jüngster Zeit diesbezüglich erstaunliche historische Enthüllungen: nämlich daß in der ganzen Lower Eastside unter Susans und Ninas Großmüttern und Großtanten Abtreibung ein verbreitetes Mittel war; daß dieselben Frauen, die stoisch auf der Empore saßen, während sich ihre besseren Hälften unten in der jüdisch-orthodoxen Gemeinde religiösen Übungen hingaben, sich heimlich und regelmäßig zu Hintertreppen-Abtreibungen davongestohlen hatten.

Trotz solcher entlastender Enthüllungen war dieser bestimmte Schmerz geblieben. Es war wie eine verheilte Wunde an einem Teil des Körpers, den man nicht oft zu sehen bekam und an den man selten dachte. Aber dann und wann sah man ihn, und die Erinnerungen kehrten wie eine Sturzflut wieder zurück.

»Ich glaube nicht, daß ich das noch einmal durchstehe«, sagte Susan. »Das letzte Mal war ziemlich schlimm.«

»Du könntest einen Illustrierten-Artikel schreiben. Abtreibung nach dem fünfunddreißigsten Lebensjahr.«

Ninas Versuch, die Unterhaltung aufzulockern, schlug fehl. »Ich war letztes Mal schon kurz davor, es nicht zu machen«, fuhr Susan fort. »Als ich jünger war, hatte ich die Vorstellung, einfach zu warten, bis alles wieder in Ordnung war. Du weißt, was ich meine.«

Nina wußte Bescheid. »Natürlich«, sagte sie.

»Der Gedanke ewiger Kinderlosigkeit war mir fremd.«

»Mir auch«, sagte Nina. Doch das war nicht ganz richtig. Beständig hatten sie alarmierende Gedanken durchzuckt – auch in jüngerem Alter – daß daran irgendwie kein Weg vorbeiführte.

»Aber was hätte ich mit einem Kind anfangen sollen? Dabei war ich damals noch in Kalifornien, wo es zumindest sozial kein Problem gewesen wäre.«

»Ja, in New York gibt es nur zwei Möglichkeiten, eine unverheiratete Mutter zu sein. Entweder ist man Filmstar, oder man lebt von der Fürsorge. Nur Leute wie Glenn Close ziehen das durch. Und selbst die hat irgend jemanden im Hintergrund, glaube ich.«

»Wenn ich es also nicht geschafft habe, als ich in einem Haus mit einem Obstbaum im Hinterhof wohnte, mit einem alternativen jüdischen Kindergarten ein paar Straßen weiter, – wie zum Teufel kann ich dann daran denken, wenn ich ganztags arbeite, abends zur Schule gehe und neunhundert Dollar für ein Apartment im Monat zahle, das so klein ist, daß ich nicht einmal eine Katze halten kann? Ich meine, wenn ich keinen Platz für ein Katzenklo habe, wo sollte ich um Himmels willen eine Wiege hinstellen?«

»Wie ist denn die Lage? Ich meine hinsichtlich der Aufteilung der elterlichen Pflichten.« Nina versuchte, die Frage so unbestimmt und zurückhaltend wie möglich zu stellen.

»Unklar«, sagte Susan. »Wie immer.«

Nina wußte nicht, ob Susan damit die väterliche Identität oder die allfällige Anteilnahme meinte. Da sie vor einem allzu intensiven Kreuzverhör zurückschreckte, ließ sie das Thema fallen. Was brachte es schon? Unklar hieß unklar.

»Manchmal denke ich, ich sollte es einfach durchstehen«, fuhr Susan fort. »Aber die Unwiderruflichkeit ist einfach überwältigend.« Damit ließ sich nichts vergleichen. Susan hatte ihr Leben damit verbracht, verschiedene Berufe, Beziehungen, Wohnorte und Haarfarben auszuprobieren. Unwiderruflichkeit war ganz sicher nicht die Sache, bei der sie sich wohl fühlte. Nina empfand bis zu einem gewissen Grad genauso. Seit sie ihre Jungfernschaft verloren hatte, konnte sie sich nicht erinnern, eine wirklich unwiderrufliche Entscheidung getroffen zu haben. »Ich habe Angst, daß es nicht besonders gut gehen würde«, sagte Susan.

Darüber machte sich Nina keine Sorgen. Daß etwas gutgehen würde, bezog sich auf einen so langen Zeitraum, daß sie noch nicht einmal daran zu denken wagte. Worüber sie sich aber sehr wohl Sorgen machte, das war unterzugehen. Sich wirklich zu verlieren. Daß sie anstelle einer lediglich interessanten wöchentlichen Psychotherapie-Sitzung einen richtigen Psychiater nötig hätte, von einer Verpflichtung in die andere taumeln würde und Beruhigungspillen einwerfen müßte.

»Es lohnt sich«, versicherten beharrlich die alleinerziehenden Mütter ihres Bekanntenkreises, während sie bei Verabredungen einschliefen und dafür im wachen Zustand zweimal so laut und schnell redeten wie normale Menschen; und immer schienen sie sich in die Finger zu schneiden, wenn sie verzweifelt versuchten, sich und ihre Sprößlinge mit frischen Lebensmitteln zu versorgen.

»Vielleicht kannst du morgen das Ganze als hypothetisch abhaken«, sagte Nina. Susan wußte, das war das Signal, daß Nina gehen mußte.

»Das bezweifle ich«, erwiderte Susan gereizt. Sie war nicht bereit, die Unterhaltung zu beenden, aber Nina blieb fest. Eine therapeutische Sitzung und eine Gerichtsverhandlung waren die Dinge, bei denen man sich nicht verspäten durfte.

»Halt mich auf dem laufenden«, sagte sie und hängte ein.

3

»Wie findest du die?« Susan hielt sich ein paar Elfenbeinohrringe ans Ohr. Sie hatten die Form fauchender Hexenkatzen.

»Sie sind toll«, sagte Nina.

»Möchtest du sie anprobieren?«

»Ich suche eigentlich etwas weniger Auffälliges.«

»Du bist eine Langweilerin.«

»Susan, ich verbringe den Hauptteil meines Lebens im Gericht. Das letzte, was mir fehlt, sind ein Paar gruselige Monsterkatzen an den Ohren. Meine Arbeit als Anwältin ist schon tückisch genug.« Die Freundinnen befanden sich auf einem Wochenend-Flohmarkt auf der Upper West Side. Sie gingen einer Lieblingsbeschäftigung nach, die sie seit zwanzig Jahren, wenn auch mit einigen Unterbrechungen, immer wieder aufgegriffen hatten – Ohrringe einkaufen. Neben den gemeinsamen Gymnastikstunden hielt sie auch dieses Ritual zusammen, trotz der vorangegangenen Verstimmung.

»Wie läuft die Arbeit so?« fragte Susan.

»Wunderbar. Ich hatte letzte Woche einen Neuzugang. Die Klientin wollte ein Testament aufsetzen und ihr ganzes Geld ihren Topfpflanzen hinterlassen.«

»Was hast du dann gemacht?«

»Sie dazu überredet, den New Yorker Botanischen Garten als Begünstigten zu benennen.«

»Ich glaube, du triffst in deinem Büro mehr Irre als ich auf meiner Station.«

»Vermutlich.«

Susan legte die Elfenbeinkatzen zurück. »Du würdest mir also nicht empfehlen, meinen Statistikkurs aufzugeben und statt dessen Jura zu studieren?«

»Machst du Witze? Von allen Berufsgruppen sind die Juristen am meisten von ihrer Arbeit enttäuscht. Die Statistiken sind erschütternd. Kürzlich war in der ›Times‹ ein Artikel über diese Frau, die Seminare für Juristen abhält, die ihren Beruf wechseln wollen. Sie sagte, die meisten ihrer Studenten hätten den Eindruck, die Arbeit als Anwalt sei so, als wäre man in einem Alptraum gefangen. Man möchte aufwachen, aber man braucht den Schlaf.«

»So geht es mir mit Arbeit überhaupt.«

»Glaube mir, du würdest einen Job im juristischen Bereich als zu große Einschränkung empfinden. Du müßtest deine gesamte Ohrringkollektion wegpacken und Sachen wie diese tragen.« Nina zeigte auf ein Paar kleiner goldener Knöpfe.

»Willst du damit sagen, ein Mensch sollte seinen Beruf analog zu seinem ästhetischen Empfinden auswählen? Findest du, die Aufnahmekommissionen der juristischen Fakultät sollten statt der Abschlußnoten den Inhalt der Schmuckschatullen prüfen?«

»In deinem Fall müßten sie deren Inhalt gar nicht anschauen. Sie wüßten schon beim Anblick der Schatulle Bescheid.« Susan bewahrte ihre Ohrringkollektion in einer antiken Zinnschachtel auf, auf deren Deckel sich viktorianische Erotikminiaturen befanden. Ninas Ohrringe lagerten in übereinander gestapelten Eiswürfeltabletts. »Hast du übrigens deine Periode bekommen?«

»Ach das.« Susan sah aus, als wollte sie gleich losheulen. »Es ist noch unklar«, sagte sie und verzog den Mund auf eine Art, die Nina bedeutete, sie solle das Thema besser wechseln.

»Wie war der Cellospieler, den du nach der Gymnastik getroffen hast? Irgendwie aussichtsreich?«

»Reizend, aber mit Sicherheit verheiratet. Er sucht eine, die er zwischen zwei Nachmittagsproben vernaschen kann. Wenn ich nachts arbeiten würde, hätte ich es in Erwägung gezogen, aber bei meiner jetzigen Arbeitszeit würde es nicht hinhauen.«

»Ich dachte, du wolltest dich nach einem Ehemann umsehen. Einem eigenen, keinem fremden.«

»Ich weiß, aber er hatte dieses herrliche Apartment am Central Park mit Marmorkaminen.«

»Wo war seine Frau?«

»Sie spielte gerade irgendwo in der Stadt Viola.«

»Du läßt dich von deinen Heiratsplänen zu leicht abbringen«, sagte Nina. »Ich dachte, du würdest es ernst meinen.«

»Ich weiß. Kaum sehe ich ein paar Marmorkamine, schon treibt es mich in eine ganz andere Richtung.«

»Also nehme ich an, du hast schließlich deine Periode bekommen, oder?«

Susan wandte sich dem Tisch mit den Ohrringen zu und murmelte über die Schulter: »Ich denke schon.« Sie gab deutlich zu verstehen, daß sie nicht näher auf dieses Thema eingehen wollte.

»Komm, laß uns einen Apfelwein trinken.« Nina genoß herbstliche Bräuche, denn es war die einzige Jahreszeit, in der es Sinn machte, im Nordosten zu leben. Sie gingen an dem Händler mit den Teppichen und der Dame mit den Samthüten vorbei und blieben vor dem Tisch mit dem Apfelwein stehen. Nina erwog, einen Krug Ahornsirup oder ein Glas Birnenbutter zu kaufen, hielt sich aber zurück. Warum sollte sie so tun, als lebte sie inmitten einer großen, fröhlichen Familie, die herzhaft-ländliche Frühstücke konsumierte. Sie lebte allein, und am Ende würde sie wahrscheinlich den Ahornsirup nachts auf kaltes Müsli gießen oder die Birnenbutter darüber schmieren und sich schuldig fühlen. Sie beschränkte sich auf ein Glas heißen Apfelwein.

»Ich habe die Hoffnung nicht aufgegeben, weißt du.« Susan starrte in ihren Wein. »Ich habe gerade eine vielversprechende Sache am laufen.«

»Jemand, von dem du mir erzählt hast?«

»Nein, ich habe ihn nicht erwähnt.«

»Warum nicht?«

»Ich weiß nicht.«

»Möchtest du jetzt darüber sprechen? Oder möchtest du wieder über Ohrringe reden?«

Susan lächelte schwach. »Nächstes Wochenende fahre ich mit ihm weg. Das ist alles, was ich dazu sage.«

»Wohin?«

»Zum Wandern.«

»Ach, ein Wanderer. Nicht allzu vertrottelt?« Susan war immer gern auf Wanderungen gegangen, beklagte sich aber, daß sämtliche New Yorker Männer, die wanderten, Trottel waren. Die Art von Männern, die immer noch das gleiche schwarze Brillengestell trugen wie in der Oberschule. Und daß all die nicht-trotteligen Männer auf dem Stairmaster trainierten.

»Überhaupt nicht. Guter Haarschnitt, gut gebaut, gute Klamotten.«

»Kein schwarzes Brillengestell?«

»Kontaktlinsen.«

»Warte mal.« Nina runzelte die Stirn. »Guter Haarschnitt, gut gebaut, gute Garderobe und Kontaktlinsen. Bist du sicher, daß er nicht schwul ist?«

»Ist er nicht.«

»Wie kannst du so sicher sein?«

»Mach dir keine Sorgen, ich bin mir sicher.«

Nina mußte lachen. »Wie du dir bei diesem brasilianischen Typen aus deiner Sambagruppe sicher warst? Oder dem Illustrator in Taos?«

»O bitte. Das ist Jahre her.« Tatsächlich war es seither schlimmer geworden. Eine Menge Männer schienen mittlerweile beschlossen zu haben, daß sie mit ihrer bisherigen sexuellen Orientierung falsch lagen, und versuchten, sich neu zu orientieren. Es war schwer zu sagen, aber dann und wann traten die hinter den Übermalungen versteckten Umrisse plötzlich hervor. Homosexuelles »Pentimento«. Irgendein Typ, der von seinem langweiligen Bankjob ganz gefesselt zu sein schien, entpuppte sich plötzlich als Besitzer eines Opernabonnements oder kaufte plötzlich eine antike Lampe aus rosa Milchglas. Und man wunderte sich. Nina war diesem Problem nicht häufig ausgesetzt. Sie war nicht die Sorte Frau, die schwule Männer anziehend fanden. Aber Susan mit ihrem knabenhaften Körper und ihrem ausgeprägten Gefühl für Ästhetik konnte davon Geschichten erzählen.

»Wo hast du den Typen getroffen?« fragte Nina.

»Laß uns das Thema beenden. Ich möchte die Sache nicht beschreien.« Susan warf den Styroporbecher weg und griff nach einem schwarzen Sweatshirt, das über und über mit einem Jackson-Pollock-Farbspritzmuster bedeckt war. Sie hielt es sich vor die Brust. »Wie findest du das?«

»Paßt zu dir.«

»Und wie steht es mit dir?«

»Nichts für mich«, sagte Nina. »Zu entropisch.«

»Was soll denn das heißen?«

»Irgendwie zu ausgedehnt das Muster.«

»Oh je, was ist aus der Nina Fischman geworden, mit der ich in die High School ging? Die Lederbänder in ihr Haar flocht und lila Strumpfhosen zu roten Steptanzschuhen trug?«

»Mein heutiges Leben erfordert einfach zurückhaltende kleine Perlclips in meinen Ohren.«

»Wenn das alles wäre, aber du hast ja auch sonst keinen Saft und keine Kraft mehr. Alles, was du heutzutage tust, ist nach Hause gehen und zuzusehen, daß du mit den letzten Ausgaben des ›New Yorker‹ nachkommst.«

»Ich weiß nicht, was ich sagen soll. Um lilafarbene Sachen anzuziehen und mit seltsamen Männern auszugehen, fühle ich mich in letzter Zeit zu verletzlich.«

»Du machst dich alt, Nina. Vor der Zeit.«

»Ich denke, es gibt schlimmere Dinge, als alt zu werden.«

»Und das wäre?« fragte Susan.

»Ich weiß nicht. Nicht alt zu werden, glaube ich.«

»Weißt du, ich ändere die Diagnose, die ich über dich aufgestellt habe. Ich hatte bei dir bisher eine nette, akzeptable Angstneurose diagnostiziert, wie sie jeder hat, den ich kenne. Aber du entwickelst diesen mürrischen Zug, den ich nicht mag, immer mehr. Ich würde sagen, daß du dich allmählich auf eine dysthymische Störung zubewegst.«

»Was heißt das?«

»Depression, um es offen zu sagen.«

»Susan, bitte verschone mich. Ich bezahle jemanden für dieses Zeug.«

»Und was meint deine Therapeutin?«

Nina war sich nicht klar. Sie wußte, ihre Seelenklempnerin mußte zweimal im Jahr für ihre Versicherung einen Bericht schreiben. War sie nun neurotisch oder depressiv? Waren das die Wahlmöglichkeiten im Leben? Wenn das zutraf, würde sie sich eher für die Angstneurose entscheiden. Das klang irgendwie beschwingter als Depression. »Ich weiß wirklich nicht, wie ihre offizielle Diagnose lautet. Vielleicht hat sie gar keine.«

»Nach sieben Jahren? Unmöglich.«

»Kann man sowohl angstneurotisch wie depressiv sein?« fragte Nina.

»Na, werd' jetzt mal nicht maßlos.«

Sie sah ihre Freundin an. Susan war keine stabile Persönlichkeit. Verglichen mit Susan empfand sich Nina ziemlich funktionstüchtig. Sie fragte sich allerdings, wie sie sich fühlen würde, wenn Susan diesen nicht-trotteligen Wandersmann heiraten würde. Es war natürlich verfrüht, sich darüber Gedanken zu machen. Aber die Vorstellung, Susan würde es schließlich schaffen, dieses Problem zu lösen, dessen Schwierigkeit sie bisher so eng verbunden hatte, reichte aus, um Nina das Gefühl zu geben, sie rutsche langsam in eine dysthymische Störung hinein.

4

Gott sei Dank hatten sie sich schon fast wieder abgekühlt. Normalerweise machten ihr vierzig Minuten Aerobic-Armübungen nichts aus. Es war eine regelmäßige Handlung in Ninas Leben geworden, die sie inzwischen nicht anstrengender empfand als die Anwendung von Zahnseide oder das Überprüfen ihrer Strumpfhosen auf Laufmaschen. Dreieinhalb Wochen im Monat fühlte sie sich durch ihre Soft-Aerobic-Stunde so gut wie gar nicht belastet. Aber während der letzten Tage des Monats war sie sogar nach den sanftesten Übungen völlig geschafft.

Es sah so aus, als würden die gewohnten amerikanischen Formen der Gymnastik genauso in die Jahre kommen wie die Leute, die zu Zeiten des Babybooms geboren wurden; ihr konnte das nur recht sein. Bevor Nina die dreißig überschritt, joggten alle, oder wenn sie Aerobic machten, dann die wilde, schnelle Art, bei der man wie verrückt herumhüpfte. Ihr war das immer schon ein bißchen zuviel gewesen. Aber jetzt, da alle ein bestimmtes Alter erreicht hatten, war aus dem Getobe dieses gemächliche Fußspitze-Hacke-Aufsetzen geworden, wobei ein Fuß immer auf dem Boden blieb, und die hauptsächliche Energie in das Schwingen der Arme floß. Es gefiel Nina, immer einen Fuß auf dem Boden zu behalten. Sie fand das beruhigend. Und das Armeschwingen war auszuhalten. Sie fragte sich, was die nächste Dekade wohl bringen würde. Wieviel tiefer konnten sie das noch runterschrauben? Würde man die ganze Stunde im Wasser veranstalten, wie bei der Seniorengymnastik ihrer Mutter?

Als die Stunde vorüber war, applaudierten sich Schüler und Lehrer gegenseitig, genauso wie sich Karatekämpfer voreinander verbeugen. Auf dem Weg zur Umkleidekabine fragte die Trainerin sie: »Nina, wo ist Susan? In Urlaub?«

»Nicht daß ich wüßte«, antwortete Nina. »Ist sie gestern auch nicht dagewesen?«

»Nein, sie war nicht hier. Vielleicht ist sie krank.«

Es war Dienstag. Susan und Nina versuchten wöchentlich an drei oder vier Stunden teilzunehmen. Nina hatte die Montagstunde verpaßt und angenommen, Susan sei dagewesen. Aber offensichtlich war sie nicht gekommen. Und heute fehlte sie schon wieder. Es war gar nicht Susans Art, zwei Abende hintereinander nicht aufzutauchen, denn sie war viel zu gymnastikbesessen, um mehr als einen Abend ausfallen zu lassen. Und außerdem ließ sie normalerweise keine Stunde sausen, ohne Nina anzurufen und ihr Bescheid zu sagen.

»Ich habe seit Freitag nicht mehr mit ihr geredet«, sagte sie zu der Trainerin. »Ich werde sie anrufen, wenn ich nach Hause komme.«

Aber als Nina nach Hause kam und den Anrufbeantworter abhörte, wußte sie, daß sie sich den Anruf sparen konnte. »Ruf mich sofort zurück.« Es war eine Nachricht von Ninas Mutter. »Es geht um Susan.« Ida Fischmans Stimme klang beherrscht, hatte aber einen hysterischen Unterton.

Sie wählte die Nummer ihrer Mutter. Ida hob sofort ab. »Ist es was Schlimmes?« fragte Nina.

»Das Schlimmste, was man sich vorstellen kann.«

»Ist sie tot?«

»Ja. Ihr Bruder rief mich heute nachmittag an. Er hielt es für besser, als eine Nachricht auf deinen Anrufbeantworter zu sprechen.«

»Was ist passiert?«

»Ich habe nichts Genaues erfahren können. Ich wollte nicht nachbohren, und Scott war wirklich zu aufgeregt, um zu sprechen. Ich weiß nur, daß sie irgendwann am Wochenende ermordet wurde. Man hat sie heute am frühen Morgen oben im Norden gefunden.«

Im Norden. Susan hatte gesagt, sie würde mit diesem Typen zum Wandern gehen. Sie hatte ihn als vielversprechend charakterisiert. Das war er mit Sicherheit nicht gewesen. Wie es schien, hatten alleinstehende Frauen heutzutage mehr zu befürchten als Rendezvous, bei denen sie vergewaltigt wurden. Diese Art Männer war offensichtlich bereits zum Rendezvous mit anschließendem Mord übergegangen.

»Ist die Beerdigung morgen?« fragte Nina. Juden beerdigen ihre Toten so schnell wie möglich.

»Morgen früh«, sagte Ida.

Nina hätte ganz gern gewußt, was eigentlich passiert war, aber sie mußte bis zur Beerdigung warten, um es herauszubekommen.

»Wann und wo?«

»Um zehn. Oben im Grand Concourse.« Als erstes schoß Nina durch den Kopf, daß Susan ganz sicher keine Beerdigung in der Bronx gewollt hätte. Nina konnte sie direkt empört sagen hören: »Und das mir? Nach Kalifornien, Hawaii, Mexiko, Griechenland und Marokko, nach drei verschiedenen abgebrochenen Studien, sechs verschiedenen Berufen und Gott weiß wie vielen Männern, wie vielen Apartments, wie vielen Mitbewohnerinnen. Und wofür? Um schließlich in der Bronx zu enden?«

Erst nachdem sie in ihrem Innern Susans Stimme gehört hatte, realisierte Nina, daß ihre älteste Freundin wirklich tot war, daß sie nie mehr Susans Klagen hören würde. Und sie begann zu schluchzen.

»Möchtest du, daß ich jemanden benachrichtige?« fragte ihre Mutter. »Ihr Bruder sagte, er könne Gwen nicht erreichen.«

»Vergiß es. Gwen ist in Europa.« Sie war ohnehin nicht so sicher, ob Gwen überhaupt gekommen wäre. Susan und Gwen hatten sich so oft gestritten und wieder versöhnt, daß Nina nicht mehr auf dem laufenden war.

»Er sagte, er habe jemanden erreicht, der mit ihr zusammengearbeitet hat und der versprach, den Leuten im Krankenhaus Bescheid zu sagen. Gibt es noch jemanden, den wir benachrichtigen sollten?«

»Ich denke darüber nach. Aber laß mir doch einen Moment Zeit, das Ganze zu begreifen, bevor du mich ins Beerdigungskomitee aufnimmst.«

»Nun, die ist morgen früh.« Ida ließ sich nicht beirren. »Ich möchte mit dir hingehen«, fügte sie hinzu.

»Du willst hingehen? Warum?«

»Vergiß nicht, ich kenne Susan dieselben zwanzig Jahre wie du.«

»In Ordnung. Ich denke, wir fahren mit der U-Bahn«, sagte Nina. Ihre Mutter wohnte auch an der Upper West Side, nicht weit von Ninas Apartment. Spät, nach Jahrzehnten von Mietwohnungen in der Bronx, hatte sich Idas Wohnungs-Karma zum Besseren gewandelt, und sie hatte das Glück gehabt, in eine Zweizimmerwohnung an der West End Avenue einziehen zu können. Ihrem Bruder Irving und einem gerissenen Makler aus Manhattan hatte sie den einzigen Gewinn zu verdanken, der ihr im Leben zugekommen war. Und die neue Wohnung schien für ihre Selbstachtung mehr getan zu haben als die endlosen Therapiesitzungen, die sie immer noch besuchte.

»Wir nehmen ein Taxi«, erwiderte Ida scharf.

»In Ordnung. Was auch immer.« Es wäre Nina nicht eingefallen, zum Grand Concourse ein Taxi zu nehmen. Irgendwie schlossen sich die Bronx und Taxis gegenseitig aus. Aber sie nahm an, daß es dennoch möglich war. Warum nicht? »Ich glaube, ich möchte jetzt auflegen.«

»In Ordnung. Ich rufe dich morgen um halb neun an und wir machen ab, wo wir uns treffen.« Ida blieb ganz die Lehrerin, die ihre Klasse fortwährend zu gutem Benehmen drängte.

Nina sehnte sich verzweifelt nach Schlaf. Sie hätte ein Valium geschluckt, hätte sie welches in der Wohnung gehabt. Aber sie war nicht der Valium-Typ. Ihr fehlten sowohl die Zeit als auch das Geld, um überspannt zu sein. Sie durchwühlte ihren Arzneischrank. Das einzige, was sie auftreiben konnte, war ein Kodeinpräparat, das von der letztjährigen Zahnwurzelbehandlung übriggeblieben war. Sie nahm zwei Tabletten, aber sie halfen nichts.

Während sie im Dunkeln wach lag und das Kreischen einer Autoalarmanlage in der Nähe zu überhören versuchte, gab sie sich alle Mühe, sich über ihre verschiedenen Gefühlsstimmungen klarzuwerden. Die oberste Lage schien aus Schuld zu bestehen. Das war vorhersehbar. Schuldgefühle waren bei ihr fast so etwas wie ein Reflex. Sie hatte nie zu denen gehört, die ihr ethnisches Erbe überwinden konnten. Nina dachte daran, wie oft sie geglaubt hatte, Susan mache mehr Probleme, als sie wert war, und daß alles viel einfacher wäre, wenn sie sich einfach in Luft auflöste. An all die Anrufe mitten in der Nacht, die telegraphischen Geldanweisungen nach Marokko und die Abtreibung, die Susan vornehmen ließ, ein Jahr bevor Abtreibungen legalisiert wurden.

Dazu all die Kleinigkeiten, die ständigen Störungen, die zwar geringfügig waren, aber den Tagesablauf unterbrachen – ein verlorener geborgter Ohrring, nicht genug Bargeld, wenn die Rechnung kam, eine Kreditkarte, die abgelaufen war. Und all die Wartereien an Straßenecken, und seit kurzem die Blockierung ihrer Leitung, nachdem Susan ein Telefon mit Rufwiederholungstaste bekommen hatte.

Das kreischende Geräusch des Autoalarms hatte endlich aufgehört, und Nina konnte über die freundlicheren Aspekte nachdenken. Etwa daran, wie sie und Susan nach all den Jahren immer noch wirklich hysterisch zusammen lachen konnten. Mit niemand anderem konnte sie sich so fallenlassen. Eine solche Verbindung mußte wohl in der Jugend geknüpft worden sein. Und sie dachte daran, wie sie während all ihrer Lebensphasen nie den Kontakt hatten abreißen lassen, so daß sie immer die Witze der anderen verstanden, gleichgültig worüber sie auch sein mochten. Und als alle übrigen in Ninas Bekanntenkreis sich einfach aus der Jugendzeit in Ehe, Mutterschaft und befriedigende Berufe verabschiedeten, war da immer Susan gewesen, die der Braut, der jungen Mutter oder der diplomierten Absolventin einen schnellen Blick zuwarf, den Kopf schüttelte und behauptete, sie sei für all dies immer noch zu jung und ruhelos.

Außer in jüngster Zeit, als Susan beschlossen hatte, es sei nun an der Zeit, sich selbst zu verheiraten. Man konnte sehen, wie weit sie damit gekommen war. Vielleicht hätte sie so weitermachen sollen wie bisher, dachte Nina. Susan hätte ihren kurzen Schopf grau werden lassen und fünfzig werden können wie Gloria Steinem, und nichts hätte sie gehindert, in komischem Tonfall jedermann zu erklären, daß Unterdrückung sie nicht interessiere.

Nina war sicher, daß dies einfacher war, wenn man Gloria Steinem hieß. Obwohl sie sich des Eindrucks nicht erwehren konnte, daß auch die alte Gloria für irgendeinen Seelenklempner eine ordentliche Angstneurose oder dysthymische Störung verkörperte. Aber eines stand fest: Dies waren nicht die Zeiten, in denen man häusliche Geborgenheit mit einem Schulterzucken abtat und überzeugend behaupten konnte, an dem Ganzen nicht interessiert zu sein. Susan hatte das gewußt, und sie war es müde, noch länger zu versuchen, die harte Frau zu spielen. Und Nina hatte das verstanden. Der Impuls, einfach zu heiraten, war stark geworden. Oft spürte sie ein ähnliches Verlangen, auch wenn sie damit nur ein wenig Spannung in ihr Leben bringen wollte. Aber darauf war sie nicht vorbereitet gewesen. Mit dem Mord an Susan hatte die Geschichte eine Wendung genommen, die Nina niemals erwartet hätte.

5

Der Morgen von Susans Begräbnis war einer jener umwerfenden blau-orange-farbenen Oktobertage, an denen die Welt sich sehr werbewirksam präsentierte. Nina mußte ein halbes Dutzend Telefonanrufe machen, um jemanden zu finden, der sie morgens bei Gericht vertrat. Es ist komisch, dachte sie, bislang hatte sie angenommen, die Gewißheit, jederzeit sterben zu können, sei das Wichtigste im Leben. Und jetzt nahm man sich einen halben Tag frei und hatte den Eindruck, als wäre alles die ganze Aufregung nicht wert. O.k., wahrscheinlich würde es auf einen ganzen Tag hinauslaufen, denn zuerst käme die Totenfeier, dann der Friedhof und dann das Shivasitzen, entweder in Mr. und Mrs. Golds Apartment in der Bronx oder in Scotts Haus in New Jersey. Shivasitzen tat einem normalerweise gut, fand Nina. Es war eines der wenigen jüdischen Rituale, die funktionierten, im Gegensatz zum Fasten, dem koscheren Umgang mit Milch und Fleisch oder der Trennung der Geschlechter.

Passende Kleidung für eine Beerdigung war in New York kein Problem. Wie alle Frauen in Manhattan hatte Nina einen Schrank voller schwarzer Klamotten. Sie hatte also genügend Auswahl. Sie zog ein Wickelkleid aus Jersey in Betracht, ein altes Lieblingsstück, aber man hätte es mit einer Nadel zusammenstecken müssen. Statt dessen entschied sie sich für ein Kostüm. Mein Gott, endlich mußte sie einmal nicht zu Gericht gehen, und trotzdem hatte sie wieder ein Kostüm an. Früher war das anders gewesen.

Nina traf ihre Mutter vor Fairway, der großen Obsthandlung am Broadway zwischen der 74. und 75. Straße. Dort angekommen, stellte sie fest, was für ein Schwachsinn es gewesen war, sich hier zu verabreden. Zu dieser Tageszeit war es der vermutlich belebteste Ort in der ganzen Stadt, einmal abgesehen von der S-Bahnstation in der 72. Straße. Dort mußte man sich anstellen, um auf die Treppen zu gelangen. Bei Fairway wimmelte es von vierundachtzigjährigen alten Damen, die Einkaufswagen schoben und Vierzigjährigen, die Kinderwagen vor sich herrollten. Und alle rempelten sich gegenseitig an. Bei Fairway befand man sich in schlechter Gesellschaft, wenn man etwas auf erstklassiges Benehmen hielt. Nina würde hier niemals einen Wagen herumschieben. Selbst die Körbe waren in den überfüllten Gängen ein Hindernis. Wenn sie hier einkaufte, schoß sie, weder mit Wagen noch Korb belastet, von einem Gang zum anderen und häufte sich Lebensmittel auf die Arme, bis sie nichts mehr tragen konnte. An einem Ort wie diesem brauchte man schon Guerillataktiken, um zu überleben.

Während Nina einem knorrigen Gnom im Lodenmantel zusah, der eine Auslage mit Jicamawurzeln bestaunte, erschien Ida. Im ersten Moment fand Nina den Anblick ihrer Mutter immer schockierend. Am Telefon klang Ida so selbstbewußt, daß Nina jedesmal vergaß, daß sie eine alte Frau war. Aber wenn sie sie zu Gesicht bekam, dachte sie unwillkürlich, was macht denn Großmutter hier? Nina wußte, daß es sich um einen unvermeidlichen Vorgang handelte. Auch sie würde davon nicht verschont bleiben. Es war ein bekanntes Phänomen – eines Tages zog man seinen Pullover an und sah den Arm seiner Mutter aus dem Ärmel schlüpfen.

Ida trug einen schwarzen Umhang. Sie gehörte zu den Müttern, die immer Capes, Ponchos, Schals und alle möglichen Sachen ohne Ärmel getragen hatten. Als hätten Kleidungsstücke ohne Ärmel einen automatisch interessanter gemacht. Gegen eine Mutter ohne Ärmel wäre unter normalen Umständen nichts einzuwenden gewesen, aber während der sechziger Jahre in der Bronx, zwischen all den Bowlinghemden, war es ziemlich peinlich. Heute allerdings, an einem Oktobermorgen in der Finde-siècle Upper West Side in Manhattan, sah ihre Mutter ohne Ärmel prima aus. Außerdem hatte sich Nina inzwischen auch eine Reihe von Umhängen zugelegt.

Ida besaß den stolzen und entschlossenen Blick all jener alten Frauen, die zwar nicht reich waren, es aber geschafft hatten, weiterhin in Manhattan zu wohnen. Ein Blick, der den Wunsch provozierte, sie nach Miami oder Scottsdale zu verfrachten. »Wie geht es dir?« fragte sie und umarmte ihre Tochter.

»Ganz gut. Obwohl ich nicht viel geschlafen habe.«

Während Nina antwortete, drehte Ida sich um und nahm eine Warzenmelone von einem der Stapel. Sie drückte sie leicht und schnupperte daran. »Hmm, gut«, urteilte sie.

»Ma, komm. Leg die Melone zurück. Wir nehmen uns ein Taxi. Wir können nicht mit einer Obsttüte zur Beerdigung gehen.«

»Ich habe ja nicht eingekauft, ich habe nur probiert. Sobald man Melonen sieht, muß man probieren, ob sie reif sind. Das ist ein natürlicher Reflex.«

»Du bist ein Obst-Maniac, mit einem unkontrollierbaren Drang zum Befummeln.«

»Mein Gott, seit wann ist es widernatürlich, eine Melone in die Hand zu nehmen?«

»Können wir darüber auf dem Weg weiterdiskutieren?« Ida legte die Melone zurück, und Nina trat auf die Straße hinaus, um ein Taxi anzuhalten. In solchen Situationen versuchte sie sich den Anschein zwangloser Beiläufigkeit zu geben. Es gab nichts Schlimmeres als eine Frau, die dabei hysterisch aussah. Solche Frauen trugen immer irgendwelche teuren Fummel, standen an irgendeiner Ecke in der East Side und sahen aus, als würden sie auf der Stelle tot umfallen, wenn sie nicht »sofort« ein Taxi bekämen. Man wußte genau, sie waren in irgendeiner lächerlichen Angelegenheit unterwegs – Porenverfeinerung etwa –, die sie für tödlich wichtig hielten.

Nina vermied den Eindruck von Dringlichkeit, wenn sie Taxis anhielt, und wenn sie drinsaß, bemühte sie sich gewöhnlich um kollegialen Umgang mit dem Fahrer. Ganz so, als wäre es nur vorübergehend, daß er auf dem Fahrersitz und sie auf dem Rücksitz saß, als wären ihre Rollen grundsätzlich austauschbar, als könnte sich jeden Moment Nina hinters Steuer setzen und »ihn« irgendwohin fahren. Als sie jünger war, hatte sich diese Illusion leichter aufrechterhalten lassen, besonders nachdem sie während des Studiums einen Sommer lang Taxi gefahren war. Aber heutzutage, da Nina in Kostümen und Stökkelschuhen eine Aktentasche durch die Gegend trug und immer weniger Taxifahrer überhaupt Englisch sprachen, geschweige denn Literaturstudenten in höheren Semestern mit Jeansjacken und anbetungswürdigen kleinen Bärten waren ..., nun da wurde es mit der Illusion etwas schwieriger. Aber Nina versuchte wenigstens, zu lächeln und nett zu sein, selbst wenn diese Typen sich mit ihr stritten, ob man zum La-Guardia-Flughafen über die Queensboro Bridge fuhr.

Der Fahrer an diesem Morgen war allerdings Jude, einer vom alten Schlag, mit Mütze und Zigarrenschachtel. »Wir wollen in die Bronx rauf«, sagte Nina. »Fahren Sie runter zur 72., dann biegen Sie rechts ab auf die Henry Hudson und fahren nach Norden.«

»Beste Dame«, erwiderte er, »glauben Sie, ich weiß nicht, wie man in die Bronx kommt?«

»Sind Sie aus der Bronx?« fragte Ida, als träfe sie einen lange verschollenen Verwandten. Gegen den Lokalpatriotismus hegte Nina früher einen ebensolchen Abscheu wie gegen die fehlenden Ärmel. Aber jetzt schwelgte sie darin genauso wie in der Vorliebe für Ärmelloses, und Ida wurde deswegen nicht mehr getadelt. »Die Bronx« gehörte inzwischen zu Ninas Lieblingswörtern.

Sie hörte zu, wie sich ihre Mutter und der Fahrer über die vergangenen Schönheiten des Viertels unterhielten, da sich natürlich herausgestellt hatte, daß er nur zwei Blocks nördlich der Tremont Avenue aufgewachsen war, einen Block nördlich von Ida. Während sich ihre Mutter über das alte Concourse Plaza Hotel und die Sommerabende im Crotona Park verbreitete, konnte Nina kaum glauben, daß es sich dabei um die gleiche Kindheit handelte, über die Ida immer noch, im Alter von siebzig Jahren, in der Therapie herumjammerte. Gerade als sie sich darüber auslassen wollte, bog das Taxi östlich in den Cross Bronx Expressway ein, und sie erblickte den Campus der alten New York University und – ein wenig östlich davon – das Yankee Stadion; da wurde selbst sie von anheimelnden, nostalgischen Gefühlen ergriffen. Der Anblick erinnerte sie an eine Zeit, als Mantle und Maris alle Home-Run-Rekorde brachen und die Straßenecken von Süßwarenläden und Buchmachern besetzt waren, vor denen ›a capella‹-Sänger auftraten.

Im Alter von sechs Jahren hatte Nina natürlich nur Verachtung dafür übrig gehabt. Aber inzwischen berührten sie solche Erinnerungen. Nichts erwärmte das Herz mehr, als mit jemandem in Gefühlen der Bronxophilie zu schwelgen. Während Ida und der Fahrer Reminiszenzen über die James Monroe High School austauschten, beteiligte sich Nina mit Anekdoten über Krums Eisdiele und jene Stunden, die man auf der Mauer des Pelham Parkways verbracht hatte. Als das Taxi den Grand Concours erreicht hatte, hätte der Fahrer nie geglaubt, daß diese beiden Frauen ihr Leben lang alles daran gesetzt hatten, um bloß von hier wegzukommen.

6

Die Leichenhalle stammte aus den Tagen, als Mosaikaschenbecher und Walnußfurniere in Mode waren. Die vorherrschenden Farben waren türkis und orange. Offensichtlich gehörten zeitgemäße Neuausstattungen nicht zu den Gepflogenheiten von Beerdigungsunternehmen.

Jüdische Bestattungen bestehen aus vier Akten. Die ersten zwei finden in der Leichenhalle statt. Akt eins ist so ähnlich, wie wenn man vor dem Dinner noch gemeinsam einen Drink nimmt; die Trauergäste wandern in einem Raum umher, der mit Wohnzimmermöbeln eingerichtet ist, küssen sich, begrüßen einander und versichern sich gegenseitig, sie hofften, sich nächstes Mal bei einem fröhlicheren Anlaß zu sehen. Akt zwei besteht aus der Zeremonie, die in einem Raum mit Bankreihen stattfindet. Akt drei spielt sich auf dem Friedhof ab, wo ein Gebet über dem Toten gesprochen wird und die engsten Familienmitglieder etwas Erde auf den Sarg schaufeln. Nicht alle Mitglieder der engsten Familie, sondern nur die Männer. Der letzte Akt besteht aus dem Shivasitzen, das sich über eine Woche erstreckt. Nach dem Friedhof begibt sich die Trauergesellschaft ins Haus des Ehepartners oder eines Nachkommen des Verblichenen, außer in Umständen wie diesen, wo es weder einen Ehepartner noch einen Nachkommen gab. Ein weiterer Grund zu heiraten, dachte Nina. Das Shivasitzen im Haus der Mutter ist einfach total daneben.

Nina und Ida kamen gerade richtig für Akt Nummer eins. Eine vertraute Runde hatte sich versammelt. Nicht daß Nina tatsächlich jeden einzelnen dieser Leute gekannt hätte, aber sie war bei genügend Familienbeerdigungen gewesen, um zu wissen, daß es sich gewöhnlich um eine Ansammlung altbekannter Charaktere handelte und daß die individuelleren Spielformen grundsätzlich austauschbar waren. Bei jüdischen Beerdigungen tauchten eine Menge alter Leute auf, so daß es schwierig war, wenn man mal aufs Klo mußte. Es gab vor der Toilette immer eine lange Schlange alter Damen mit Stöcken und Gehhilfen, die Schwierigkeiten in den Kabinen hatten.

Die Versammlung erschien ein wenig jünger als sonst. Die erste Person, die Nina sah und erkannte, war Susans Cousine Rhonda. Sie hatte Rhonda zwanzig Jahre nicht gesehen, sie aber auf Anhieb erkannt. Rhonda hatte immer noch den größten Busen, der jemals in Queens gesichtet worden war. Auch die schwarze Verpackung ließ ihn keineswegs kleiner erscheinen.

»Rhonda, ich bin Nina Fischman«, flüsterte sie. »Erinnerst du dich an mich?«

»Natürlich.« Rhonda warf einen kurzen prüfenden Blick auf Ninas Ringfinger, bevor sie ihr in die Augen sah. »Wie geht es dir?«

»Das ist meine Mutter, Ida Fischman. Rhonda Prosky.«

»Ich heiße jetzt Katz. Rhonda Katz«, sagte sie und drückte Idas ausgestreckte Hand. »Hast du jemals schon so etwas Schreckliches gehört?«

»Ich weiß noch nichts Näheres. Ich bin gestern spät nach Hause gekommen, und Scott rief meine Mutter an, um ihr Bescheid zu geben. Ich weiß nur, daß sie ... na ja.« Ninas Stimme erstarb.

»Man fand sie erwürgt auf dem Gipfel eines Berges«, zischte Rhonda dramatisch hervor.

Der Ausdruck »auf dem Gipfel eines Berges« klang mitten in der Bronx lächerlich. Aber Susan und ihr Freund waren wandern gegangen, und Wanderwege führen manchmal auf Berge hinauf. »Ich kann einfach nicht glauben, daß das geschehen ist«, sagte Nina. »Ich meine, Susan ist in ihrem Leben mit einigen Versagern ausgegangen, aber ich war immer der Meinung, daß sie vor verrückten Killern Halt machte.«

»Was meinst du damit?« Rhondas Augen waren weit aufgerissen.

»Sie hat sich letztes Wochenende mit jemandem im Norden verabredet. Es ist doch wohl klar, daß derjenige, mit dem sie sich traf, sie umgebracht haben muß. Oder daß er zumindest etwas darüber weiß, oder?«

»Das ist die Lösung. Du hast den Mordfall gelöst.« Rhondas Stimme schwoll zu einem Schrei an. Sie zerrte Nina zu Mr. und Mrs. Gold hinüber. Susans Eltern, ohnehin schon sehr klein, waren zu absoluten Kummerzwergen geschrumpft. Sie sahen völlig verwirrt aus, als Rhonda immer wieder rief: »Sie hat die Lösung, sie hat die Lösung.« Plötzlich tauchte ein großer schwarzer Mann auf und stellte sich schützend vor die kleinen Golds.

»Miss, wenn es Ihnen nichts ausmacht?« Er führte sie in eine Ecke des Empfangsraumes. »Also, wer sind Sie?«

»Nina Fischman. Eine alte Schulfreundin von Susan.«

»Freut mich. Ich bin James Williams, Detective im New York City Police Department.« Sie schüttelten sich die Hände. Nina schätzte ihn auf ungefähr fünfzig. Nicht schlecht aussehend, wenn auch ein bißchen massig, dachte sie. »Im Mordfall Susan Gold arbeiten wir mit der Polizei von Ulster County zusammen.« Seine gleichmäßige Stimme wirkte beruhigend inmitten all der Klagelaute.

»Detective, ich bin nicht so genau informiert. Wann und wie wurde die Leiche gefunden?«

»Man fand sie erwürgt oben in den Wäldern, auf dem Slide Mountain in den südlichen Catskills. Wir vermuten, daß der Mord am Samstag stattfand, obwohl ihre Leiche erst gestern gefunden wurde.«

»Ist ihr Verschwinden jemandem aufgefallen? Mir fiel es erst gestern abend auf.«

»Niemand hat es bemerkt, bis man gestern auf ihre Leiche stieß. Glücklicherweise hatte sie ihren Ausweis dabei. Offensichtlich war es bei dem Opfer nichts Ungewöhnliches, am Montag nicht zur Arbeit zu erscheinen, ohne vorher anzurufen. Also, wer war die Frau und warum hat sie behauptet, Sie wüßten etwas über den Mordfall?«

»Das war Susans Cousine Rhonda. Die beiden haben sich von jeher schrecklich gehaßt. Susan und Rhonda hatten aus ihrer gegenseitigen Verachtung eine Art Kunst gemacht. Ich weiß nicht, was Rhonda jetzt machen wird, wenn sie Susan nicht mehr hat, um sie auszustechen. Aber das ist eigentlich unwichtig. Ich glaube nicht, daß Rhonda etwas über den Mord weiß. In letzter Zeit hatten sie nicht viel miteinander zu tun. Aber Susan und ich waren ziemlich eng befreundet. Letzte Woche sagte sie mir, sie würde am Wochenende mit einem Typen zum Wandern gehen, mit dem sie sich seit kurzem traf. Haben Sie davon noch nichts gehört?«

Williams schüttelte den Kopf. »Es sieht so aus, als hätte sie ihre Familie nicht in all ihre Aktivitäten eingeweiht.«

»Das ist eine Untertreibung. Abgesehen davon haben Frauen wie Susan und ich nicht so viel mit unseren Familien zu tun.«

Williams sah Nina einen Moment an und warf dann einen Blick über ihre Schulter. »Ist das Ihre Mutter?« fragte er. Nina bemerkte, daß Ida hinter ihr stand.

»Oh Ma, da bist du.« Nina zog Ida nach vorn, um sie dem Kriminalbeamten vorzustellen. »Das ist meine Mutter, Ida Fischman. Das ist Detective Williams. Er bearbeitet Susans Fall.«

»Freut mich, Sie kennenzulernen«, sagte Ida.

»Gleichfalls.«

»Ich habe ihm gerade erzählt, daß Frauen wie Susan und ich nicht so viel mit ihren Familien zu tun haben. Würdest du sagen, daß das stimmt?« fragte sie Ida.

»Nun, ja und nein«, erwiderte ihre Mutter.

»Was meinst du damit, Ma?«

»Nun, manchmal hast du zuviel mit uns zu tun, manchmal zuwenig.«

»Du meinst, daß ich dir vielleicht nichts davon sage,

wenn ich vorhabe zu heiraten, aber in meinem Kopf einen beständigen Dialog mit dir führe. Meinst du das?«

»So ungefähr.«

»Verstehen Sie, was wir meinen, Herr Kommissar?« Nina konnte nicht beurteilen, ob er es begriffen hatte. Er sah verwirrt aus, aber zugleich auch amüsiert. »Es ist eigentlich nicht wichtig. Auf jeden Fall würde ich nicht viel Zeit mit der Befragung ihrer Eltern und ihres Bruders verbringen. Ich glaube nicht, daß das viele Informationen zutage fördert.«

»Ich verstehe«, sagte Williams. Hinter ihnen öffnete sich eine Tür, und die Anwesenden bildeten eine Schlange, um sich in den anderen Raum zu begeben.

»Ich würde gerne nach dem Begräbnis mit Ihnen beiden weiterreden«, sagte er.

Nina nickte. »Wir helfen auf jede mögliche Weise. Obwohl meine Mutter eigentlich nichts weiß. Sie ist nur hier ... « Nina beendete den Satz nicht. »Ich weiß nicht. Warum bist du hier, Ma?«

»Na ja, ich kannte Susan seit zwanzig Jahren. Ich hatte das Gefühl, kommen zu müssen. Auch, um dir eine moralische Stütze zu sein.«

»Wirklich? Eine moralische Stütze? Unter diesem Aspekt habe ich dich noch nie betrachtet. Aber ich glaube, es stimmt. Vielleicht war ich mit dem, was ich über Frauen unseres Schlages sagte, auf dem Holzweg.«

»Ich glaube nicht, daß wir für solche Dinge im Moment Zeit haben«, sagte Williams. »Wollen wir?« Er schob sie vorwärts.

Nina und Ida gingen hinein, Williams in ihrer Mitte. Er schien der einzige Schwarze zu sein, und sie zogen viel Aufmerksamkeit auf sich. Es war ein billiger Kitzel, fand Nina, in der Bronx in einen Raum voller trauernder orthodoxer Juden zu marschieren und vorzugeben, man habe sich mit einem Schwarzen verheiratet. Eine billige Gelegenheit, aber sie nahm sie gerne wahr. Billige Kitzel waren rar geworden. Man griff zu, wenn sie sich einem boten. Sie bemerkte, daß sie beinahe Williams Arm genommen hätte, als sie in eine der hinteren Bankreihen traten.

Der Sarg blieb geschlossen, wie bei allen jüdischen Beerdigungen. Er war aus einfachem Fichtenholz und mit einem Tuch bedeckt. Obwohl orthodoxe Juden eine Vorliebe für Kerzenleuchter in Badezimmern hatten, hielten sie an schmucklosen Fichtensärgen fest.

»Ich dachte, Männer und Frauen würden getrennt sitzen«, flüsterte Williams.

»Nur im Tempel«, sagte Nina.

»Das ist nicht ganz richtig«, warf Ida ein. »Ich war bei einigen sehr orthodoxen Begräbnissen, wo die Männer auf der einen und die Frauen auf der anderen Seite saßen.«

»Wirklich?« sagte Nina. »Das wußte ich nicht.«

»Ich glaube, die Feierlichkeit beginnt«, sagte Williams.

»In Ordnung, wir halten den Mund.« Die Fischman-Frauen lehnten sich in ihrer Bank zurück.

Der Rabbi bestieg das Podium und räusperte sich. Er war sehr alt und sah aus, wie ein Rabbi aussehen sollte; nicht so wie in den Vororten, wo es Rabbis gab, die aussahen wie Optiker. Dieser hier hätte nichts anderes sein können als ein Rabbi. Auch seine Stimme war die eines Rabbis. Beim Verkauf von Brillen wäre sie völlig fehl am Platze gewesen, aber für Begräbnisse war sie großartig.

Es schien, als kannte der Rabbi die Familie Gold schon eine ganze Weile, denn er begann seine Rede damit, wie viele von Susans Verwandten er bereits beerdigt hatte. Man hatte den Eindruck, er legte seine Referenzen vor. Susans Großmutter war ein leuchtendes Beispiel jüdischer Weiblichkeit gewesen. Tante Mildred eine außerordentlich vergeistigte Person. Großonkel Hymie der Stolz der Gemeinde. »Er soll doch mal zum Thema kommen«, flüsterte Nina ihrer Mutter zu.

»Worüber soll er denn sonst reden?« erwiderte Ida flüsternd. »Offensichtlich hatte er in letzter Zeit keinen Kontakt mit ihr. Korrigier mich, wenn ich mich irre, aber ich wette, Susan ist seit Jahrzehnten nicht mehr in die Nähe eines Rabbis gekommen.«

»Falsch. Vor ein paar Jahren hatte sie in Kalifornien eine Affäre mit einem New-Age-Rabbi. Soviel dazu. Und wann bist du das letzte Mal in die Nähe eines Rabbis gekommen, ha?« Sie stieß ihre Mutter in die Seite.

»Zufällig ist mein Professor für europäische Geschichte des zwanzigsten Jahrhunderts gleichzeitig auch Rabbi.«

»Du meinst den alten Knaben in der New School, in den du verknallt bist? Also das zählt nicht.«

»Genausowenig wie wenn man mit irgendeinem reinkarnierten jüdischen Guru in Berkeley rumrennt.« Williams beugte sich leicht zu ihnen vor; ganz offensichtlich lauschte er.

Der Rabbi hatte schließlich die Lebensläufe der verschiedenen Golds beendet und kam zu Susan. »Dieses kleine Mädchen«, sagte er, »wurde uns zu einem Zeitpunkt entrissen, als man dies am wenigsten erwartete.« Gütiger Himmel, dachte Nina, Susan hätte es verabscheut, von diesem Typen als kleines Mädchen bezeichnet zu werden. Sie erwartete fast, daß Susan sich aus dem Sarg erheben und einen Schuß auf ihn abfeuern würde. Aber der Deckel blieb geschlossen, und er fuhr fort. »Diesem kleinen Mädchen war es nicht vergönnt, ein jüdisches Heim zu gründen und mit ihren Töchtern die Shabbat-Kerzen anzuzünden. Sie kannte nie die Freude, ein Kind dem Glauben zuzuführen, wie ihre Mutter. Und wie gut ich mich an die Bar Mitzvah ihres Bruders Scott erinnere.« Die folgenden fünf Minuten verbrachte der Rabbi damit, das erfreuliche Ereignis im Jüdischen Zentrum am Pelham Parkway zu beschreiben. Da Susan ein Mädchen war, blieben ihr die dreimal pro Woche stattfindenden, qualvollen Hebräischlektionen erspart. Aber dafür hatte sie auch nicht das Privileg genügend starker Bar-Mitzvah-Bindungen, um sie ihr erstes Jahr Zahnmedizin durchstehen zu lassen. Im Gegensatz zu den Golds hatten sich die Fischmans nie um solche Dinge gekümmert. Sie hielten weder von Hebräischunterricht noch Bar Mitzvahs viel, sie fanden sogar Debütantinnenbälle im Kern reaktionär.

Während der Rabbi weiterschwadronierte, fragte sich Nina, worauf er eigentlich hinaus wollte. Weder ihr noch Susan hatte sich jemals die Gelegenheit geboten, ein Heim zu gründen, in dem man zusammen mit den Töchtern die Shabbat-Kerzen anzündete, weil sie ihr ganzes Leben bemüht gewesen waren, derlei Dinge hinter sich zu lassen, diese Grenzen zu überschreiten – ein Ausdruck, der fünfzehn Jahre lang zu ihren bevorzugtesten gehörte. Nina hatte einfach nur die progressive Tradition ihrer Eltern weitergeführt. Susan jedoch mußte sich gegen die beiden schmächtigen, rührseligen Leute auflehnen, als deren Kind sie geboren worden war. Konnten sich Susan oder Nina plötzlich so verändern und Freitag abends Kerzen anzünden? Susan wenigstens hatte es bis zu einem gewissen Grad versucht, indem sie nach New York zurückkehrte und mit Männern in Anzügen ausging. Wie weit sie damit gekommen war, konnte man sehen. Nina hatte weitergelebt wie immer, und so weit war sie damit gekommen: Sie war fünfunddreißig, allein und verwirrt. Aber zumindest saß sie mit ihrer Verwirrung in einer Bank und lag nicht im Sarg.

Immer noch redete der Rabbi von Susan als »diesem kleinen Mädchen«. Es war ganz deutlich, daß er sich nur an die kleine Schwester des Bar Mitzvah feiernden Jungen erinnerte. Bis zu ihrer Pubertät drang er gar nicht erst vor, sondern steuerte direkt auf »Gott muß aber einen Plan haben« zu. Wer nicht Bescheid wußte, hätte annehmen können, der Rabbi beerdigte eine Sechstklässlerin.

Nachdem schließlich alles vorüber war, reihte sich Ida in die Schlange derjenigen ein, die zum Friedhof fuhren. Nina wandte sich an Williams, der zurückgeblieben war, um einige von Susans Arbeitskollegen, die nicht mit zum Friedhof gingen, zu befragen.

»Warum sind Sie heute hierhergekommen?« fragte sie ihn.

»Es bietet sich an, hier mit der Untersuchung zu beginnen. Die Polizei von Ulster County versucht jemanden zu finden, der Susan an dem Tag, als sie ermordet wurde, gesehen hat. Ich dachte, ich beginne damit, mir anzusehen, wie sie in New York gelebt hat.«

»Ob sie vielleicht zufällig eine alte Freundin aus der High-School auftun oder jemand anderen, der Hinweise geben kann.«

»Richtig.«

»Nun, unglücklicherweise weiß ich nicht viel über diesen Typen, mit dem Susan letztes Wochenende ausging. Sie sagte mir weder seinen Namen, noch wo er wohnt oder sonst etwas Genaueres. Nur, daß er gut aussieht, gut angezogen ist und gerne wandert – was allerdings eine Menge Männer ausschließt.«

»Wie meinen Sie das?«

»Die meisten Burschen, die gerne wandern gehen, sind nicht gerade der ›Männer-Vogue‹-Typ. Ich glaube, sie gehen gern wandern, weil sie dann eine Ausrede haben, Flanellhemden und ihre alten T-Shirts aus dem College zu tragen.«

»Hat sie Ihnen sonst noch etwas über ihn erzählt?«

»Lassen Sie mich nachdenken.« Nina versuchte, sich die Unterhaltung noch einmal zu vergegenwärtigen, aber sie schien sich mit all den tausend anderen Gesprächen zu vermischen, die sie und Susan über die Jahre hinweg geführt hatten. »Warten Sie, ich erinnere mich an etwas. Sie sagte, daß er Kontaktlinsen trug. Das schließt alle Brillenträger aus, oder?«

»Falsch. Es schließt nur die mit guten Augen aus.«

»Oh. Natürlich. Leute mit Kontaktlinsen haben alle auch Brillen, nicht wahr. Besonders in letzter Zeit, seit Brillen offensichtlich zum Modeartikel avanciert sind. Es ist ziemlich schick, ein Gestell von Giorgio Armani zu tragen und auszusehen wie ein Professor für Literatur an einer englischen Universität.«

»In diesen Dingen kenne ich mich nicht so aus. Aber ich bin froh, daß Sie mir dabei auf die Sprünge helfen.«

»Das einzige, was Susan sonst noch über ihn sagte, war, daß er nicht schwul sei. Aber Susans Einschätzung, ob jemand schwul ist oder nicht, kann man im Grunde vergessen.« Nina hielt inne. »Konnte«, sagte sie. »Konnte man im Grunde vergessen.«

»Daraus schließe ich, daß sie ihr Päckchen zu tragen hatte, was Männer anging.«

»Detective, wenn Sie über eine fünfunddreißigjährige Frau sprechen, die nie verheiratet war, können Sie sicher sein, daß das zutrifft. Von einer Nonne einmal abgesehen.«

»Und Sie? Waren Sie jemals verheiratet?«

»Nein.«

»Waren Sie jemals im Kloster?«

»Sehen Sie etwa nicht auf den ersten Blick, daß ich Jüdin bin? Was ist los mit Ihnen, kommen Sie von auswärts, oder was?«

»Sehen Sie etwa nicht auf den ersten Blick, daß ich New Yorker bin?«

»In Ordnung, wir sind quitt.«

»Hat Susan erwähnt, welcher Arbeit der Mann nachging?«

»Nein, aber ich würde zu behaupten wagen, daß er einen festen Job hatte. Susan versuchte einen Neuanfang, verstehen Sie. Keine Herumhänger mehr.«

»Nun, das schließt nicht allzu viele Männer aus.«

»Ich glaube nicht, daß Susan Ihrer Meinung gewesen wäre.«

»Mit wem sollte ich noch sprechen? Sind hier noch andere Leute, abgesehen von den Arbeitskollegen?«

Nina sah sich um. »Ihre Familie können Sie vergessen. Sie wären die letzten gewesen, denen sie je etwas erzählt hätte. Und ich weiß nicht, inwieweit die Leute aus dem Krankenhaus wirklich nützlich sind. Ich glaube, sie versuchte, bei der Arbeit einen ziemlich konventionellen Eindruck zu machen.«

»Gibt es sonst niemanden?«

»Unsere Freundin Gwen, aber die ist in Europa.«

»Ist das alles?«

»Wissen Sie, Susan ist noch nicht lange wieder in New York zurück. Und sie war so beschäftigt, einen Ehemann zu finden, daß sie sich um enge Freundschaften nicht wirklich gekümmert hat. Abgesehen von unserer, nehme ich an. Aber ›kümmern‹ ist nicht das richtige Wort. Unsere Beziehung lief ohne allen Energieaufwand. Wir haben so viel zusammen erlebt, daß sie von ganz allein funktionierte.«

»Also gut. Auch wenn es vielleicht zu nichts führt, möchte ich doch ein paar weitere Verwandte befragen.« Er zog eine Visitenkarte heraus und reichte sie Nina. »Ich werde mich bald bei Ihnen melden. Wenn Ihnen in der Zwischenzeit etwas einfällt, rufen Sie mich an.«

»Sicher.« Er wandte sich ab, um zu gehen. »Detective? Sie sollten mit Gwen sprechen, sobald sie zurückkommt.«

»Warum?«

»Nun, ich bin nicht sicher, ob Susan und Gwen gerade mal wieder miteinander redeten. Sie verkrachten und versöhnten sich ständig, so daß ich nicht immer auf dem laufenden war. Aber wenn sie gerade miteinander redeten, erzählte ihr Susan eine Menge. Besonders über Männer.«

Williams nickte. »Ich werde mit Gwen sprechen.«

Ida tauchte wieder auf. »Ich habe eine Mitfahrgelegenheit zum Friedhof und zur Wohnung der Golds für uns«, sagte sie stolz. Mitfahrgelegenheiten aufzutun war ein notwendiges Element einer erfolgreichen Beerdigung in New York. Beerdigungen und Vororthochzeiten waren die einzigen Gelegenheiten, bei denen man wirklich ein Auto brauchte.

Nina kritzelte ihre private Telefonnummer auf die

Rückseite ihrer Geschäftskarte. »Ich werde mich bald bei Ihnen melden«, sagte sie und reichte sie ihm.

»Meine Damen, es war mir ein Vergnügen.« Williams verbeugte sich leicht und ging in Richtung der Krankenschwestern davon.

»Er hält uns für Verrückte«, sagte Nina.

»Warum glaubst du das?«

»Glaub mir Ma, ich habe genügend Verabredungen hinter mir, um zu spüren, wenn mich jemand für irre hält.«

»Ich verstehe. Also laß uns mal sehen, ob wir Ethel und Harry finden.«

»Wer sind Ethel und Harry?«

»Ethel und Harry Lapidus. Das sind Nachbarn der Golds, sie nehmen uns zum Friedhof mit. Ethel Lapidus ist außerdem eine Freundin meiner Cousine Henrietta. Ich habe sie sofort erkannt.«

»Du bist wirklich unschlagbar, wenn es darum geht, aus einer Menschenmasse das Beste rauszuholen. Die Maßstäbe, die du mir vorgegeben hast, werde ich nie erreichen.«

»Bis jetzt machst du es ganz gut«, sagte Ida und bahnte sich einen Weg zu Mr. Und Mrs. Lapidus hinüber.

7

Wahrscheinlich war es doch keine so gute Idee gewesen, an diesem Abend zum Aerobic zu gehen. Nina dachte, es wäre entspannend nach diesem Begräbnis und nachdem Harry Lapidus sich auf dem Weg vom Friedhof in Queens zum Apartment der Golds in der Bronx hoffnungslos verfahren hatte.

Das Shivasitzen war kein besonders läuterndes Erlebnis für Nina gewesen. Denn wie die Beerdigung schien es nichts mit Susan zu tun zu haben. Die Golds wohnten nicht mehr in der Wohnung, in der Susan aufgewachsen war. Nachdem sie und ihr Bruder Scott das College abgeschlossen hatten, waren Mr. und Mrs. Gold in ein nagelneues kleineres Apartment mit Terrasse in einem Hochhaus gezogen. Damals waren Collegeabsolventen noch nicht mit den extremen Mietpreisen von heute konfrontiert und zogen aus Sparsamkeitsgründen wieder ins häusliche Nest zurück. Die Medien nannten diese Dreiundzwanzigjährigen, die wieder zwischen ihren Baseballwimpeln und Stofftieren lebten, die Bumerang-Generation.

Susan oder Nina wäre es nie eingefallen, wieder nach Hause zu ziehen. Schon die Collegeferien daheim schienen kein Ende nehmen zu wollen. Damals war es leicht gewesen, einfach in eine riesige preisgebundene Wohnung auf der Upper West Side einzuziehen und sich die dreihundert Dollar Miete mit vier anderen Leuten zu teilen. Oder man blieb schlicht in der Universitätsstadt, in der man eben gerade war, arbeitete halbtags in einem Naturkostladen, zog in ein zugiges, altes viktorianisches Haus außerhalb des Campus und wurde ein Mitglied der normalen, arbeitenden Bevölkerung. Wenn alles schiefging, konnte man immer noch zur Obsternte in einen israelischen Kibbuz gehen oder zur Olivenernte nach

Kreta oder zum Muschelsammeln nach Maui. Nahm man beide zusammen, hatten Nina und Susan das ganze Programm durchprobiert.

Deshalb waren in dem extrem ordentlichen, im französischen Landhausstil eingerichteten Zweizimmerapartment der Golds keine Spuren ihrer Tochter zu finden. Die Fotografien auf dem Klavier, das niemand spielte, vermittelten auch keinen Eindruck, wer sie gewesen war. Susan in Mütze und Umhang oder aufgeputzt für die Hohen Festtage vor zehn Jahren, das war nicht die Susan, die Nina etwas bedeutete. Und die Unterhaltungen, denen Nina an diesem Nachmittag lauschen mußte, während sie Kaffee trank und Honigkuchen aß, waren gleichermaßen unbedeutend. »Sie war so ein hübsches Mädchen«, sagte eine Tante mit platinblondem Haarteil und Polyester-Hosenanzug. »So schlank.« Und dann zog Mr. Gold tatsächlich ihre High-School-Zeugnisse heraus und zeigte sie herum. In der Zwischenzeit bemühte sich Scott, den verheirateten, verantwortungsvollen Sprößling zu spielen. Während Susan in der Welt herumgefahren war, war er zum Urbild eines fünfundvierzigjährigen Orthopäden degeneriert. Alles lud dazu ein, mit dem Honigkuchen um sich zu werfen.

Kaum zurück in Manhattan, rannte Nina also ins Fitness-Center. Doch sobald sie dort angekommen war, überliefen sie kalte Schauder. In der Umkleidekabine schien es seltsam still. Das Gesundheitsamt hatte wieder einmal die Sauna geschlossen. Und als die anderen Frauen sich in ihre Kombinationen aus Leggings und Gymnastikanzügen warfen, fragte sich Nina, ob sie Bescheid wußten. Es schien so, aber wie war das möglich?

Nina zwang sich, die Stunde durchzustehen, konzentrierte sich auf besonders intensives Armewerfen, aber das Bild, das von der verspiegelten Frontwand des Studios zurückgeworfen wurde, kam ihr wie ein Ungeheuer vor. Sobald die Abkühlungsphase vorüber war, hielt sie auf dem Weg zur Umkleidekabine an, um die verlorene

Flüssigkeit nachzufüllen. Die Trainerin folgte ihr und stellte sie beim Trinkwasserbehälter. »Ich habe davon gehört«, sagte sie zu Nina. »Aber ich habe nichts gesagt, weil ich die Klasse nicht aufregen wollte.«

»Wie haben Sie davon erfahren?«

»Es stand in der ›Post‹. Mit einem Bild.«

»Mein Gott, ich habe den ganzen Tag keine Zeitung zu Gesicht bekommen. Ich war zu beschäftigt, von der Bronx nach Queens und dann wieder in die Bronx zu kommen – zur Beerdigung und zum Shivasitzen. Haben Sie zufällig ein Exemplar?«

»Sicher.« Die Trainerin ging zu ihrer riesigen Sporttasche hinüber, wühlte darin herum, bis sie die Nachmittagsausgabe fand. Sie blätterte die Seite fünf auf. »Krankenschwester aus der West Side im Norden ermordet aufgefunden«, lautete die Schlagzeile. Darüber befand sich eines der Fotos, das auf dem Klavier der Golds stand. Die Stadt würde Susan also so in Erinnerung behalten, wie ihre Eltern es wollten – fünfundzwanzig Jahre alt, in Laura-Ashley-Kleidern, auf dem Weg zum Tempel. Es war vermutlich das letzte Mal gewesen, daß Susan sich in kleine Blümchenmuster gehüllt hatte. »Sie können sie behalten«, sagte die Trainerin und reichte Nina die Zeitung.

»Dieser Ort kommt mir seltsam vor, ohne sie«, sagte Nina. »Ich frage mich, ob er mir jemals wieder normal erscheinen wird. Vielleicht sollte ich das Studio wechseln.«

»Vielleicht keine schlechte Idee.«

Nina fühlte sich verletzt. Sie hatte erwartet, die Trainerin würde sagen, seien Sie doch nicht albern, es ist alles eine Frage der Zeit. Eine Aerobic-Trainerin zu finden, die einem zusagte, war genauso schwierig, wie einen guten Therapeuten. Es ging ja auch um ziemlich ähnliche Dinge. Anstelle des Geistes vertraute man jemandem seinen Körper an – beides Problemzonen, wie Nina feststellte. »Na ja, ich werd' mal drüber nachdenken«, sagte sie. »Vielleicht sollte ich im Moment keine dramatischen Veränderungen vornehmen.«

»Da haben Sie vermutlich recht. Hat denn jemand eine Vorstellung, wer das getan haben könnte?«

»Sie ist letztes Wochenende mit irgendeinem Typen wandern gegangen, aber kein Mensch weiß, wer er war.«

»War es der Cellospieler?«

»Mein Gott, wußten Sie von dem?« War Susans Leben eine Seifenoper gewesen, zu der sich jeder zuschalten durfte, wenn er wollte?

»Nun, Sie wissen doch, wie es in einem Fitness-Center zugeht. Die Frauen entspannen sich und erzählen manchmal recht intime Dinge.«

»Vielleicht wissen Sie ja dann, mit wem sie letztes Wochenende ausgegangen ist, nachdem Sie ja offenbar eine Art Therapeuten-Ersatz für sie gewesen sind.« Nina bemerkte, daß sie patzig zu klingen begann, als wäre sie eifersüchtig, daß Susan mit ihren Problemen hausieren gegangen war.

»Leider nein. Der letzte, den sie erwähnt hat, war der Cellospieler.«

»Nun, vielleicht sollte ich dem Kriminalbeamten sagen, daß er Sie vernehmen soll.« Sie klang immer noch patzig.

»In Ordnung«, erwiderte die Trainerin gleichmütig.

Nina verspürte leichten Ärger. Was sie auf keinen Fall wollte, war, ihrer Aerobic-Trainerin gegenüber Haßgefühle zu entwickeln. Mit einem Therapeuten konnte man die komplizierten Emotionen auf der Couch bearbeiten. Aber auf dem Parkett des Fitness-Studios war es besser, unkompliziert zu bleiben. Die Frau wollte ja nur helfen, verdammt noch mal. Allerdings nahm Nina an, daß die meisten Menschen ihren Aerobic-Trainer zuweilen haßten. Es war hart, jemanden zu beobachten, der ohne Anstrengung durchs Leben glitt – und sei es auch nur während der Aerobic-Stunden. Vor allem, wenn man diesen Leuten hinterherächzte.

Als Nina nach Hause kam, blinkte das Lämpchen an

ihrem Anrufbeantworter wie wild. Dazu hatte sie jetzt wirklich keine Lust. Aber es brachte sie auf etwas. Sie fragte sich, ob die Polizei Susans Gerät überprüft hatte. Da ließ sich eine Menge in Erfahrung bringen. Es war die moderne Variante des intimen Tagebuchs. Vielleicht war eine frühere Nachricht des Mörders auf dem Band. Nina fühlte sich erschöpft, aber gleichzeitig hellwach. Genauso wie damals im College, nachdem sie Haschisch geraucht hatte und die ganze Nacht aufgeblieben war, um über das Bhagavad-Gita zu diskutieren. Sie schnappte sich eine Jacke, rannte zu Susans Haus hinüber und öffnete mit einem Zweitschlüssel, den sie besaß, um die Blumen zu gießen, wenn Susan nicht zu Hause war. Sie traf Williams, der an Susans Schreibtisch saß.

»Ganz schön langer Arbeitstag, was?« begrüßte sie ihn.

»Sie hätten es vorher mit mir absprechen sollen, daß Sie hier rüberkommen wollen«, sagte er.

»Warum? Das Apartment ist doch nicht versiegelt oder dergleichen. Es ist doch nicht der Schauplatz des Mordes, oder?«

»Aber ich hätte es lieber, wenn Sie irgendwelche Untersuchungen, die sie auf eigene Faust anstellen, mit mir abstimmen würden.«

»Haben Sie Angst, ich bringe irgendwas durcheinander?«

»Ja, genau«, sagte er ruhig, ohne Anflug von Feindseligkeit. »Was machen Sie also hier?«

»Ich hatte eine Idee. Ich dachte, ich höre das Band von Susans Anrufbeantworter ab und finde heraus, ob das irgendeinen Hinweis zutage fördert.«

»Das ist genau die Art von Dingen, die mir Magenschmerzen bereiten.«

»Ich hätte das Band sofort wieder zurückgespult, damit die Nachrichten nicht gelöscht werden.« Nina versuchte, überzeugend zu klingen, ohne den Eindruck zu machen, sie verteidige sich.

»Nun, das ist inzwischen schon geschehen.«

»Haben Sie etwas gefunden?«

»Nichts Rechtes. Es waren ein paar Nachrichten ihrer Mutter darauf, und die letzten fünf Minuten enthalten ein Gespräch mit Ihnen. Sie wissen schon, das passiert, wenn Sie abnehmen, nachdem sich die Maschine eingeschaltet hat, und Sie vergessen, auf den Pausenknopf zu drücken – und alles wird aufgenommen. Unglücklicherweise sieht es so aus, daß davon alle anderen Nachrichten überspielt wurden, die bis dahin auf dem Band waren. Aber ich fand das Gespräch interessant. Es gab mir einigen Aufschluß über das Opfer. Solche Dinge sind wichtig.« Er strengte sich außerordentlich an, kein Lächeln in seinem Gesicht aufkommen zu lassen.

Nina errötete tief. Sie ließ sich auf Susans Futon hinter ihm fallen, so daß er sie nicht sehen konnte. »Um was ging's denn in dem Gespräch?« fragte sie.

Er wirbelte auf Susans Schreibtischstuhl herum, um sie anzusehen. »Ich glaube, es ging grundsätzlich um die Androgynität der Männer – wann sie anziehend und wann sie abstoßend ist.«

»Oh ja, ich erinnere mich an diese Unterhaltung. Es muß vor ungefähr einem Monat gewesen sein. Aber darüber haben wir uns jahrzehntelang immer wieder unterhalten. Seit jenem Jahr, als wir unsere Mick-Jagger-Begeisterung entwickelten.«

»Sie waren beide begeistert?«

»Sicher.«

»Waren Sie sich in Ihrem Geschmack über Männer normalerweise einig?«

»Bis zu einem gewissen Grad.«

»Und wie stand es mit den Männern selbst?«

»Wie meinen Sie das?«

»Haben Sie sich die geteilt?«

»Nie. Es war wie ein Inzesttabu.«

»Wissen Sie, wie Susan diesen Typen kennengelernt hat?«

»Nein. Es hätte aber auf alle möglichen Arten geschehen sein können. Sie gab im ›New York Magazine‹ Partnerschaftsanzeigen auf, und sie beantwortete auch welche. Manchmal ging sie am Wochenende mit einer Gruppe zum Wandern, und gelegentlich ging sie mit einem der Wanderer aus. Aber Susan war auch bekannt dafür, auf ihrer Krankenstation Männer aufzureißen oder an der nächsten Straßenecke. Den ganzen letzten April war sie mit einem Mann zusammen, der sie vor einem heranfahrenden Taxi weggezogen hatte. Sie könnte den Typen also irgendwo und überall aufgegabelt haben.«

»Aber in der Hauptsache kannte sie die Männer wodurch?«

»Durch Anzeigen, nehme ich an. Außerdem war dieser Typ ein Wanderer, und Susan gab gerne Anzeigen auf, um solche Frischluftfanatiker kennenzulernen. Also könnte sie in dieser Weise auf ihn getroffen sein. Er könnte aber auch aus einer Wandergruppe stammen.«

»Ich verstehe.«

Sie erinnerte sich an einen Nachmittag vor Monaten, als Susan und sie zusammensaßen und einen Stapel Antwortbriefe durchsahen. Sie hatten sich köstlich amüsiert, obwohl der Nachmittag von ziemlich schwarzem Humor gezeichnet war. Fast hätte Nina einen der Männer selbst angerufen, hatte dann aber doch gekniffen. Aber jetzt kam ihr ein Einfall. »Ich habe eine Idee«, sagte sie. »Ich weiß allerdings nicht, ob Sie sich dafür begeistern können.«

»Und die wäre?« Williams drehte seinen massigen Körper herum und beugte sich zu ihr herunter. Sie stellte fest, daß er sich für seine Größe elegant bewegte.

»Sie könnten mich als Köder benutzen. Wir könnten es machen wie Susan, auf Männerjagd gehen, Anzeigen aufgeben, mich Wandern schicken, und vielleicht finden wir dann den Typen. Schließlich fühlten wir uns oft von der gleichen Art von Männern angezogen.«

»Sie meinen, Sie wollen als Lockvogel agieren?«

Nina stellte sich eine Holzente vor, die ihren Kopf aufhatte und sich in sumpfigem Schilf versteckte. Plötzlich kam ihr das zu unheimlich vor. »Ach, vergessen Sie es«, sagte sie. »Es würde nicht funktionieren.«

»Warum nicht?«

»Na ja, es stimmt zwar, daß Susan und ich den gleichen Geschmack hatten, was Männer betraf. Bis zu einem gewissen Grad zumindest. Aber das heißt nicht, daß sich die gleichen Männer für uns interessierten. Wir sahen sehr verschieden aus. Ich nehme an, Sie haben Fotos von Susan gesehen?«

»Ich habe Susan gesehen.«

»Oh.« Nina war es erspart geblieben, ihre Leiche zu sehen. Juden bahrten ihre Toten nicht auf. »Ich weiß nicht, wie sie aussah, nachdem dieser Typ mit ihr fertig war, aber als sie noch lebte, war sie das ganze Gegenteil von mir: langbeinig, schmale Taille, flachbrüstig. Dunkles Haar, braune Augen, großflächiges Gesicht. Sehr semitisch. Ich bin eher der plumpe polnische Typ. Abgesehen von der Stupsnase natürlich. Und sie zog sich viel auffälliger an als ich.«

»Ich bin sicher, daß das alles zutrifft. Aber es sind Äußerlichkeiten. Ich habe den Eindruck, daß Sie sich im Innersten sehr ähnlich waren.«

»In welcher Hinsicht?«

»Sehen Sie sich doch an, wo Sie nach zwanzigjährigem Herumziehen gelandet sind. Sie wohnen ein paar Straßen voneinander entfernt, gehen ins gleiche Gymnastikstudio, haben beide Helferberufe.«

»Sind beide alte Jungfern.«

»Nun ja, sie treffen sich immer noch mit Männern. Wollen wir es so nennen.«

»Ja, nennen wir es so. Obwohl ich keine Rendezvous mehr habe.«

»Seit wann?«

»Seit Anfang September.«

»Also gut. Nun, da wir erst Oktober haben, würde ich sagen, die Sache kann noch nicht als endgültig abgeurteilt werden. Außerdem, was die Äußerlichkeiten angeht, so mögen Sie die Unterschiede für enorm halten. Aber meiner Ansicht nach verkörpern Sie beide ein sehr ähnliches Muster städtischer Boheme. Die Art von Frauen, die in der High-School Fred-Braun-Notizbücher hatten. Und Capezio-Schuhe trugen.«

Mein Gott, die Fred-Braun-Notizbücher hatte sie vergessen. Jahrelang hatte sie daran nicht mehr gedacht. Aber damals spielten sie eine wichtige Rolle in ihrem Leben. Man gierte danach und führte endlose Diskussionen darüber. Diese Bezeichnungen aus dem Mund eines schwarzen Polizisten mittlerer Jahre muteten komisch an. Aber er traf natürlich den Nagel auf den Kopf. Auch was die Schuhe anbelangte. »Und wie kommt es, daß Ihnen diese Begriffe so geläufig sind?«

»Ich hatte einmal eine Ehefrau, die sehr für Integration war. Meine Töchter haben daher viel Zeit mit weißen Kindern verbracht. High-School für Musik und Kunst, Oberlin College, progressive Sommercamps, Plätze dieser Art. Deshalb bin ich mit den kulturellen Vorzügen, die zu solchen Institutionen gehören, vertraut – wie eben auch Fred-Braun-Notizbüchern.«

»Was ist mit ihrer Frau passiert?«

»Sie hat schließlich einen Juden geheiratet.«

»Und ihre Töchter?«

»Eine hat einen Juden geheiratet, die andere ist Lesbierin. Sie sind beide Anwältinnen und leben in der Nähe von San Francisco. Auch meine Ex-Frau lebt dort.«

Nina versuchte, sich diese Ex-Frau vorzustellen: Brille, kurzes Haar und ein entschlossenes Kinn. Allein die Vorstellung fand sie einschüchternd. Manchmal meinte Nina, wenn sie sich für irgend etwas im Leben entscheiden müßte, – sei es dünn, reich, verheiratet oder berühmt zu sein – wäre sie am liebsten einschüchternd gewesen. Aber wie sehr sie sich auch anstrengte, es klappte nie. Dabei hätte es sich bei der Kammer für Mietsachen als ziemlich nützlich erwiesen.

Der unvermutete, erstaunliche Einblick in Williams' Privatleben machte Nina verlegen. Sie brachte das Thema wieder auf den Mord an Susan. »Vielleicht sollte ich die Sache mit dem Lockvogel doch nicht so von mir weisen. Es könnte funktionieren, wenn ich anfinge, mir die Männer auf dieselbe Art auszusuchen wie Susan, alle Verdächtigen zusammenzusammeln und dann einen nach dem anderen auf den Slide Mountain zu schleppen und abzuwarten, ob mich einer von ihnen erwürgt. Klingt nach einer Menge Spaß.«

»Und wenn er es tatsächlich tut?«

»Sie werden mir auf dem Fuß folgen. Kein Grund zur Sorge.«

»Sicher.« Williams lächelte. »Also versuchen wir es.«

»Warten Sie. Wann sind Sie das letzte Mal auf einen Berg gestiegen? Oder auch nur einen Hügel?« Willams sah beleidigt aus. »Außerdem: Auch wenn Sie direkt hinter mir wären, glauben Sie nicht, daß Sie einige Aufmerksamkeit erregen würden?«

»Wo ist das Problem? Sind die Wanderwege im Staat New York noch nicht im Integrationsprogramm für Schwarze?«

»Das sind sie in der Tat nicht.«

»Nun, dann nehme ich meinen Partner als Tarnung mit. Er ist jung, schlank, weiß und kennt sich mit Thermojacken aus.« Er sagte das so gleichmütig, als hätte er sein Leben lang Wanderkleidung eingekauft.

Nina fühlte sich bis zu einem gewissen Grad ermutigt. »Also gut«, sagte sie. »Sie haben gewonnen.«

»Vergessen Sie es. Ich habe nur einen Scherz gemacht. Meine Abteilung würde dabei nie mitmachen, selbst wenn ich der Ansicht wäre, daß es klappen könnte.«

»Warum nicht?«

»Nun, aus dem einfachen Grund, weil sie mir nie erlauben würden, Sie als Lockvogel zu benutzen. Warum sollten sie Sie dafür hernehmen, wenn wir selbst ein erfahrenes Mitglied bei unserer Truppe haben?«

»Aber das wäre nicht das gleiche. Männerjagd ist etwas ganz Heikles. Fragen Sie irgendeine meiner Freundinnen. Immer scharf an der Grenze zum Hoffnungslosen. Sie würden nie eine Polizistin auftreiben mit dem gleichen ... wie haben Sie es genannt? Dem gleichen Yuppie-Boheme-Stil, so sagten Sie, glaube ich.«

»Seien Sie da nicht allzu sicher. Alle möglichen Leute sind in letzter Zeit zur Polizei gegangen.«

Vielleicht sollte sie es auf sich beruhen lassen. Es schien ein bißchen weit hergeholt, von dem gruseligen Aspekt ganz zu schweigen. »Sollen wir es lassen? Ich würde unter normalen Umständen nie den Mut aufbringen, eine Kontaktanzeige aufzugeben oder eine zu beantworten. Ich weiß nicht, ob ich zu so etwas in der Lage wäre.«

»Geben Sie so schnell auf?« Williams schien amüsiert zu sein. »Sie hatten mich beinahe überzeugt.«

Jetzt kam Nina sich ein wenig wie ein Feigling vor, der die Hosen voll hatte. Wollte Williams, daß sie darauf beharrte? Aber sie wollte erst ihre Mutter fragen, bevor sie die Sache weiterbetrieb.

Nina gab der Kassiererin eine Fünf-Dollar-Note. »Das ist für zwei Erwachsene«, sagte sie und fühlte sich schuldig. Aber die Kassiererin sah sie nicht einmal an, als sie ihr die Quittung und zwei grüne Buttons des Metropolitan Museums of Art gab.

»Fünf Dollar?« fragte Ida mit verächtlich klingender Stimme.

»Ich bin schäbig, nicht wahr?« sagte Nina.

»Ich gebe normalerweise einen Vierteldollar.«

»Ma, der erwartete Beitrag für das Museum beträgt vierfünfzig.«

»Oh bitte.« Ida schnitt ihr mit einer Handbewegung das Wort ab. »Ich bin ständig hier. Meine Vierteldollar summieren sich.« Das stimmte. Die Kohorten der Ida Fischman nutzten die kulturellen Einrichtungen der Stadt voll aus. Ihre Truppe aus pensionierten Lehrern zog von Museen zu Vorträgen und von dort zu Symphoniekonzerten. Wenn andere Mütter ihr Leben mit Einkaufen verbrachten, verbrachte Ida Fischman ihres mit Weiterbildung. Sie fühlte sich nicht schuldig, weil sie nur einen Vierteldollar gab. Die Stadt war ihr zu Dank verpflichtet. Dreißig Jahre im öffentlichen Schulsystem, wo sie während der Zeit, als noch keine Gewerkschaft existierte, weniger verdiente als eine halbwegs geschickte Spülerin. Wenn sie nur fünfundzwanzig Cents ausgeben wollte, um die neueste Ausstellung indonesischer Textilien zu sehen, so glaubte sie, dazu berechtigt zu sein.

»Was möchtest du als erstes sehen?« fragte Ida.

»Hast du Velasquez gesehen?«

»Ja.«

»Canaletto?«

»Die hat noch nicht geöffnet.«

»Die Kostümausstellung?«

»Zweimal.«

»Dann laß uns einen Tee trinken«, sagte Nina.

»Du zahlst fünf Dollar, damit wir uns hinsetzen und Tee trinken können?«

»Wir gehen später herum, das verspreche ich. Zuerst möchte ich etwas mit dir bereden.« Sie gingen nach links und im Zickzack an den ägyptischen Kunstwerken vorbei. Nina war immer ein wenig traurig, wenn sie das Museumsrestaurant in seiner gegenwärtigen Ausstattung sah. Früher befand sich in der Mitte eine weiträumige Brunnenanlage. Jetzt konnte man hier schick essen, man wurde bedient, und auf den Tischen standen Kerzen. Aalglatte Gesellschaftslöwinnen und tadellos frisierte grauhaarige Herren saßen hier, ließen die Kristallgläser klingeln und stocherten im Essen herum. Entlang der Wände befand sich ein erhöhter Bereich, wo pensionierte Schullehrerinnen und deren Töchter, die sich als Armenanwältinnen durchschlugen, Tee tranken und dabei versuchten, nur die Hälfte ihrer Torte zu essen.

Ida und Nina beschlossen, sich lieber ein Stück Torte zu teilen, als sich der Anstrengung zu unterziehen, etwas übrigzulassen. Sie setzten sich an einen Tisch, von wo aus sie den Bezirk der reichen Leute gut überblicken konnten. »Ma, ich glaube, ich werde mich mit Männern verabreden«, sagte Nina, während sie die Torte übergenau halbierte.

»Gut«, erwiderte ihre Mutter. »Aber wenn du erst jetzt damit anfängst, frage ich mich, was du während der letzten zwanzig Jahre gemacht hast? Warst du verheiratet, ohne mir Bescheid zu sagen? Lebst du in Wirklichkeit in einem Haus in Great Neck mit zwei Kindern und hast dich entschlossen, einen überflüssigen Ehemann abzustoßen, dessen Existenz du mir verheimlicht hast?«

»Na ja, ich war die letzten fünf Jahre mit Grant liiert. Und davor würde ich die Episoden in meinem Leben nicht als Beziehungen bezeichnen. Sexuelle Plänkeleien wäre die angemessenere Beschreibung.«

»Wie auch immer. Aber versuche doch, ein bißchen konkreter zu werden. Ich weiß immer noch nicht, wovon du eigentlich sprichst.«

»Du erinnerst dich an den Kriminalbeamten, den wir bei Susans Beerdigung getroffen haben?«

»Natürlich. Detective Williams. Willst du mit ihm ausgehen?«

»Nein, obwohl uns beiden klar ist, daß das völlig in Ordnung wäre, oder?«

»Natürlich.« Bei Ida vermischten sich Begeisterung und ein leidgeprüfter Blick. »Völlig in Ordnung«, sagte sie und lächelte dabei.

»Nun, wir haben darüber gesprochen, mich als Köder zu benutzen, um den Mörder zu fangen. Da Susan sich mit einem neuen Freund getroffen hat, als sie ermordet wurde, scheint es wahrscheinlich, daß er ihr Möder war. Williams hält Susan und mich für den gleichen Typus. Wenn ich also losziehen würde, um mir einen Mann zu suchen, und dabei die gleichen Methoden benutzte wie Susan, würde ich vielleicht den gleichen Mann treffen. Ich würde den Täter aufstöbern. Williams würde mich natürlich streng bewachen, damit ich nicht auch umgebracht werde. Was hältst du davon?«

»Auf welche Weise traf Susan ihre Männer normalerweise?«

»Kontaktanzeigen, Wandergruppen, Dinge solcher Art.«

»Ich denke, es ist eine grandiose Idee.«

»Wirklich? Findest du nicht, daß es irgendwie gefährlich ist?«

»Aber denk doch an all die Männer, die du treffen wirst.«

Das war unerwartet. Ida begann sich anzuhören wie alle Mütter. Nina vermutete, daß dies nur eine Frage der Zeit war. Vielleicht verspürte tatsächlich jede Mutter irgendwann den Drang, ihre charmante freie Nachkommenschaft in eine Gebärmaschine zu verwandeln. Gegenüber diesen Möchte-gern-Großmüttern mußte man fest bleiben. »Du hast bereits eine verheiratete Tochter. Nicht nur verheiratet, sondern mit einem Arzt verehelicht, bald mit einem dritten Kind gesegnet, mit einem Stadthaus, einem Landhaus in den Hamptons und einem Range Rover.«

»Richtig«, gab Ida zu.

»Sie kann ihn nur nicht fahren«, fügte Nina gehässig hinzu. Laura, Ninas jüngere Schwester, hatte alles, außer einem Führerschein. »Ich dagegen bin die Kriegerin, die Tochter, die sich weigert, sich auf dem jüdischen Sklavenmarkt zu verkaufen.«

»Habe ich irgend etwas von Heirat gesagt? Alles, was ich gesagt habe, war, daß du eine Menge Männer kennenlernen wirst.«

»Was bedeutet, daß du annimmst, es sei an der Zeit für mich zu heiraten.«

»Schau, Nina. In letzter Zeit habe ich mir deinetwegen ein wenig Sorgen gemacht. Letztes Frühjahr hast du Grant den Laufpaß gegeben. Das war in Ordnung. Vermutlich war das längst überfällig. Wir beide wußten, daß das Techtelmechtel mit dem orthodoxen Staatsanwalt zu nichts führen würde. Das hast du ohne allzu großen Schaden hinter dich gebracht. Natürlich hatte ich auf den Bundesrichter große Hoffnungen gesetzt. Wer würde das nicht? Aber eine Aussöhnung mit einer Frau, mit der man sich auseinandergelebt hatte, ist etwas außerhalb deiner Einflußmöglichkeiten. Es passiert eben. Dennoch scheint es dich ziemlich hart getroffen zu haben. Du hast dich in dich selbst verkrochen. Ich weiß noch nicht einmal, welche Ansage du momentan auf deinem Anrufbeantworter hast. Immer wenn ich anrufe, bist du zu Hause. Das ist doch nicht deine Art. Du mußt da raus. Dieser Plan klingt recht interessant für mich.«

Das waren für Ida und Nina die entscheidenden Kriterien: Klang etwas interessant oder nicht. Nicht, ob einer Sache ein sozialer Wert innewohnte, ob sie Spaß machte, produktiv oder lukrativ war, sondern einzig, ob sie interessant war. Sie probierten neue Diäten aus, nicht weil sie glaubten, sie würden an Gewicht verlieren, sondern weil die Diäten interessant klangen. Ida plante ihre Reisen nicht unter dem Aspekt des Vergnügens oder einer verringerten Möglichkeit, an Ruhr zu erkranken. Nina wählte ihre Klienten nicht aus, weil die Notwendigkeit oder Aussicht bestand, den Fall zu gewinnen. Beide suchten sich ihre Kleidung nicht nach Kleidsamkeit und günstigem Preis aus. Alle diese Entscheidungen wurden nur auf der Basis gefällt, ob etwas interessant erschien. Nach diesem Gesichtspunkt wählte Nina auch Männer aus. Genau deshalb war sie im Alter von fünfunddreißig auch noch immer alleine.

»Da ist dieses Wort schon wieder«, sagte Nina.

»Welches Wort?«

»Hast du es denn immer noch nicht begriffen? Deine Antennen sollten weit ausgefahren sein, wenn du das Wort ›interessant‹ hörst.«

»Ich habe es nicht ›gehört‹, sondern ›gesagt‹.«

»Noch schlimmer. Damit fangen immer alle Schwierigkeiten an.«

»Was wäre die Alternative? Sein Leben auf der Suche nach Langeweile zu verbringen?«

»Warum könnte man zur Abwechslung nicht einmal einfach Spaß haben? Warum muß alles so gottverdammt interessant sein?«

Ida warf ihr einen merkwürdigen Blick zu. »Nina, ich möchte nicht, daß du deswegen beleidigt bist. Ich kenne dich doch schon so lange.«

»So lange wie jeder.«

»Richtig. Ich bin nämlich deine Mutter. Und ich möchte dir etwas sagen.«

»Also gut, ich werde es schlucken.«

»Du warst nie der Typ, der Spaß hat. Vergiß es also und begnüge dich mit dem Interessanten.«

»Wie grausam, wenn eine Mutter so etwas zu ihrem Kind sagt.«

»Na ja, ich meine ja nicht, daß du nicht witzig bist.« Nicht witzig zu sein galt im Judentum als Kardinalsünde. »Ich meine nur, daß du nicht zu den Frauen gehörst, die sich bedenkenlos amüsieren. Ich will nicht herzlos sein. Du weißt, wieviel mich das selbst angeht. Du bist nicht der Amüsier-Typus; das ist vermutlich meine Schuld. Aber von frühester Jugend an hast du dich so darum bemüht, immer auch die Kehrseite der Medaille zu sehen, so daß du gewöhnlich zu abgelenkt warst, um dich zu vergnügen.«

»Das stimmt. Ich erinnere mich, daß ich nie Fangen spielen wollte, weil ich immer fand, daß dem Vorgang, jemanden zu fangen, etwas unerträglich Grausames anhaftete. Und natürlich hatte ich auch das Gefühl, es sei eine unerträgliche Qual, wenn ich gefangen würde. Ich erinnere mich auch, daß George mein Lieblings-Beatle war, weil er aussah, als leide er am meisten.« Diejenigen, die wirklich Spaß hatten, mochten nicht nur Paul am liebsten, sondern trugen auch Buttons mit der Aufschrift: ›I love Paul‹. Nina trug nie einen, auf dem stand ›I love George‹, weil das politisch unbedeutend gewesen wäre. Nina seufzte. Ihre Mutter hatte recht. Und vermutlich war es zu spät, eine von denen zu werden, die Spaß hatten. »Also unterstützt du diesen interessanten Plan?« fragte Nina.

»Ja. Und du willst doch sicher dazu beitragen, den Mord an Susan zu rächen?«

Natürlich wollte sie das. Was war bloß los mit ihr? Ihre älteste Freundin war gerade umgebracht worden, und sie saß hier und grübelte herum, weil ihre Mutter sie nicht zur Gruppe der Amüsierfreudigen zählte. Vielleicht war es an der Zeit, ihre zögerlichen Unentschlossenheiten abzuwerfen und sich als Superheldin zu zeigen. Fast konnte sie sich als Superwoman vorstellen, dazu mußten die Strumpfhosen allerdings schwarz und nicht von dieser häßlichen, unkleidsamen grellen Farbe sein. Gott sei Dank war Lycra erfunden worden. Das hielt einen wirklich zusammen.

Außerdem hatte sie sich immer mit den Opfern identifiziert. Hier bestand eine Chance, diese neurotische Tendenz ins Nützliche zu wenden. Je mehr sie sich in diesem Fall mit dem Opfer identifizierte, desto größer war die Wahrscheinlichkeit, daß die Männerjagd erfolgreich wäre. Aber Nina hatte immer noch Zweifel. »Findest du, der Plan klingt erfolgversprechend?« fragte sie Ida. »Abgesehen davon, daß ich Männer kennenlerne, meine ich. Glaubst du, es besteht die Aussicht, diesen Kerl zu fangen?«

»Wie soll ich das wissen? Ich habe wirklich keine Ahnung, ob es vernünftig ist, in einer Stadt dieser Größe darauf zu hoffen, daß der Mörder auftaucht wie ein falscher Fuffziger. Aber wenn Detective Williams es nicht für zu abwegig hält, dann muß etwas dran sein. Er sah aus wie jemand, der weiß, wovon er redet.«

Ida hatte jenen bestimmten Ausdruck im Gesicht, der anzeigte, daß sie Williams attraktiv fand. Es war angenehm zu wissen, daß die eigene Mutter zwar so konventionell war, einen ständig zur Heirat zu drängen, aber andererseits offen genug, einen jüngeren schwarzen Polizisten anziehend zu finden. »In Ordnung«, sagte Nina. »Ich mache es. Ich hoffe nur, du ermutigst mich nicht nur deswegen, weil du die namentlich Begünstigte meiner Lebensversicherung bist.«

»Sei nicht albern.« Ida nahm ihr Tablett. »Wir wollen uns jetzt etwas Kunst ansehen.« Als sie die Treppe zu den Impressionisten hinaufgingen, konnte Nina nicht umhin, sich zu fragen, ob ihre Mutter für immer ihre namentlich Begünstigte bleiben müsse.

9

»SJW oder SWW? Single, jüdisch, weiblich, oder Single, weiß, weiblich. Ich wünschte, ich würde mich erinnern, welches Kürzel Susan gewöhnlich benutzte.« Nina reichte Williams den Schreibblock. »Was meinen Sie?« Sie befanden sich in Susans Apartment, nachdem sie die offizielle Erlaubnis erhalten hatten, eine von Susans Kontaktanzeigen zu rekonstruieren. Williams hatte sorgfältig jede Schublade und jeden Papierstoß durchsucht, aber keine alte Vorlage gefunden.

Über die Jahre hinweg hatte Susan Nina eine Reihe ihrer Anzeigen gezeigt, aber Nina konnte sich nur noch sehr verschwommen daran erinnern. Soweit sie wußte, blieb Susan bei dem Muster ›einerseits elegant, andererseits sportlich‹ – fühle mich wohl in Seide wie in Jeans, liebe Wandern und Brunch, Ski-Langlauf und Limousinen. Es war nichts Neues. Aber Susan hatte behauptet, auf diese Weise würde es am besten funktionieren, da New York voller Frauen sei, die immer auf einem Taxi bestünden. Sobald man aber Interesse für andere Fortbewegungsformen zeigte, würde dies die Anzahl der Zuschriften vergrößern.

Nina und Williams hatten versucht, sich an das Schema zu halten, aber sie hatten Schwierigkeiten mit der Einstiegszeile. »Wir wollen lieber keine dieser Abkürzungen nehmen«, sagte er. »Sie sind banal. Finden Sie nicht auch. Hat sie wirklich so ein Zeug geschrieben?«

»Vielleicht nicht.« Nina wußte es nicht mehr genau. Er hatte recht, es war banal. Wie kam es, daß ein Polizeibeamter, der kurz vor der Pensionierung stand und mit seiner achtzigjährigen Mutter in einem Zweifamilienhaus in St. Albans wohnte, besser Bescheid wußte, wie man eine Kontaktanzeige abfaßte, als sie? Vielleicht sollte sie sich darüber ernsthaft Gedanken machen. »Und lassen

Sie uns ›interessant‹ streichen«, sagte sie. »Ich hasse das Wort.«

»Ich denke, wir sollten es stehenlassen«, sagte Williams. »Es könnte genau ins Schwarze treffen. Ich wette, die meisten Massenmörder halten sich für interessant.«

»Dieses Wort war schuld daran, daß ich so oft reingefallen bin. Warum fahre ich immer darauf ab?«

»Weil Sie zu der Art von Menschen gehören, die schnell gelangweilt sind. So sind Sie vermutlich schon seit Ihrer Geburt. Deshalb suchen Sie nach dem Interessanten.« Wiederum hatte er recht. Williams hatte die Frage beantwortet, die die dreißigtausend Dollar teuren Psychotherapiesitzungen beherrscht hatte. »Außerdem«, fuhr er fort, »suchen Sie einen Ehemann oder einen Mordverdächtigen? Verlieren Sie das Ziel nicht aus dem Auge.«

»Meine Mutter glaubt, bei dem Unternehmen würde auch für mich etwas abfallen.«

»Man soll die Hoffnung nicht aufgeben.«

»Sie glauben nicht, daß ich mich jemals verheirate?«

»Wer weiß?«

»Nur wegen dieser dämlichen Untersuchung, in der behauptet wird, meine Chance, von einem Terroristen erschossen zu werden, sei größer?«

»Oder von einem Mörder erwürgt zu werden?«

»Diese statistische Wahrscheinlichkeit ist in der letzten Woche dramatisch gestiegen«, erwiderte Nina.

»Wie wäre es, wenn wir interessant durch komplex ersetzen?« schlug Williams vor.

»Großartig. Damit stöbern wir die wirklich Meschuggenen auf.«

»Aber das ist doch genau das, was wir wollen.«

»Komisch, früher hatte ich damit überhaupt keine Probleme. Plötzlich muß ich deswegen Anzeigen aufgeben.«

»Es ist die effizientere Methode, um das Unglück herbeizuführen, für das Sie bestimmt sind.«

»Sie haben wohl keine allzu hohe Meinung von der Ehe, was?«

»Ich weiß nicht«, sagte er. »Ich halte sie im Grunde für eine nützliche Einrichtung. Genauso, wie zur Mittelklasse zu gehören. Das ist auch nützlich. Es hält einen in stabilem geistigem Zustand. Es ist zu qualvoll, arm zu sein, und zu hart, reich zu werden. Selbst wenn man nicht das Gefühl hat, das Leben zu führen, für das man bestimmt ist, lebt man angenehm.«

»Geschieden zu werden ist nicht angenehm.«

»So schlimm ist das nicht. Aber ich hätte nicht all die Jahre allein bleiben und zusehen können, wie alle meine Kollegen Häuser und Autos kauften und sich über Ausbildungskosten beklagten. Ich wollte mitspielen. In meinem Alter allerdings ist es gar nicht so schlecht, allein zu sein. Die meisten Gespräche drehen sich jetzt um Prostataprobleme und Zweistärkenbrillen. An solchen Unterhaltungen kann ich mich beteiligen, ob ich nun verheiratet bin oder nicht.«

Sie wußte nicht, was sie sagen sollte. Sie war immer in Verlegenheit, wenn sich Leute über Probleme beklagten, die sie nie hatte. »Wie wäre es mit sensibel? Statt interessant oder komplex?« fragte Nina.

»Gut. Aber nicht in der adjektivischen Form.«

»Sehr richtig beobachtet«, sagte Nina. »Sensibilität wird als wünschenswerte Eigenschaft betrachtet, während sensibel so klingt, als hätte man einen Nervenzusammenbruch oder so was ähnliches.«

Williams schrieb eine Weile. »Wie finden Sie das?« Er lehnte sich zurück und las vor: »Einladung zum Wandern. Berufstätige Frau, Mitte dreißig, attraktiv und gesellig, sucht verwandte Seele für Unternehmungen in der Stadt, Wanderungen auf dem Land und ein wenig Liebe. Ich suche jemanden, der seinen Weg durch die Welt gefunden hat, aber genügend Sensibilität und innere Ruhe besitzt, um es eine Woche lang in den Wäldern auszuhalten.«

»Das ist gut«, sagte Nina. »Vor allem die Wendung, eine Woche in den Wäldern ..., gefällt mir. Es hat dieses gewisse ›je ne sais quoi‹, nach dem wir suchen. Und was machen wir jetzt damit?« Nina versuchte, begeistert zu klingen, aber sie hatte den Spaß daran verloren. Betrachte es einfach als eine außerordentlich organisierte Form von Schnitzeljagd, sagte sie sich.

»Ich gebe es in die nächste Ausgabe des ›New York Magazines‹. Da hat Susan doch annonciert, oder?«

»Ja. Manchmal hat sie auch die ›New York Review of Books‹ benutzt. Aber sie sagte, das habe die falsche Art von Männern gebracht. Sie hatten zwar die richtigen politischen Ansichten und die richtige Bildung, aber jeder sei auf seine Art so exzentrisch gewesen, daß das die Möglichkeiten wieder reduziert habe.«

»Die Art von Typen, die in Atelierwohnungen voller alter Zeitungen und Illustrierten leben.«

»Ich hatte einen solchen Freund.«

»Haben Sie ihn durch die ›New York Review of Books‹ gefunden?«

»Nein. Ich sagte Ihnen bereits, bezüglich Kontaktanzeigen bin ich Jungfrau.« Kaum hatte sie das gesagt, wußte sie, daß es ein Fehler war. Es war zu provozierend. »Nicht, daß ich nicht daran gedacht hätte«, fuhr sie fort. »Ich meine: Wird man so alt wie ich, ohne über so etwas nachzudenken? Wenn man allein ist, meine ich. Aber ich befand mich fünf Jahre lang in dieser zwiespältigen Beziehung, wodurch sich die Notwendigkeit, zu solch drastischen Mitteln zu greifen, reduzierte.«

»Ich verstehe, was Sie meinen.«

»Wie lange waren Sie verheiratet?«

»Ich spreche nicht über meine Ehe.«

»Oh.«

Er schwieg und streckte sich. »Ich habe seit langem eine zwiespältige Beziehung. Sie ist verheiratet.«

»Das muß schwer sein.«

»Nein, eigentlich nicht. Es ist praktisch.«

Nina versuchte, sich Williams' verheiratete Geliebte vorzustellen. Sie sah eine harte irische Polizistin vor sich, vielleicht Williams' Partnerin aus den Zeiten, als er den ganzen Tag Streife fahren mußte. Sie hatte sicher drei Kinder in der katholischen Schule und einen Trunkenbold und Versager zum Ehemann. Nina stellte sich Williams und die Polizistin eng umschlungen auf dem Vordersitz eines Streifenwagens vor, der versteckt unter einer Autobahnbrücke stand. Dann dachte sie an eine reiche Frau in einem Natori-Negligé, die sich mit Williams in einer Maisonettewohnung an der Park Avenue traf, während ihr Mann und ihre Kinder in Gstaad beim Skifahren waren und sie zurückgelassen hatten, damit sie ihre Weihnachtseinkäufe machen konnte. Nina stellte sich vor, wie sie aus kostbaren Kristallgläsern Wein schlürften, während ein Spaghettiträger von der knochigen linken Schulter der Frau glitt. Als nächstes phantasierte sie eine zurechtgetrimmte, energische schwarze Lehrerin, die auf dem Heimweg von der Junior-High-School in Queens verstohlen durch die Hintertür in Williams' Haus schlüpfte. Und sie sah, wie die großen Hände von Williams ihre schmale Taille umspannten und ihre Mathebücher auf den Linoleumboden in der Küche fielen.

Nina kannte sich in der Welt der Affären mit Verheirateten nicht besonders aus. Die meisten ihres Jahrgangs waren erst so kurz verheiratet, daß noch keine Zeit für Affären gewesen war. Und in der Generation ihrer Eltern kam so etwas nicht vor. Nina versuchte sich ihre Tanten und Onkel vorzustellen, verstrickt in abgründige Passionen mit den Golfpartnern ihrer jeweiligen Ehehälften, aber es wollte ihr einfach nicht gelingen.

Sie wollte aber auch nicht behaupten, sie sei nie einem verheirateten Mann an einem Restauranttisch gegenübergesessen, der ihr nicht gesagt hätte, wie witzig, interessant und sexy sie sei – Aussagen, die man einem unverheirateten Mann nicht einmal mit einer chirurgischen Pinzette aus der Nase ziehen konnte. Wenn man in den Augen eines Mannes wie ein köstlicher kleiner Happen erscheinen wollte, mußte man sich an die alten, hungrigen Verheirateten halten. Die Jungen, die Verfügbaren, sahen einen so schräg abschätzend an, als wäre man eine Immobilie. Und zu dieser Art von Mann gehörte vermutlich auch der, der die Anzeige beantworten würde. Sie sah es genau vor sich: eine lange Reihe von Immobilienschätzern, die sie auf ihre baulichen Mängel hin inspizierten. Vielleicht war einer von ihnen ein Mörder. Gott, wie sie Verabredungen haßte.

»Das wäre es also?« fragte sie. »Jetzt warten wir auf die Antworten?«

»Machen Sie Scherze? Jetzt ist Wandersaison. Wir vergeuden doch nicht Wochen mit Warten.« Er zog eine Liste aus einem Papierstapel auf Susans Schreibtisch. »Ich bin ihren Kalender durchgegangen, ihr schwarzes Brett und die Briefstapel, die auf ihrem Schreibtisch lagen. Ich versuchte herauszufinden, welcher Art von Wandergruppen sie sich anschloß. Hier habe ich eine Liste, die innerhalb eines Zeitraums von zwei Monaten Auskunft über die Veranstaltungen verschiedener Organisationen gibt. Susan hatte mehrere ausprobiert. Alle, die sie getestet hat, sind offensichtlich vom Catskill Mountain Club gesponsert worden. Bringt Sie das auf etwas?«

»Lassen Sie mich nachdenken. Catskill Mountain Club ... der CMC. CMC kommt mir bekannt vor, aber ich bin nicht sicher.«

»Nun, wir haben ja nichts zu verlieren, wenn wir es ausprobieren. Was machen Sie diesen Samstag?«

»Ich habe irgendwie das Gefühl, ich gehe zum Wandern. Stimmt das?«

»Außer es ist wirklich ein Problem für Sie.«

»Am Montag muß ich zu einem Prozeß, aber der wird vermutlich verschoben.« Wandern am Samstag und ein Prozeß am Montag. Das Leben war ein Irrenhaus.

Nina fragte sich, wo ihre Wanderschuhe waren. Wahrscheinlich irgendwo hinten in ihrem Schrank bei den

Langlaufskiern. Relikte aus den Zeiten, als sie statt einer Aktentasche einen Rucksack trug. Es hatte Zeiten gegeben, in denen sie Lokalradio gehört hatte, statt Kabelfernsehen zu sehen. Als sie große, flattrige Arbeitshemden trug, ohne an Schulterpolster zu denken. Als sie sich die Zeit nahm, Vollkornweizen zu kochen und Pullover zu stricken, statt ihr ganzes Geld zu Loehmann's und in Sushi-Küchen zu tragen. Eine Zeit, in der es den Anschein hatte, eine Frau und Anwältin zu sein, wäre etwas Edleres, Ehrenwerteres und Einfallreicheres als bloß das Rad der Generationen eine Umdrehung weiterzudrehen von der gelangweilten Hausfrau zur gelangweilten Rechtsvertreterin.

Nina spürte einen plötzlichen Energieschub gespannter Erwartung. Wieder die Bergwelt zu durchstreifen war vielleicht genau das, was sie brauchte. Diese ganze Herzmuskel-Fitness, die sie sich antrainiert hatte, war sonst schließlich doch für die Katz. Warum rannte man dreimal die Woche zur Gymnastik, wenn die ganze Vitalität dann doch nur dazu gebraucht wurde, Leute vor dem Wohnungsgericht anzuschreien?

»In Ordnung. Und was genau soll ich am Samstag machen? Soll ich einen Mann mit Kontaktlinsen in die Wälder verschleppen und sehen, ob er mich umbringt?«

»Keineswegs! Das ist nur ein Testlauf. Sprechen Sie mit allen Männern auf der Wanderung und beobachten Sie einfach, was sich zwanglos ergibt. Seien Sie ganz Sie selbst. Aber bleiben Sie bei der Gruppe. Versuchen Sie nichts Provokatives. Sie werden allein sein, also seien Sie vernünftig.«

»Als wir damit anfingen, sagten Sie, Sie würden mir folgen.«

»Wenn Sie sich dann mit jemand zum Wandern verabreden, werde ich Sie überwachen.«

»Tun Sie doch um Himmels willen nicht so, als wäre solch eine Verabredung ein Ding der Unmöglichkeit für mich.«

»Seien Sie nicht albern«, erwiderte Williams. »Ich bin überzeugt, Sie können so viele Verabredungen haben, wie Sie wollen.« Ein schräger Blick streifte sie. Es war nicht direkt einer jener Blicke, den ihr verheiratete Männer zuwarfen, um ihr zu bedeuten, daß sie ein köstlicher kleiner Happen war, aber er reichte aus, um deutlich zu machen, daß sie und Williams zwei verschiedengeschlechtliche Menschen waren, die allein in einem Zimmer saßen. Eine winzige chemische Reaktion kam in Gang. Nichts Explosives, vielleicht schlüpfte nur ein Atom von einem Molekül in ein anderes. Aber es genügte, um sie aufzurütteln. Diese kleinen Vorfälle brauchte sie, vor allem seit die meisten Männer in ihrem Leben ihr eher Dinge sagten wie: »Ihr Klient ist ein blutsaugerischer Parasit.«

»Was soll ich also tun?«

»Rufen Sie den Wanderführer an, und fragen Sie, ob er eine Fahrt aufs Land für Sie arrangieren kann.« Williams reichte ihr die Liste. »Und dann warten wir einfach, was als nächstes passiert.«

Das war eine vertraute Übung für sie. Warten und zusehen, was als nächstes passieren würde – so verbrachte sie ihr Leben.

10

Nina sah auf ihre Füße. Sie sahen aus wie die von Frankenstein. Die Wanderschuhe hatten sie auf monströse Weise anschwellen lassen. Andererseits, dachte sie, schmeichelten sie in gewisser Hinsicht auch wieder, weil ihre Waden dadurch fast schlank erschienen. Gewöhnlich sah sie ihre Füße nur in schwarzen Wildlederslippern, meistens flach, nur bei Gericht mit kleinem Absatz. Wildleder war gut für Frauen wie sie. Für Frauen, die trotz ihrer Universitätsdiplome und internationaler Reisen immer noch nicht wußten, wie man einen Schuh poliert.

Während sie auf ihre großen Füße sah, erinnerte sie sich an ihre ersten Studienjahre, als sie jeden Tag Bauarbeiterschuhe mit verstärkter Spitze und Metallbeschlägen trug. Das Gelände ihres Colleges war schlammig gewesen. Die Gebäude waren hastig hochgezogen worden, um für die geburtenstarken Jahrgänge gerüstet zu sein. Trotz der guten Absicht hatte es die Uni nicht ganz geschafft. Es gab nicht genügend Unterkunftsplätze, und die Anfänger wurden zu dritt in ein Zimmer gepfercht. Außerdem waren die Grünanlagen nicht fertig; statt dessen gab es fünf Hektar Morast. Die fünfzehntausend Studenten, die die fünftausend Plätze der Studentenwohnheime einnahmen, trugen alle Bauarbeiterschuhe. Selbst die aufgeputzten kleinen Grundschullehrerinnen, die birnenförmige Diamanten an ihren manikürten Fingern hatten, trugen diese klobigen Treter, egal zu welcher Jahreszeit. Wenn sie ihre Füße betrachtete, fühlte sich Nina wieder wie eine Studentin in den ersten Semestern, aber ohne die Depression, in der sie während ihrer ganzen Studienjahre so tief steckte wie mit den Schuhen im Morast.

Im Moment befand sie sich auf dem Rücksitz des Honda Civic von irgend jemandem, der sie vor dem New

York Coliseum, oder dem, was es einmal gewesen war, abgeholt hatte. Das Coliseum sollte jetzt abgebrochen werden. Auf der Markise stand seit Jahren zu lesen, daß die Prüfung der New Yorker Feuerwehrleute hier nicht mehr stattfand. Jedes Mal, wenn Nina vorüberging, stellte sie sich Hunderte junger Iren vor, die hier in Boxershorts für die Eignungstests aufgereiht standen. Es war eine erregende Vorstellung, denn trotz des schleichenden Verfalls und der einstürzenden Stützpfeiler in dieser Stadt waren die Männer von der New Yorker Feuerwehr immer noch unglaublich anbetungswürdig und sexy.

Nina war zusammen mit einer Frau namens Roberta abgeholt worden. Der Name des Honda-Fahrers war Mark Kurtz, und er war ihr erster Verdächtiger. Seine Nummer hatte sie von dem Wanderführer bekommen. Mark Kurtz lebte in Brooklyn und war bereit, Wanderer aus Manhattan im Auto mitzunehmen.

Während sie auf seinen Hinterkopf starrte, ging Nina ihre Checkliste durch. Susan hatte ihren Freund als gut gekleidet und als Träger von Kontaktlinsen beschrieben. Dieser Typ trug Jeans, Wanderschuhe, ein Flanellhemd, einen zottligen Pullover und ein Woolrich-Jackett. Er war passend angezogen, ob das jedoch als gut gekleidet galt, wußte Nina nicht zu sagen. Und die Sache mit den Kontaktlinsen war gleichermaßen verzwickt. Er trug eine Fliegersonnenbrille, was für einen Fahrer auf einer New York-State-Autobahn auch nicht ungewöhnlich war. Vielleicht trug er sie über seinen Kontaktlinsen. Vielleicht waren es geschliffene Gläser. Vielleicht sah er auch ausgezeichnet, womit er ausscheiden würde. Nina versuchte dies herauszufinden, indem sie hinter ihm den Kopf hin und her bewegte und mit einem Blick durch seine Gläser feststellen wollte, ob ihre Optik die Straße veränderte. Sie war sich gerade fast sicher, daß sie eine kleine Veränderung wahrgenommen hatte, als Mark Kurtz in den Rückspiegel sah und Augenkontakt mit ihr aufnahm. »Ist dort hinten alles in Ordnung?« fragte er.

Nina hörte auf, von einer Seite zur anderen herumzurutschen. »Alles in Ordnung.«

»Ihnen wird doch nicht schlecht beim Autofahren?«

Tatsächlich wurde ihr im Auto immer übel. Besonders auf dem Rücksitz. Als Kind war ihr immer schlecht geworden. Erst als sie älter wurde, und vorausgesetzt, sie konnte vorne sitzen, hatte es nachgelassen. Allgemein wurde angenommen, daß Reisekrankheit bei Kindern, wenn sie größer waren, vorbei ging, aber Nina war davon nicht überzeugt. Was sich änderte, war nur, daß man ältere Kinder nicht mehr nach hinten packte. »Keine Sorge. Ich sage Ihnen Bescheid, wenn mir schlecht wird«, sagte Nina.

»In dem Fall könnten Sie mit Roberta tauschen.« Natürlich wollte er sich seinen kleinen sauberen Honda nicht versauen lassen. Konnte sie sich ihn zusammen mit Susan vorstellen? Aus anfänglichen Gesprächsfetzen hatte Nina herausgehört, daß er in Bay Ridge wohnte und bei einer pharmazeutischen Firma in New Jersey als Chemiker arbeitete. Sein Auto sah aus, als wäre es nagelneu, aber die Parkplakette an der Windschutzscheibe zeigte an, daß es bereits einige Jahre alt war. Mark Kurtz war einer jener gesunden, athletischen, überordentlichen Wissenschaftler an der Grenze zur Vertrottelung.

Sie konnte noch nicht einmal sagen, ob er Jude war. Susan hatte darauf keinen Wert gelegt, also würde es auch nicht weiterhelfen. Aber je älter Nina wurde, um so unwiderstehlicher wurde der Drang, dieses Ist-er-oder-ister-nicht-Spiel zu spielen. Die Erwachsenen hatten dies immer getan, als sie ein Kind war, und es hatte sie in den Wahnsinn getrieben. Damals war ihr das engstirnig, spießig und reaktionär erschienen. Heute konnte sie es nicht lassen. Mark Kurtz hätte ein jüdischer Junge sein können, der nach der technischen High-School in Brooklyn auf die Cooper Union University gegangen war. Es konnte aber auch sein, daß er aus einer deutschen Bauernfamilie stammte, an irgendeiner Universität im Mittleren Westen studiert hatte und nur deswegen in Brooklyn lebte, weil er von dort leicht nach New Jersey pendeln konnte, wo er das beste Jobangebot bekommen hatte. Er hatte keinen wahrnehmbaren Akzent, und sein Aussehen – groß, fad und nett – bot keinerlei Hinweise. Und Bay Ridge war eine Gegend, die alles bedeuten konnte. Dort lebten Norweger und Iren in der vierten Generation, aber auch jüdische Yuppies, die sich darüber ärgerten, daß die Mieten in Park Slope zu hoch geworden waren.

Nina versuchte, sich Susan und Mark Kurtz am Morgen nach einer leidenschaftlichen Nacht in Susans Apartment vorzustellen: die verstreut herumliegenden altmodischen Streifen-Bademäntel und die Abalone-Muscheln voller Krimskrams, das Fenster nur halb bedeckt mit einem Stück Seide, das zu schmal war, aber den weiten Weg vom Flohmarkt in Camdentown hierher gefunden hatte. Es war ein unwahrscheinliches Szenarium. Dieser Typ schien alles zu sehr im Griff zu haben und war zu ernsthaft, als daß er sich mit Susan eingelassen hätte. Aber die Vorstellung hatte etwas Romantisches an sich – wie wenn ein amerikanischer Colonel des Zweiten Weltkriegs sich in Paris in eine junge Hure verliebte.

Während Nina ›The Last Time I Saw Paris‹ vor sich hinsummte, beschrieb Mark Kurtz Roberta die bevorstehende Tagestour. Sie schien besorgt, fast gequält. Offensichtlich war sie keine erfahrene Wanderin. Vor allem stimmte ihre Aufmachung nicht. Sie trug einen dreiviertellangen Wollmantel. Nina war keine Expertin, aber sie wußte, daß Wanderbekleidung nicht über die Knie reichen und aus Material bestehen sollte, das in diesem Jahrhundert erfunden worden war. Es war erstaunlich, daß man ohne Mikrofasern wie Goretex und Polypropylen den Südpol entdeckt hatte.

Warum zwang sich Roberta, zum Wandern zu gehen, wenn sie sich davor fürchtete, fragte sich Nina. Fand sie etwa die übrigen Single-Treffs noch qualvoller? Vermutlich. Beim Wandern erwartete zumindest niemand geistreiches Geplauder, und es kam auch nicht zu den entsetzlichen Momenten, wo man verzweifelt den Raum nach einem Gesprächspartner durchkämmt. Wandern bedeutete einfach vorwärts marschieren. Und während der Fahrt dorthin mußte man nur dasitzen. Mark Kurtz konnte mit einem sprechen oder nicht, aber es gab nicht dieses sich Herumdrücken und Suchen nach dem besten Tischpartner. Nina war immer der Ansicht gewesen, daß viel für eine feste Tischordnung sprach. Ging man einen Schritt weiter, landete man bei arrangierten Ehen.

Sie betrachtete Robertas Hinterkopf. Nina tippte auf Sozialarbeiterin. Obwohl man es heutzutage nicht wissen konnte. Hätte man bei einigen Frauen schwören können, sie seien Sozialarbeiterinnen, dann entpuppten sie sich prompt als Verwaltungsrechtlerinnen. Wie Nina. Als sie im College war, machte sie einen Eignungstest, und alle Berufe, die für sie in Frage kamen, hatten nichts mit sozialen Bereichen zu tun. Also machte sie es so wie alle guten Feministinnen der siebziger Jahre, die geboren wurden, um soziale Arbeit zu leisten: Sie kehrte den traditionellen Frauenberufen den Rücken und studierte Jura. Und womit endete das? Sie hatte einen Job, der zu achtzig Prozent aus Sozialarbeit und zu zwanzig Prozent aus besserer Bezahlung bestand.

Aber irgendwie konnte sie sich Roberta bei Gericht nicht ganz vorstellen. Egal, dachte sie sich. Ich muß sie ja keiner genaueren Prüfung unterziehen. Es macht, zum Teufel, gar nichts, ob sie Sozialarbeiterin, Anwältin oder zweite Vorsitzende der Fusions- und Ankaufsabteilung bei Goldman Sachs ist. Ich muß mich auf *ihn* konzentrieren.

Tatsächlich war sie auch nicht als Spürhund, sondern als Köder hier. Williams hatte ihr aufgetragen, bei der Wanderung mit allen Männern zu sprechen und abzuwarten, was sich natürlicherweise ergab. Sie sollte nur sie selbst sein. Es klang wie eine Empfehlung des ›Seventeen‹ Magazins, das sie während ihrer Junior-High-School-Zeit zu

Rate gezogen hatte; der Effekt war, daß sie nicht einen einzigen Verehrer für sich verbuchen konnte. Noch nicht einmal einen Flirt, wenn man von Joey LaRosa absah, der ihr jedesmal den Stuhl wegzog, wenn sie sich setzen wollte. Deshalb war Nina auf der Hut, wenn ihr jemand sagte – egal ob es die Redakteurin einer Frauenzeitschrift oder ein angejahrter New Yorker Polizist war – sie sollte einfach sie selbst sein und zusehen, was sich natürlicherweise entwickelte.

Das einzige, was sich im Moment ganz natürlich entwickelte, war ihre Reisekrankheit. Dabei hatten sie noch nicht einmal die Autobahn hinter sich. Auf der Landstraße würde es noch schlimmer werden. Die Nebenstraßen würden ihr dann den Rest geben. »Roberta?« fragte Nina zaghaft. »Würde es Ihnen viel ausmachen, mit mir den Platz zu tauschen?«

»Oh nein, überhaupt nicht«, erwiderte sie rasch. »Geht es Ihnen sehr schlecht? Möchten Sie, daß wir einen Moment anhalten?« Die Frau war vermutlich doch Sozialarbeiterin, keine Anwältin. Der Beruf als Anwältin änderte einen irgendwie, auch wenn man ursprünglich nur unterstützen und helfen wollte. Das jahrelange Herumstreiten hatte den Effekt, daß man alles kühl auf die möglichen Folgen hin abschätzte. Es war dieser kaltblütig-analytische Zug, der einen, bevor man einen humanen Vorschlag machte, auf die Uhr sehen ließ, um festzustellen, ob noch Zeit dafür war.

»Nein«, sagte Nina. »Mir geht es besser, sobald ich vorn sitze.« Kurtz fuhr seitlich ran, und Nina setzte sich neben ihn. Als sie den Sicherheitsgurt anlegte, drehte sie sich zu ihm hinüber. »Ich denke immer, ich bin über das Alter hinaus, wo mir im Auto schlecht wird, aber dann passiert es doch wieder. Als Kind mußte man nur Taconic Parkway zu mir sagen, und mir kam es schon hoch. Noch heute hüte ich mich davor, auf dem Taconic zu fahren. Das hat man davon, wenn man in der Stadt bleibt, in der man aufgewachsen ist. Man muß immer wieder auf den gleichen Straßen fahren, die einen als Kind schon fertiggemacht haben.«

Kurtz warf ihr einen neutralen, prüfenden Blick zu, als wäre er bei der Arbeit und sie ein kompliziertes Molekül. Er erwiderte nichts. »Und Sie?« fuhr sie fort. »Sind Sie hier in der Gegend aufgewachsen?«

»Nein ich stamme aus West-Pennsylvania. Aber meine Frau ist in New Jersey aufgewachsen, und sie wollte in der Nähe ihrer Familie leben, also zogen wir hierher.«

Frau. Bedeutete das, daß sie ihn ausschließen konnte? Vielleicht hatte er Susan diese Information vorenthalten. Vielleicht erfand er alles auch nur, um sich Nina vom Leib zu halten. Sie würde ein bißchen nachhaken müssen. »Mag Ihre Frau das Wandern nicht? Wie kommt es, daß sie zu Hause bleibt?«

»Oh, sie ist ein begeisterter Wandervogel. Gewöhnlich kommt sie mit, aber letzten Monat hatte sie eine Operation am Fuß und scheidet deshalb eine Weile aus.«

Roberta beugte sich vor. »Wie geht es Janet übrigens?«

»Besser, vielen Dank. Aber ich glaube nicht, daß sie vor nächstem Frühling auf dem Berg auftauchen wird.«

»Ich wünsche ihr gute Besserung.« Also hatte er sie weder erfunden, noch wollte er ihre Existenz geheimhalten. Mark Kurtz konnte sie also ausschließen. Und sie konnte auch den Versuch aufgeben, durch seine Sonnenbrille zu sehen, um festzustellen, ob es geschliffene oder ungeschliffene Gläser waren. Den Rest der Fahrt verbrachte sie damit, ihm zuzuhören, wie er eine neue chemische Verbindung beschrieb, die kurz vor der Patentierung stand.

11

Die Wandergruppe sollte sich um zehn Uhr an der Catskill Gate Lodge einfinden, einem einfachen Gasthaus und Wanderertreff und Ausgangspunkt verschiedener Bergrouten. Sie kamen gegen Viertel nach zehn dort an, und als sie vom Parkhaus zu dem Gasthaus hinübergingen, stieg Nina der Geruch von Holzfeuer in die Nase. In der Stadt bekam man dergleichen nicht zu riechen, es sei denn in der Nähe brannte ein Haus ab. Ungefähr ein Dutzend Wanderer hatte sich unter dem Vordach im Sonnenschein versammelt. Sie plauderten, tranken Glühwein und befestigten die Gurte ihrer Rucksäcke. Sie waren hübsch anzusehen mit ihren fröhlich bunten Pullovern und den Wollmützen, – wie ein Bild aus einem Benetton-Katalog. Das dumme war nur, daß es sich ausschließlich um Frauen handelte. Frauen, die aussahen wie Roberta. Oder wie Nina. Wo waren die rauhen Bergsteiger, die Gipfelstürmer, die Expeditionsexperten? Das hier konnte genausogut ein Erstsemestertreffen sein. Kein einziger Verdächtiger in dem ganzen Haufen.

Die meisten Frauen schienen Mark Kurtz zu kennen, der Nina den anderen vorstellte. »Auf wen warten wir?« fragte sie.

»John fährt eine Gruppe herauf. Ich bin sicher, er kommt bald.« John war der Führer, mit dem Nina telefoniert hatte; er hatte die Fahrt mit Kurtz arrangiert. Er zumindest war ein Mann. Aber war er eine Art Charles Manson mit einem Harem wandernder jüdischer Mädchen anstelle der mörderischen Squeaky Frommes? Nina stellte sich vor, wie Charles Manson in einem verbeulten VW-Bus herauffuhr und später Susan auf einem verlassenen Bergpfad erwürgte. Als der nächste Wagen ankam, hatte sich John in Ninas Geist bereits in einen Massenmörder verwandelt.

Aber auf den Mann, der dem japanischen Kleinbus entstieg, schien Susans Beschreibung nicht ganz zuzutreffen. Er war nicht gut gekleidet und nicht gut gebaut, er hatte keinen guten Haarschnitt und trug mit Sicherheit keine Kontaktlinsen. Er war klein und knochig, hatte einen Haarwirbel über der Stirn, und die Hemdenzipfel hingen ihm unter dem Pullover hervor. Er trug eine Brille, die von einer Angestelltenkrankenkasse vermutlich unentgeldlich zur Verfügung gestellt wurde: ein Plastikgestell, für das kein Aufpreis zu entrichten war. Er hinkte ein wenig, was seine Geschwindigkeit aber nicht zu beeinträchtigen schien, als er zum Vordach hinübermarschierte. Drei Frauen – Typ Haremsmitglied – stiegen ebenfalls aus und folgten ihm.

»Na, wie geht's euch?« fragte er, als er auf die Veranda stieg. Seine dröhnende Baritonstimme klang angenehm, und er hatte ein nettes Lächeln, das viele Fältchen auf seinem Gesicht entstehen ließ. Nina überdachte ihren Entschluß, ihn von der Liste zu streichen, noch einmal. Vielleicht vermochte er mit seinem Charme magische Kräfte auszuüben, die Susan vorgaukelten, dieser lächerliche Zwerg sei in Wirklichkeit ein Adonis. Er paßte nicht ins Bild, aber vermutlich sollte sie ihn nicht so einfach abtun.

Auf der Karte, die im Gasthaus ausgehängt war, wurde die bevorstehende Tour als mäßig schwierig beschrieben. Ninas Plan bestand darin, bei John an der Spitze zu bleiben und ihn in eine Unterhaltung über seine Erfahrungen mit Kontaktlinsen zu verstricken. Aber das kleine Hinkebein war zu schnell für sie. Sie mußte feststellen, daß sie zusammen mit Roberta und einer Frau aus dem Kleinbus die Nachhut bildete. Einmal überkam sie ein nagendes Gefühl, versagt zu haben, das sie aber bewußt niederkämpfte. Der Tag war zu herrlich und der Anstieg war wirklich nicht steil genug, um ihr Qualen zu bereiten. Obwohl sie nicht allzu sicher auf den Beinen war und an ihrem linken Fuß sich bereits eine Blase zu bilden begann, schienen sich die Aerobic-Stunden bezahlt zu machen. Außerdem erwiesen sich Roberta und die andere Frau als nette Begleiterinnen.

Wie sich herausstellte, war Roberta weder Sozialarbeiterin noch Anwältin, sondern eine frühere Bibliothekarin, die sich selbständig gemacht hatte. Irgendeine computerisierte Consulting-Firma, die für Informationsdienste arbeitete. Nina hatte zwar nur eine vage Vorstellung davon, dennoch hielt sie es für eine clevere Idee. Die andere Frau, namens Karen, war eine Hebamme, die sie mit faszinierenden Geschichten über schwierige Zangengeburten unterhielt. Zuweilen erschien Nina die Gesellschaft von Frauen wie ein riesiger warmer Swimmingpool, in dem sie sich stundenlang hätte räkeln können. Wäre da nicht dieser verhaßte kleine Bademeister »Heterosexualität« gewesen, der mit beständigem Pfeifen und Kommandieren: »Raus aus dem Wasser!« geschrien hätte. Das war natürlich nicht ganz richtig. Man blieb lange genug im Becken, und irgendeine Frau platschte einem Wasser ins Gesicht, und man kam sich plötzlich vor wie ein Stück Dreck. Oder es wurde einem kalt, weil man den Sprung, Männer vollkommen aufzugeben, nicht gewagt hatte. Aber es gab sehr lange Perioden, in denen man den Eindruck hatte, weibliche Gesellschaft sei das einzig Angemessene.

Ihre heutige Mission allerdings hatte nichts mit heterosexuellen Bademeistern zu tun, sagte sie sich. Sie mußte einen Auftrag ausführen, und hierbei brauchte sie nichts persönlich zu nehmen. Als die Gruppe den Bergkamm erreicht hatte und Mittagspause machte, zwang sie sich daher, neben John Platz zu nehmen und ihn in eine Unterhaltung zu verstricken.

»Die Tour ist hoffentlich nicht zu schwer für Sie«, sagte er, als sie über einen Felsbrocken stolperte und ihm fast vor die Füße fiel. »Sie scheinen aber ganz gut durchzuhalten.«

»Stimmt. Ich weiß, daß ich zu den Letzten gehörte,

aber das macht mir nichts aus. Mir macht es Spaß.« Sie öffnete den Reißverschluß ihres Rucksacks und nahm ein Erdnußbuttersandwich heraus. Irgendwie paßten Wandern und Erdnußbutter zusammen.

John verspeiste seinen Kraftriegel für Bergsteiger aus einem Beutel mit Klettverschluß. »Das ist die richtige Einstellung«, sagte er. »Man muß nur seinen eigenen Rhythmus finden, das ist das ganze Geheimnis. Man kann jede Entfernung bewältigen, es ist nur eine Frage, wie lange man dazu braucht. Und wenn Sie das beherzigen, werden Sie feststellen, daß sie schneller werden. Und wenn nicht, ist es auch in Ordnung. Es gibt eine Menge Leute, die jahrelang die Nachhut waren und trotzdem viel Spaß hatten. Das macht gar nichts.«

»In New York denken sie nicht ganz so. Dort ist man der Letzte, wenn man nicht der Erste ist. Und ist man der Letzte, hat man verloren.«

»New York ist eine große Stadt. Da gibt es alle möglichen Arten von Leuten. Aber die New Yorker haben eine bestimmte Art der Geduld, die sich beim Wandern als nützlich erweist. Nun, Geduld ist vielleicht das falsche Wort. Toleranz kommt der Sache näher. Sie sind widrige Verhältnisse gewöhnt, das kommt ihnen bei Bergtouren zugute. Es gibt Neulinge beim Wandern, die nie etwas anderes getan haben, als auf Vorortautobahnen zu fahren und in Ladenzentren einzukaufen; deren Frustrationsschwelle liegt bei absolut Null. Die gehen einmal zum Wandern und dann nie mehr. Ein Mensch, der U-Bahn fährt, ist da ganz anders.«

Nina sah ihn nachdenklich an. Er verfügte über einen volkstümlichen Charme, der bezwingend war. Susan hatte für diese Art von Naturburschentum nicht viel übrig gehabt. Sie fühlte sich mehr von dem städtischen Typus angezogen. Aber man wußte ja nie.

»Das ist interessant«, sagte sie. »Warum sind es übrigens so viele Frauen?«

»Vielleicht aus dem gleichen Grund.«

»Sie meinen, wir sind widrige Verhältnisse gewöhnt?«

»Richtig. Ich habe da so meine Theorien, was Wandern und Frauen betrifft, vielleicht interessiert Sie das.«

»Sicher. Wenn Sie es mir sagen wollen.«

Er legte den Rest seines Kraftriegels zur Seite und zog eine Orange heraus, während Nina sich vorzustellen versuchte, sie könnte etwas, das Schokoladenraspel enthielt, so gelassen beiseite legen. »Erstens«, sagte er, »sind Frauen in der letzten Zeit verstärkt an Fitneß interessiert. Dennoch verhalten sie sich den meisten Wettkampfsportarten gegenüber ablehnend. Wollen wir Sie als Beispiel nehmen. Betätigen Sie sich körperlich während der Woche?«

»Ich mache Aerobic.«

»Spielen Sie Squash?«

»Nein.«

»Haben Sie je irgendeinen Mannschaftssport getrieben?«

»Wenn Sie vom Mädchen-Volleyball in der High-School absehen, dann nicht. Und auch das nur, weil es Pflicht war.«

»Welchen Sportarten sind Sie auf dem College nachgegangen?«

»Formationsschwimmen und Volkstanz.«

»Denken Sie mal nach. Ist Wandern nicht die Freiluftvariante von Formationsschwimmen und Volkstanz?«

»Vermutlich. In gewisser Hinsicht.«

»Es ist ein Gemeinschaftsunternehmen«, sagte er. »Eine Gruppe kommt zusammen und entscheidet, wann und wohin sie wandern möchte. Alle haben das gleiche Ziel und bei der Verfolgung dieses Zieles kümmern sie sich umeinander.«

Karen, die Hebamme, saß, einen Apfel essend, in der Nähe und mischte sich in das Gespräch ein. »Bei Ihnen klingt das nach Freizeitvergnügen von emsigen Bienen«, sagte sie. »Ich habe eine vollkommen andere Theorie über Frauen und Wandern. Es hat weniger mit Kooperation als mit Überleben zu tun.«

»O.k.«, sagte John. »Lassen Sie hören.«

»Danke für die Sprecherlaubnis.« Karen war ganz eindeutig kein Mitglied irgendeines Harems. »Ich glaube, daß unsere Generation von Frauen zu einem großen Teil damit experimentiert, allein zu überleben. Ohne Ehemänner, Kinder oder ältliche weibliche Verwandte, die um uns herumglucken. Nur mit einigen sorgfältig ausgesuchten Freunden, und die werden auf Distanz gehalten. Die Vorstellung, daß die Netze der Unterstützung begrenzt sind, hat etwas Aufregendes, flößt aber zugleich Angst ein. Man muß davon überzeugt sein, die Überlebensfähigkeiten wirklich entwickelt zu haben. Und bei Bergtouren beweist man sich das. Ganz auf sich gestellt, kämpft man sich zwei Stunden, zwei Wochen oder wer weiß wie lange durch die Elemente. Und man behauptet sich, wodurch man sich beweist, daß man im ureigentlichen Sinn überleben kann. Für mich ist es gleichgültig, ob ich in einer Gruppe bin oder nicht.«

»Aber Sie müssen zugeben«, sagte John, »daß Sie mit Ihrer Neigung, allein zu wandern, aus dem Rahmen fallen.«

»Ich wandere nicht allein. Ich wandere mit meinem Hund.«

Nina betrachtete Karen. Sie war klein und zart gebaut, aber sie wirkte nicht zerbrechlich. Sie sah ziemlich entschlossen aus. Eine von den Frauen, in deren Nähe sich Nina so athletisch wie ein Pudding vorkam, die einen Wagen mit Vierradantrieb fuhren und über Ninas Unbehagen einem Schaltgetriebe gegenüber nur lachen konnten. Leichter war für sie der Umgang mit Leuten wie ihrer Schwester Laura, die zu viele Phobien entwickelt hatte, um überhaupt zu fahren. Bei Laura kam sich Nina wie eine Pionierin vor. Wie konnte sich die gleiche Frau abwechselnd wie ein Pudding und wie eine Pionierin fühlen, und zwar mit derselben Intensität? Hing es nur davon ab, mit wem sie zusammen im Zimmer war? Nina hatte dafür geradezu eine Begabung. Während der vergangenen Jahre war das Pudding-Gefühl seltener geworden, da die meisten Frauen dazu tendierten, weniger über ihre waghalsigen emanzipatorischen Unternehmungen zu sprechen, und mehr darüber, welch eingeengtes Leben sie führten, weil ihre Männer nicht genug Geld verdienten.

Jetzt mußte sie das Gespräch auf Kontaktlinsen bringen. Das bedurfte einiger konversationsakrobatischer Tricks, da es den Anschein hatte, daß der Disput zwischen John und Karen gerade erst begonnen hatte. Sie erinnerten an zwei Männchen aus dem Tierreich, die sich zu Drohgebärden anschickten, bevor sie die Geweihe ineinander verhakten.

»Karen«, sagte Nina fröhlich, »sind Ihre Augen wirklich so blau, oder tragen Sie getönte Kontaktlinsen?« Sie kam sich vor wie eine dieser republikanischen Ehefrauen, die die Unterhaltung sanft in neutrale Gewässer steuerten, sobald es zu hitzig wurde.

»Das ist meine Augenfarbe. Aber ich habe sie nie für besonders blau gehalten«, erwiderte Karen mit einem Anflug von Verachtung. Nina durchfuhr der Gedanke, Karen könnte annehmen, sie wollte mit ihr flirten. Sie sah aus wie eine der Frauen, in die andere Frauen sich verknallten.

»Und wie steht es mit Ihnen, John?« fuhr Nina fort. »Haben Sie je Kontaktlinsen getragen?«

»Nein«, sagte er.

»Ich auch nicht«, sagte Nina. Sie lehnte sich gegen einen Felsen, um sich zu entspannen. Nachdem ihre Untersuchung beendet war, konnte sie sich auf einen vorwiegend abwärts führenden Rückweg freuen. Das machte tatsächlich Spaß. Man stellte Leuten unwichtige persönliche Fragen, ohne sich nichtssagend vorzukommen.

»Es war ein Reinfall«, sagte Nina zu Williams. »Ich hasse es, wie eine dieser Frauen in den Frauenzeitschriften zu klingen, aber es gab keine Männer dort.« Die letzten vier Wörter brachte sie in gespielt klagendem Tonfall hervor.

»Überhaupt keine?«

»Nun, nicht ganz. Es gab zwei Männer, aber keiner von ihnen zählte wirklich.« Nina und Williams waren wieder in Susans Apartment. Es war so etwas wie ihr Privatbüro geworden. Nina fragte sich, wer die Miete bezahlte und wie lange die Person, die das tat, damit fortfahren würde. Solche Gedanken kamen einem in New York, wo die monatliche Miete durchschnittlich die Hälfte des Monatseinkommens verschlang.

»Erzählen Sie mir von ihnen«, sagte er.

Nina beschrieb Mark Kurtz, John und ihre Wanderung. Williams machte sich auf einem Block Notizen. »Glauben Sie nicht, daß wir sie ausschließen können?« fragte sie.

»Ich glaube, Sie müssen den beiden im Moment nicht weiter nachgehen. Aber nichts im Leben wird ausgeschlossen, nichts. Es kommt alles in die Akte.«

»Wie wahr.« Genauso fühlte sie sich: wie ein dicker Aktenordner, angefüllt mit halbfertigen Schriftsätzen und unleserlichen Aktennotizen. Was sie brauchte, war jemand, der Ordnung in die Papiere brachte. Hätte sie doch nur auf die Löschtaste drücken und die ganze emotionale Fracht irgendwo im Universum abwerfen können. Sie öffnete den Mund und wollte gerade darüber etwas sagen, hielt sich aber zurück. Sie mußte aufpasssen. Williams war nicht ihr Therapeut. Er bekam keine achtzig Dollar die Stunde dafür, daß er sich ihr Seelenleben erzählen ließ. Oder ihre Nörgeleien. (Das eine war ohne das andere nicht möglich.) Sie wandte sich von ihrer Psyche wieder dem Fall zu. »Den Samstag scheinen wir also als totalen Reinfall verbuchen zu können, oder?«

»Nicht ganz«, sagte er. »Sie werden sich in absehbarer Zeit als Liebhaberin des Wanderns ausgeben müssen. Also ist es ganz nützlich, wenn Sie über eine kürzlich stattgefundene Wanderung reden können.«

»Ich denke auch. Vorausgesetzt ich habe jemanden, mit dem ich darüber reden kann. Es gibt nämlich noch keine einzige Antwort auf meine Anzeige, müssen Sie wissen. Nicht, daß ich es persönlich nehme. Zur Hälfte tragen Sie die Verantwortung dafür, weil Sie das formuliert haben. Wenn niemand mit mir ausgehen will, bedeutet das, Sie wollen auch mit Ihnen nichts zu tun haben.«

»Damit kann ich leben. Aber ich mache mir keine Sorgen. Es ist noch zu früh. Sie werden ein paar Antworten kriegen. Die Briefe müssen zuerst an die Zeitung geschickt werden und von dort an Sie.«

»Vielleicht hätten wir uns ein Postfach mieten sollen. Dann wäre es schneller gegangen.«

»Das wollte ich nicht machen«, sagte Williams, »weil es nicht Susans Gepflogenheiten entsprach. Ich möchte die gleichen Ausgangsbedingungen schaffen.«

»Glauben Sie, es hätte einen Unterschied gemacht?«

»Vielleicht. Ein Postfach könnte verschiedene Leute abschrecken. Es könnte den Anschein erwecken, die Anzeige sei von jemandem aufgegeben worden, der ständig Anzeigen schaltet.«

»Oder von so einem merkwürdigen Typ mit einem Versandgeschäft. Das fällt mir imer ein, wenn ich Postfachnummern sehe: Ein Typ, der sein Geld mit Schneid- und Raspelmaschinen im Spätfernsehen verdient und nebenbei Kontaktanzeigen aufgibt.«

»Tatsächlich wäre so ein Bursche gar kein schlechter Fang. Diese Jungs, die direkt verkaufen, machen ein Vermögen.«

»Vielen Dank, aber ich bin immer noch in dem Alter,

wo ich eine verwandte Seele suche und keinen Schnitzel- und Raspel-König.«

»Wirklich? Ich dachte, Sie hätten die fünfunddreißig hinter sich?«

»Hören Sie, das ist nicht komisch«, sagte Nina und versuchte so herablassend wie möglich zu klingen. »Selbstironie ist eine hochentwickelte Kunstform. Ein Humor aber, der andere herabsetzt, ist eine vulgäre Ausdrucksform, die gerne von gescheiterten, älteren Komödianten angewandt wird, die in den Catskills zum Passahfest kein ordentliches Engagement mehr kriegen.«

»Nicht, wo ich aufgewachsen bin. Aber wir nannten das auch nicht herabsetzenden Humor, sondern Leute runtermachen.«

»Ja, sicher. Leute runtermachen war auch in der Bronx eine hohe Kunstform. Aber es ist doch etwas, aus dem man herauswachsen sollte.« Sie dachte an ihre Kindheit zurück. Eigentlich erwartete damals niemand ein nettes Wort vom anderen. Mütter schlugen ihre Kinder, Jungen hingen im Schulhof herum und fluchten, während die Mädchen sich gehässige Briefchen schrieben und sich übereinander lustig machten. Und da sollte sie zu einer Ehefrau heranwachsen, die weiß, wie man das Ego eines Mannes hätschelt. Und eine Mutter werden, die den Kindern früh Selbstachtung beibringt. Kein Wunder, daß sie beiden Rollen aus dem Weg ging. Aber für Juristerei war die Bronx ein gutes Trainingsfeld. Man eignete sich eine Menge Praxis an, die Argumente anderer Leute zu durchlöchern.

»Aber mit meinem Alter haben Sie recht«, fuhr Nina fort. »Ich habe festgestellt, daß sich in letzter Zeit meine Prioritäten geändert haben. Es hat den Anschein, als verbrächte man die ersten fünfunddreißig Jahre damit, sich Sorgen zu machen, weil man nicht schlank genug ist, und die zweiten mit Sorgen, weil man nicht reich genug ist.«

»Und die dritten, wenn Sie das Glück haben sollten?«

»Daß man nicht mehr alle Tassen im Schrank haben

könnte, denke ich. Obwohl ich darin eigentlich ganz prima bin.«

»Danke, daß Sie mir das sagen. Sie finden bei einer Untersuchung alle möglichen interessanten Sachen heraus.«

Da wären wir also wieder, sagte sie sich. Ich kann mich keine fünf Minuten unterhalten, ohne mich über meine Neurosen auszulassen, oder, falls mir diese Freude verweigert wird, über meinen Geist zu sprechen, wonach ich die Unterhaltung auf den anderen wunden Punkt bringe, nämlich meinen Verdauungstrakt. »Sie können das in der Akte ›Nina‹ ablegen. Was ist das überhaupt für eine neue Spur, von der Sie mir am Telefon erzählt haben?«

Williams griff nach einem Stapel von ›New York Magazines‹ auf dem Schreibtisch und zog ein Dutzend Exemplare heraus. Er schlug eines auf und suchte die Privatanzeigen.

»Sehen Sie? Sie sind alle angestrichen.« Er zeigte Nina, daß einige der Anzeigen mit Fragezeichen versehen und andere abgehakt waren.

»Das ist großartig. Wo haben Sie die gefunden?«

»Unter ihrem Bett.«

»Sind das neue Ausgaben?«

»Ziemlich neu. Die älteste ist vom Juni.«

»Also könnten wir die beantworten. Ich glaube, die Zeitschrift gibt die Briefe auch jetzt noch an diese Typen weiter.«

»Solange Briefe hereinkommen, werden sie weitergeleitet. So läuft das.«

Nina sah sich eine Anzeige an, die Susan mit einem Häkchen versehen hatte. Sie las sie Williams vor: »›Runderneuert. Bereit, es wieder zu versuchen. Geschiedener Mann, Ende dreißig, Akademiker, Wall Street. Ich bin gern draußen und liebe meine Kinder. Suche eine unabhängige Frau gleicher Wesensart, Aussehen nicht unwichtig.‹ Ich wundere mich, daß sie darauf geantwortet hat.«

»Warum?«

»Dieser Bursche muß ganz eindeutig eine Menge Unterhalt zahlen. Und Sie wissen doch, was er mit unabhängig meint. Der möchte sich nicht noch eine weitere Zahlung einhandeln.«

»Hat Susan jemand gesucht, der für sie zahlt?«

»Irgendwie schon.«

»Hmmm.« Williams sah ein bißchen sauer aus.

»Sehen Sie«, erklärte Nina, »in dieser Stadt sieht man all diese Frauen mit Zwölf-Zentimeter-Absätzen, weil von ihnen keine andere Bewegung verlangt wird, als zu ihrer Limousine zu stöckeln. Man wird es müde, ständig die eigene Münze in den Fahrkartenautomaten zu stecken.«

»Und wie steht es damit, daß er geschieden war? Das hat sie nicht gestört?«

»Es gibt da so eine landläufige Theorie, daß Männer, die sich bis Ende dreißig nicht verheiratet haben, es nie tun werden. Daß man mit einem runderneuerten Reifen, wie er sich selbst bezeichnet, besser dran ist. Ich glaube, es war letzten Winter, als Susan auf ihrem Möbelgeschäfts-Trip war.«

»Was meinen Sie damit?« fragte er.

»Sie drückte sich in Möbelgeschäften herum, um Männer kennenzulernen, gemäß der Theorie, daß jeder Mann, der allein Möbel kaufen geht, vor kurzem geschieden wurde und reif für den Aufriß ist. Noch frisch vom Gefechtsstand, wenn Sie wollen.«

»Ich verstehe. Aber offensichtlich hat sie sich nicht auf die Runderneuerten beschränkt. Die meisten Anzeigen, die sie angekeuzt hat, sagen nicht ausdrücklich, daß der Mann geschieden ist.«

»Das war keine Bedingung. Susan war für alles offen. Meistens sogar etwas zu sehr.«

»Das letzte Mal ohnehin.«

»Stimmt.« Nina preßte die Handflächen zusammen und stützte ihr Kinn darauf. »Zu bedenkenlos offen.«

»Das muß sie gewesen sein. Weil ich all diese Anzeigen immer wieder gelesen habe und kein deutliches Muster entdecken kann. Bei einigen heißt es jüdisch, bei anderen ist vom Wandern die Rede, bei weiteren davon, daß sie geschieden sind. Bei den nächsten aber gar nichts davon. Sie sind wahllos herausgegriffen.«

»Alles ist vertreten, außer ›diskrete Nachmittage‹, was?«

»Was heißt das?« fragte er.

»Ich sehe, Sie sind kein ständiger Leser.«

Er grinste. »Nein, das bin ich nicht. Vielleicht können Sie ein Muster ausmachen, das ich nicht sehe. Etwas Subtileres. Ich habe Ihnen ein paar Exemplare zum Lesen mitgebracht. Schauen Sie eine Weile hinein. Wir wollen sehen, was Ihnen dazu einfällt. Dann fassen wir nächste Woche ein paar Antwortschreiben ab.«

»In Ordnung.«

»Wissen Sie, ob Susan ihre Antworten getippt oder mit der Hand geschrieben hat?«

»Ich weiß nicht. Aber glauben Sie mir, selbst wenn sie sie mit der Hand geschrieben hat, muß ich das nicht auch tun.«

»Warum nicht?«

»Jemand, dem Susans Handschrift gefallen hat, wäre von meiner sicher nicht begeistert.« Susan hätte allein aufgrund ihrer Handschrift in die Kunstakademie gehen können. Meine sieht mehr aus wie das Gekritzel eines arthritischen Besoffenen.« Tatsächlich war Nina ein bißchen stolz auf ihre krakelige Schrift. Sie hatte so etwas angenehm Machohaftes an sich. Niemals würde man sie für eine Klosterschülerin halten. Aber auf die Idee wäre sowieso kaum jemand gekommen.

»In Ordnung, Sie können sie tippen.«

Nina hatte nie das Gefühl gehabt, beim Jurastudium viel gelernt zu haben. Weder hatte sie die ganze Tragweite des britischen Rechtssystems begriffen noch die wunderliche Einzigartigkeit, die das Gewohnheitsrecht vom kodifizierten Recht unterschied. Ein Vertrag erschien immer als ein langes, langweiliges Schriftstück im Gegensatz zum lebendigen Zusammentreffen denkender Menschen.

Aber eines hatte sie in ihrem Jurastudium gelernt: Übernimm nie Tipparbeiten.

»Wie wäre es damit?« fragte sie energisch, als hätte sie alles unter Kontrolle – eine Haltung, die ihr nicht angeboren war. »Ich entwerfe ein Musterblatt mit einer Antwort und gebe an, wieviel Kopien jeweils verschickt werden sollen. Und Sie lassen sie tippen und versenden.« Sie wußte, daß die Zeiten der alten Krimis passé waren, wo Williams an einer alten mechanischen Schreibmaschine gesessen hätte, um eigenhändig darauf einzuhacken.

»Klingt gut. Könnten Sie morgen abend fertig sein?«

»Morgen ist schlecht.« Übermorgen war der Abgabetermin für ein Memorandum, in dem sie Widerspruch gegen die Niederschlagung eines ihrer Fälle einlegen mußte. Sie spürte, wie eine kleine Panikwelle anschwoll und auf sie zurollte. Nina versuchte gerne zu denen zu zählen, die unter Belastung und Zeitdruck aufzublühen begannen. Aber insgeheim hielt sie sich für eine Person, die aufblühen würde, wenn sie mehr Zeit, mehr Geld und weniger Anforderungen gehabt hätte. Ganz genau würde sie es nie wissen. »Wie wäre es statt dessen mit Mittwoch?«

»Prima.« Natürlich gestattete er ihr den Aufschub. Was hätte er sonst auch machen sollen, sie hinauswerfen?

»Das wird lustig«, sagte sie. »Wir tun so, als wären wir Susan, während wir die Anzeigen laufen lassen. Wie klassische Schauspieler. Wir füllen die Abalone-Muscheln mit Krimskrams, stecken uns große Ohrringe an, besprühen uns mit Parfüm, Marke Obsession, sitzen herum und essen Reiskuchen.«

»Sie meinen diese Styropor-Dinger? Ich passe.«

»Aber die Ohrringe und das Parfüm machen Ihnen nichts aus?« Sie stellte sich Williams in Frauenkleidern vor. Er war ein massiger Typ, und unwillkürlich fiel ihr das tanzende Nilpferd aus ›Fantasia‹ ein.

»Wenn es der Sache dient«, sagte er. Und sie hatte das Gefühl, er meinte es ernst.

13

Nina nahm am nächsten Tag die Anzeigen mit ins Büro. Immer wenn sie das Gefühl hatte, Ordnung in ihr Leben bringen zu müssen, nahm sie Dinge, die zu erledigen waren, mit zur Arbeit: unbezahlte Rechnungen, Dankschreiben – Aufgaben, die sie zu Hause hoffnungslos überforderten, erschienen im Büro als die reinste Erholung. Und das waren sie auch, verglichen mit dem endlosen Durcheinander der Probleme ihrer Klienten, das sie zu entwirren hatte. Im Büro einen Scheck auszuschreiben hatte etwas Unerlaubtes an sich. Die gestohlene Zeit empfand sie als genauso aufregend wie Sex im Fahrstuhl. Aus dem gleichen Grund bewahrte sie Zahnseide im Schreibtisch auf. Mit der Ungehörigkeit, sich im Büro die Zähne zu reinigen, kam sie der sprichwörtlichen Sekretärin unter dem Schreibtisch so nahe als möglich.

Aber es war noch mehr. Büros gaben ihr das Gefühl zu funktionieren. Obwohl sie weit davon entfernt war, bei der Arbeit alles unter Kontrolle zu haben, versank sie dennoch nie in jene hoffnungslose Verzweiflung, die sie überkam, wenn sie zuviel Zeit zu Hause verbrachte. Im Büro konnte man immer schnell nach nebenan gehen und sich durch die Geschichten eines Kollegen ablenken lassen. Um menschliche Anteilnahme zu bekommen, bezahlten Leute Therapeuten, Nutten und die Telefonseelsorge. Nina schätzte sich glücklich, denn sie hatte einen Korridor voller gleichgesinnter Menschen, die immer zu einem Gespräch bereit waren – darin lag vermutlich der Grund, weshalb sie nie ihren Arbeitsplatz gewechselt hätte. Sie befürchtete, daß man sie anderswo nicht mehr so mögen würde, daß sie wieder wie in der Junior-High-School, trotz aller Vorsätze und Wünsche, allein am Cafeteriatisch sitzen würde.

Zu Hause hingegen war man wieder auf sich selbst zurückgeworfen mit all der schmutzigen Wäsche und den düsteren Gedanken. Nina hatte nie gelernt, sich zu Hause wohl zu fühlen, hatte nie ihre Angst vor dem Haus, ihre »Casaphobie«, überwunden. Andere Frauen schienen zu Hause aufzublühen. Weder ihre Mutter noch ihre Schwester machten den Eindruck, es bereite ihnen Probleme, die Küche zum Mittelpunkt ihres Lebens zu machen. Nina hingegen brauchte ein summendes Kopiergerät und zwei Telefonleitungen, um sich wohl zu fühlen. Ein Geschirrspüler und eine Mikrowelle brachten nicht den gleichen Effekt. Ganz zu schweigen davon, daß man sich im Büro erst ein Essen bestellen mußte, wenn man Appetit hatte, was die Kaloriensünden etwas schwieriger machte als der Griff zur Kühlschranktür. Allerdings gab es Tage, insbesondere wenn sie an einer Klageschrift arbeitete, an denen sich die Lieferanten in der Halle die Klinke in die Hand gaben.

Heute hätte einer dieser Tage sein können. Der ganze Morgen verstrich, bevor sie Gelegenheit fand, gegen die Niederschlagung ihrer Klage einen Einspruch zu formulieren. Der Ausdruck Einspruch war vermutlich für das, was sie tat, etwas hochgegriffen. Sie war immer der Ansicht gewesen, daß sie im ersten Jahr des Jurastudiums statt juristischer Formulierungen besser Schneiden und Kleben hätte lernen sollen. Dann hätte man zu den juristischen Lehrformeln aufsteigen können und von dort zu den höheren Weihen.

Nina schnipselte und klebte eine Weile. Aber sie wollte nicht alles in reiner Formelhaftigkeit abfassen. Sie versuchte immer, wenigstens einen hochfliegenden Gedanken in ihren Schriftsätzen unterzubringen, genauso wie sie versuchte, ihn auf den jeweiligen Fall zuzuschneidern. Das wenigstens, so meinte sie, schuldete sie ihren Klienten. Aber hier fiel ihr überhaupt nichts ein. Es war ein guter Fall: Einer Großmutter war beim Anhörungstermin der volle Sozialhilfesatz verweigert worden, obwohl sie ihre vier Enkelkinder allein versorgte. Der zuständige

Beamte war mit einem dringenden Telefonat beschäftigt gewesen, das ihn während der Einvernahme unterbrochen hatte. Nina hatte den Eindruck, sie müsse dagegen Einspruch einlegen, und sie hatte recht. Die Ablehnung enthielt verdrehte Fakten und sogar Elemente von Rechtsbeugung.

Nina lehnte sich zurück und versuchte, ihren hochfliegenden Gedanken freien Lauf zu lassen, aber es wollte ihr nichts einfallen. Dabei wäre nur ein bißchen schlichte Kreativität gefragt gewesen. Die Mutter der Kinder war gestorben, die Identität der Väter war unklar, die Großmutter war alles, was sie hatten. Sie lebte von einem Sozialhilfezuschuß, weil sie wegen ihrer Herzkrankheit nicht arbeiten konnte. Den Zuschuß bekamen Leute, die nicht lange genug fest angestellt gewesen waren, um den vollen Satz zu erhalten. Als Betreuerin der vier Kinder hatte die Großmutter Anspruch auf Kinderbeihilfe. Die war ihr verweigert worden. Der anhörende Beamte war nicht überzeugt gewesen, daß sie tatsächlich diese Kinder versorgte, was lächerlich war. Hätte er während der Anhörung zugehört und nicht telefoniert, wäre ihm klargeworden, daß die Forderung zu Recht bestand.

Sie spürte, daß ihr ein genialer Gedanke kam: Die Ghetto-Großmutter – die Stütze der Kleinfamilie. Eine Reihe würdevoller älterer Frauen paradierten vor ihrem geistigen Auge vorüber. Sie marschierten von ihren Arbeitsplätzen als Heimpflegerinnen, Schwesternhelferinnen oder anderen sozial wichtigen Funktionen nach Hause, holten die Enkelkinder aus der Tageskrippe ab und waren dann bis in die Nacht mit Windelwechseln und Flaschenwärmen beschäftigt. Am nächsten Morgen zogen sie sich wieder an und begannen von vorn.

Nina dachte an ihre Schwester, die Arztgattin, die halbtags als Möbelrestauratorin arbeitete und ganztags ein Kindermädchen beschäftigte. Laura war überzeugt, mit ihrem dritten Kind das Äußerste geleistet zu haben. Dann dachte Nina an sich selbst: an ihre zwiespältigen Empfindungen gegenüber der Mutterschaft, der Ehe und sogar gegenüber einer verdammten Verabredung. So viel zum würdevollen Vorwärtsmarschieren.

Der Gedanke an Verabredungen ließ jede Art von genialischen Einfällen versiegen. Sie legte die Akte beiseite und nahm sich Susans Kontaktanzeigen vor. Neben der ersten stand ein Fragezeichen. Die Überschrift lautete: »Gutaussehender christlicher Geschäftsmann.« Susan hatte wohl einen Scherz gemacht? Sie ging zur nächsten über. Die begann mit: »Liebevoller, unprätentiöser Investment-Banker.« Daneben stand auch ein Fragezeichen. Vielleicht bedeuteten Susans Fragezeichen nicht »Sollte ich die beantworten?«, sondern »Ist dieser Typ ganz richtig?« Nina überflog die anderen, bis sie zu einer angekreuzten Anzeige kam. Hier stand: »Ich mag Jazz, Wandern, im Village nach Antiquitäten stöbern und Ballett. Ich suche eine sehr kluge, sehr geistreiche, sehr nette, sehr echte Frau, mit der ich mein Leben teilen will. Alter und Religion unwichtig. Sollte rötliches Haar haben. Lebenslauf/Foto. NYM T2847.« Nina fragte sich, welcher Mann Alter und Religion weniger wichtig fand als die Haarfarbe. Susan hatte manchmal rötliches Haar, manchmal nicht. Es hing ganz davon ab, wie lang ihre letzte Hennakur zurücklag.

Als Nina die Anzeigen durchgelesen hatte, erschien ihr der Wunsch nach rötlichem Haar als Minimalforderung. Die herkömmliche Vorgehensweise bestand nämlich darin, mit drei oder vier ebenso glanzvollen wie nichtssagenden Adjektiven die eigene Person zu skizzieren und darauf eine lange Liste von Anforderungen folgen zu lassen, die man von einem Partner erwartete. Zum Abschluß wurde oft noch einmal hervorgehoben, was sich jemand von der Partnerschaft erhoffte. Manche wollten ihr Leben mit jemandem teilen, eine enge Bindung eingehen, heiraten und eine Familie gründen, sich in die Seele des anderen versenken oder – im Falle des liebevollen, unprätentiösen Investment-Bankers – in diesem Winter mit einer Zwölfmeter-Yacht durch die Karibik segeln.

Die Adjektive, mit denen sich die Männer beschrieben, waren bedeutungslos und austauschbar: dynamisch, erfolgreich, robust, sensibel, gutaussehend, athletisch – von keinem bekam man ein wirkliches Bild. Aber ihre Wünsche waren klar umrissen. Das erinnerte Nina an einen Anwalt, mit dem sie einmal ausgegangen war. Das Rendezvous hatte in einem italienischen Restaurant stattgefunden. Natürlich auf seinen Wunsch hin. Er hatte den Kellner erbarmungslos ins Kreuzverhör genommen. Waren die Tomaten in der Mozzarella-Vorspeise frisch oder getrocknet? Enthielt der Salat aus Meeresfrüchten Tintenfische? Wenn nicht, verzichte er darauf. Welche Art von Essig benutzten sie in ihrem Dressing? Balsamico sei in Ordnung, einfacher roter Weinessig nicht. Zitronensaft sei ein annehmbarer Ersatz, aber nur frischer. Keinesfalls aus Flaschen. Wie es mit dem Salat stehe? Radicchio und Rukula seien in Ordnung, Endivie könne er aber nicht ausstehen. Ob es zum Kalbsschnitzel Wildpilze gebe oder etwa diese geschmacklosen Dinger, die man in Halbpfundkartons kaufe? Als er seine Aufmerksamkeit von der Speisekarte ab- und Nina zuwandte, wollte sie nur noch auf und davon. Natürlich wurde sie genauso auseinandergenommen. Wie lange sie in Therapie war? Bei einem Psychiater oder einem Psychologen? Hoffentlich bei keinem Nervenarzt. Hatte sie jemals eine Gruppentherapie gemacht? Die Gruppe sei hoffentlich gemischt gewesen. Hauptsächlich Frauen? Wie war das Verhältnis? Vier zu drei war annehmbar, drei zu eins nicht.

Nina fragte sich, worin der Trick bei der Beantwortung dieser Anzeigen bestand. Vielleicht mußte man den Teufel mit dem Beelzebub austreiben, das hieß, die gleichen nichtssagenden Adjektive für sich selbst benutzen und eine eigene lächerliche Liste von Anforderungen aufstellen. Sie vermutete allerdings, daß der wirkliche Trick in der Zusendung eines Fotos bestand, auf dem man einen Ledermini trug, der nicht länger war als ein Aktenordner im Normalformat. Nun, das hätte vielleicht bei Susan geklappt, aber nicht bei Nina. In ihrem Fall konnte es sich nur um eine Porträtaufnahme handeln.

Dennoch mußte sie sich so beschreiben, daß sie auch Susan hätte sein können. Alter, Religion, Wohngegend und Hintergrund waren kein Problem. Frisieren mußte sie ein wenig, wenn es um ihren Beruf und ihr Äußeres ging. Sie nahm ihren Block wieder zur Hand und begann mit der Formulierung der Antworten. Eigentlich war das von der Abfassung eines Antrags gar nicht so verschieden. Sie schrieb ein paar formelhafte Abschnitte und begann dann mit der Schneide- und Klebearbeit. Bevor sie sich's versah, hatte sie einen ganzen Stapel Antworten produziert.

Das Grundmuster gefiel ihr. Sie hielt es für ziemlich ausgefuchst. Jede Antwort begann mit: »Hi. Zum ersten Mal beantworte ich eine Anzeige im ›New York Magazine‹, weil Ihre die erste ist, die keines der folgenden Wörter enthält: Triathlon, Qualität, intellektuell, Gentlemen's Quarterly, Unternehmer, Yacht, Vorstandsvorsitzender oder St. Tropez. (Sie überprüfte jede Anzeige zweimal, ob das auch zutraf. ›Intellektuell‹ jedoch tauchte mit solcher Regelmäßigkeit auf, daß sie es streichen mußte.) Auch Begriffe wie Geschäftemachen oder Makeln eignen sich nicht besonders für geistreiche Wortspiele. Vor allem haben Sie in der Anzeige nicht alle Wörter mit dem gleichen Anfangsbuchstaben begonnen.«

Im folgenden beschrieb sie sich als Frau, die in einem sozialen Beruf tätig ist. Ihrer Ansicht nach traf das grundsätzlich zu, obwohl sie nicht oft das Gefühl hatte, jemandem wirklich zu helfen. Aber es kam Susans Arbeit näher, als wenn sie etwas von Jura geschrieben hätte. Die Beschreibung ihres Äußeren beschränkte sie auf »attraktiv«, es schien nicht unbedingt notwendig, spezifischere Angaben zu machen. Der Jazz-Liebhaber zum Beispiel sollte sicher sein, daß sie einen Rotschimmer im Haar hatte. Das traf tatsächlich zu, vorausgesetzt, man betrachtete sie im Freien bei direkter Sonneneinstrahlung. Besondere Beachtung schenkte sie den Draußen/Drinnen-Unternehmungen und betonte ihren Wunsch nach einer echten Beziehung. Aber nur mit jemandem, der Kontaktlinsen trug, dachte sie.

Den ganzen Nachmittag feilte sie an dem Text. Es war großartig, auf diese Weise die Arbeit an ihren Anträgen zu umgehen. Schließlich mußte sie bis drei Uhr morgens aufbleiben, um ihre juristischen Pflichten zu erledigen. Aber am folgenden Abend, als sie Williams den Stapel Antwortbriefe zeigte, war sie ziemlich stolz.

Er las ein paar durch. »Wir werden den ersten Abschnitt streichen müssen«, sagte er schließlich.

»Nein«, jammerte Nina. »Der ist das beste an der ganzen Arbeit. Er ist innovativ, mutig und frisch.«

»Meinen Sie, jemand glaubt Ihnen, sie hätten noch nie auf eine Anzeige im ›New York Magazine‹ geantwortet?«

»Aber es stimmt.«

»Es ist, als wollten Sie sich als Jungfrau verkaufen. Aber in einem gewissen Alter verliert das die Wirkung, auch wenn es wahr ist.«

Nina spürte, wie ihr Verhandlungstalent sich zu regen begann. »Wie wär's damit? ›Zum ersten Mal seit Jahren antworte ich auf eine ›New York Magazine‹-Anzeige, weil es so selten ist, daß eines der folgenden Wörter fehlt.‹ Wie finden Sie das? Klingt das glaubwürdiger?«

»Ich denke schon«, sagte Williams.

»Soll ich bei denen hier meine Telefonnummer angeben?«

»Ich habe daran gedacht. Ich glaube aber, es ist nicht fair, Ihnen das zuzumuten, deshalb habe ich in Ihrer Wohnung einen zweiten Anschluß installieren lassen. Wir entfernen ihn wieder, wenn alles vorbei ist.«

»Das ist sehr aufmerksam, aber eigentlich zwecklos.

Wenn ich meinen wirklichen Namen angebe, kann man mich ja im Telefonbuch finden.«

»Das müssen Sie nicht tun, wie Sie wissen.«

»Was?«

»Ihren wirklichen Namen benutzen. Sie können einen anderen annehmen. Oder zumindest einen anderen Nachnamen.«

Nina dachte darüber nach. »Ich glaube nicht, daß ich das könnte. Es wäre, als würde ich mich verheiraten und meinen Namen ändern. Das kann ich mir nicht vorstellen.«

»Es wäre überhaupt nicht wie heiraten und den Namen ändern. Wir sprechen nur davon, zu ein paar Verabredungen zu gehen. Und Sie könnten Nina bleiben. Sie wären einfach Nina Hershkowitz statt Nina Fischman.«

»Ich könnte niemals Nina Hershkowitz sein. Nicht einmal für eine einzige Verabredung.«

»Und wie wär's damit? Wir geben Ihnen den neuen Anschluß, und Sie sind einfach Nina. Sie sagen ihnen, Sie hätten einmal ein merkwürdiges Erlebnis gehabt und würden Ihren Nachnamen nicht gerne preisgeben.«

»Nina X, die geheimnisvolle Frau. Ich weiß nicht, ob ich das durchstehe. Ich bin nicht gerade die verschwiegenste Person auf Erden. Fragen Sie irgendeinen meiner alten Freunde, die nicht mehr mit mir sprechen.«

»Nun, Sie müssen sich ein wenig anstrengen, wenn Sie nicht in Schwierigkeiten kommen wollen. Es geht um die Jagd nach einem wirklichen Mörder und nicht um eine Wochenend-Scharade für Singles.«

»In Ordnung, ich werde versuchen, mich ein wenig bedeckt zu halten.« Sich bedeckt zu verhalten war ihr von Natur aus nicht gegeben. Sie fand es ... nun, eben bedeckt. Vermutlich könnte sie so aber einmal wunderbar üben, wie man sich bei Verabredungen verhielt. Auch vor Gericht könnte es sich als hilfreich erweisen. Auf keinen Fall wäre ein solches Verhalten schlecht für ihr Poker-Spiel.

Nina gehörte eigentlich nicht zu den Leuten, die sich über Waren beschwerten. Ihr schien nie aufzufallen, daß mit einem Artikel etwas nicht in Ordnung war, während andere Leute sich aufregten, vor Wut kochten und die Sachen zurückbrachten. Deshalb war es ihr wahrscheinlich auch nie gelungen, Rechtsstreitigkeiten etwas abzugewinnen. Im geborenen Anwalt hingegen loderte die ewige Flamme rechtschaffener Entrüstung.

Als sie aber den Stapel Antwortschreiben durchsah, den sie auf ihre Anzeige bekommen hatte, konnte selbst eine Niete wie sie nicht darüber hinwegsehen, daß es sich hier um die schwersten Fälle arglistiger Täuschung handelte, die ihr seit ihrem Jurapraktikum untergekommen waren. Damals hatte sie Gelegenheit gehabt, bei den Nachforschungen im Rahmen einer Schadensersatzklage gegen Rio Alegre, einer Gesellschaft, die in Neu-Mexiko Land verkaufte, mitzuarbeiten. Der Präsident von Rio Alegre war der Ansicht gewesen, er habe in einer Reihe höchst anrüchiger Angelegenheiten die volle und reine Wahrheit gesagt. Und diese Typen, die auf ihre Anzeige geantwortet hatten, kamen dem sehr nahe.

Allerdings nicht alle. Es gab eine Reihe sehr netter Briefe von Männern, die in New Jersey eigene Heizungsfirmen betrieben oder am Kennedy-Airport Gepäckträger waren. Deren Briefe waren frei von Übertreibungen, wenn auch nicht von Rechtschreibfehlern. Aber das waren nicht die Figuren, die Susan gesucht hatte, als sie nach New York zog. Und Nina wäre sehr überrascht gewesen, wenn Susan sich mit einem von ihnen auf ihre letzte Wanderung begeben hätte.

Also sonderte Nina die Briefe der Werktätigen aus und konzentrierte sich auf die Werbefeldzüge der Akademiker. Die Anwälte waren leicht auszumachen. Man mußte nur im Verzeichnis von Martindale Hubbell nachsehen. Von den meisten Anwälten, zumindest von den Zivilrechtlern, fand man dort einen Lebenslauf abgedruckt. Nina hatte einmal ein Exemplar in einem Antiquariat entdeckt und es aus Neugier nach Hause geschleppt. Das tat jetzt gute Dienste. Sie wählte einen vielversprechenden Brief aus und öffnete das große, ramponierte Buch. Das Alter dieser Burschen ließ sich ziemlich genau feststellen, weil die Darstellung ihres Karriereverlaufs das Jahr des Abschlußexamens verriet.

Dieser Typ hatte sich mindestens zehn Jahre jünger gemacht, es sei denn, er hätte im Jahr seiner Bar Mitzvah auch an der Brooklyner Universität graduiert. Und nicht einmal sein Vorname war richtig angegeben. Aus einem Morton der Depressions-Ära war ein Nachkriegs-Martin geworden. Morton/Martin war offensichtlich überzeugt, daß dieses subtile Spiel mit Vokalen ihm einen gewissen Glanz verlieh, dem er seit seinem ersten Pickel in der Truman-Ära vergeblich nachjagte. Nina entschied, sich mit dem alten Morton nicht näher zu beschäftigen. In seinem Alter wechselte man naturgemäß von Kontaktlinsen zu Zweistärkenbrillen.

Was hatte Susan über den Wandersmann gesagt? Guter Haarschnitt, gut gebaut, gut gekleidet und Kontaktlinsen. Während sie die Briefe durchsah, versuchte sie eine Checkliste aufzustellen, aber damit kam sie auch nicht weiter. Nur sehr wenige hatten Fotos geschickt, und alle, die das getan hatten, waren gut gebaut. Sonst hätten sie auch keine geschickt. Auf den Schnappschüssen trugen die meisten Jeans, standen im Wald, oder, in Ausnahmefällen, vor einem teuren Auto. Kein einziger trug eine Brille. Vielleicht sollte sie sie alle anrufen und über ihre Sichtverhältnisse ins Kreuzverhör nehmen. Andererseits erschien es ihr doch zu unverschämt, sie über ihr äußeres Erscheinungsbild auszufragen, bevor ihnen überhaupt eine Audienz gewährt worden war. Obwohl sie den Eindruck hatte, daß Männer in solchen Situationen genau das taten.

Sie mußte sich auf ihren Instinkt verlassen. Sie hatte Susan besser gekannt als irgend jemanden sonst. Es war an ihr, herauszufinden, welcher dieser Typen Susan gefallen hätte. Aber einfach war es nicht, weil Susan sich zu einem neuen, zielorientierteren Verabredungsmuster gezwungen hatte. Also ging es eher darum, herauszubekommen, welcher dieser Typen Susans Meinung nach zu ihr gepaßt hätte. Es galt, gleichzeitig auf mehreren Ebenen zu operieren. Der wahrscheinlichste Kandidat war der, von dem Susan gedacht hätte, sie müßte sich von ihm angezogen fühlen und der außerdem ihrem Bild von Attraktivität entsprach. Nina teilte die Briefe in einen »sollte antworten« und »sollte nicht«-Stapel und unterteilte dann den »sollte«-Stapel in »wahrscheinlich« und »unwahrscheinlich«. Der »sollte antworten/wahrscheinlich«-Stapel war der kleinste. Aber es blieben eine ganze Reihe von Briefen übrig.

Sie rief Williams an. »Ich habe die wahrscheinlichsten Zuschriften aussortiert«, teilte sie ihm mit.

»Basierend worauf?«

Sie erwog, ihm ihre Vorgehensweise zu erklären. Da sie aber endlose Mißverständnisse befürchtete, sagte sie einfach: »Aufgrund meiner Einschätzung.«

»Nun, in dem Fall sollte ich mir das Ganze lieber ansehen, oder?«

»Ich dachte, ich hätte Ihnen alles über herabsetzende Witze erklärt.«

»Stimmt. Wir wollen sie trotzdem durchsehen. Wie viele sind bei Ihnen denn ins Finale gekommen?«

»Ungefähr ein Dutzend.«

»Was für Leute sind das?«

»Anwälte, Banker, Werbeleute, in der Richtung. Ich glaube auch ein paar Computerfritzen. Ich kann es nicht genau sagen, so eingehend habe ich es nicht kontrolliert.«

»Und wo wohnen sie?«

»Die meisten geben die Vorwahl von Manhattan an. Aber es ist auch mindestens jeweils einer aus Brooklyn, Westchester und New Jersey darunter.«

»Entsprechen sie ihrer Beschreibung?«

»Das kann ich nicht sagen. Nur einer hat ein Foto mitgeschickt, und der sieht meiner Ansicht nach so aus. Allerdings handelt es sich um die Kopie eines Fotos. Und darauf läßt sich nicht feststellen, ob jemand Kontaktlinsen trägt.«

»Erwähnen sie etwas über Wandern?«

»Einige ausdrücklich. Alle anderen verbreiten sich ausführlich über Frischluftaktivitäten. Wollen Sie, daß ich mit einem beginne, der wandert?«

»Ich möchte zumindest einen Blick auf diese Briefe werfen, bevor sie mit irgend etwas beginnen.«

»In Ordnung«, erwiderte Nina. »Aber Sie werden enttäuscht sein. Es sind keine psychotischen Handschriften darunter, keine Sabberspuren und keine blutigen Fingerabdrücke. Nur ein Haufen egozentrischer Yuppies, die aufdringlich ihre Tugenden anpreisen. Und das ist in gewisser Hinsicht erschreckender als blutige Fingerabdrükke, wie ich meine.«

»Sind alle Yuppies?«

»Das würde ich sagen.«

»Warum eigentlich?« fragte er. »Haben wir keine anderen Zuschriften bekommen, oder spiegelt das ihren Geschmack wider? Oder fühlte sich Susan zu ihnen hingezogen?«

»Susan hat solche Typen gesucht.«

»Ich denke, es wäre naiv von mir anzunehmen, daß zwischen dem, wonach sie suchte, und dem, was sie anzog, eine Parallele bestand?«

Wie sollte sie ihm das erklären? Sie hatten sich beide nie für das Konventionelle interessiert. Sie und Susan hatten Jahre damit verbracht, ihre Vorstellungen und ihre Unabhängigkeit zu kultivieren. Aber dann hatten sich die Regeln geändert, und es schien ihnen nichts anderes übrigzubleiben, als sich ihnen zu unterwerfen. Sie war schließlich Anwältin geworden und verabredete sich mit Anwälten. Susan war dem Konventionellen jahrelang aus dem Weg gegangen, indem sie an seltsamen Orten lebte, wo sie mit seltsamen Männern in Verbindung kam. Doch schließlich und endlich war sie nach Hause gekommen, hatte sich an der Universität eingeschrieben und begonnen, nach Anzugträgern Ausschau zu halten.

Seit einiger Zeit hatte Nina den Eindruck, es sei schwerer als je zuvor, ein aufregendes, unabhängiges Leben zu führen, zumindest wenn man kein Vermögen hatte. Offenbar war das völlig aus der Mode gekommen, wenn man mal von ihrer Mutter absah, aber Ida hatte sieben Jahrzehnte lang ihren Pflichten gehorcht, bevor es ihr gelang, das Leben zu führen, das sie führen wollte. Nina fragte sich, bis zu welchem Grad dieses Problem frauenspezifisch war. Eine Simone de Beauvoir zu werden, das schaffte heutzutage vielleicht nur noch ein Mann.

»Tut mir leid«, sagte Nina zu Williams. »So sind die Zeiten. Vielleicht wird das nächste Jahrzehnt besser als das vergangene.«

»Dafür sehe ich keine Anzeichen.«

Nina dachte darüber nach, wie man wohl als Schwarzer in diesem Land lebte. Existentielle Überlegungen waren immer noch ein bürgerliches Privileg. Andererseits war es immer noch besser, über das unerreichte Simone-de-Beauvoir-Format zu hadern als über einen abgebrochenen Fingernagel.

»Ich schicke Ihnen die Zuschriften morgen«, versprach sie, weil ihr nicht einfiel, was sie sonst hätte sagen können.

»Gut. Ich lasse sie bei Ihnen abholen.« Nina spürte eine leise Enttäuschung. Als sie sich fragte, woher das rührte, stellte sie fest, daß sie sich darauf gefreut hatte, ihn zu sehen.

15

Nun war es soweit. Williams hatte ihr grünes Licht mit dem »Sollte antworten/wahrscheinlich«-Stapel gegeben. Aber erst nachdem er die Briefe schmunzelnd durchgelesen und irgend etwas über die maßlose Hochstapelei dieser weißen Jungs gemurmelt hatte.

Nina hatte sich inzwischen mit elf Männern sehr nett am Telefon unterhalten. Zwei waren ausgestiegen. Einer begab sich auf eine ausgedehnte Reise nach Neuseeland, der andere hatte sich die Woche zuvor verlobt. Vielleicht gefiel ihnen auch ihre Stimme nicht, sie konnte es nicht sagen. Wie auch immer, sie standen für eine Inspektion nicht zur Verfügung. Weitere vier behaupteten, noch nie gewandert zu sein. Für den Fall, daß das nicht stimmte, wurden sie in die zweite Runde verwiesen. Damit blieben fünf für die erste Runde übrig, die sich alle gern zu einem Drink mit ihr verabreden wollten – und zu einer Wanderung, falls es sich ergeben sollte.

Jetzt saß sie also an der Bar eines Restaurants, in dem sie noch nie zuvor gewesen war. Und vermutlich auch kein zweites Mal sein würde. Es war ein Schickimicki-Treff, angefüllt mit Leuten, von denen sie immer angenommen hatte, sie existierten nur in Magazinen, bis sie ihnen, wie es ihr gelegentlich passierte, von Angesicht zu Angesicht gegenüberstand. Nina betrachtete sich als New Yorkerin – sie trug Schwarz und ließ sich das Haar auf der Madison Avenue schneiden. Bei der Frau eines Fernfahrers aus Des Moines wäre sie vermutlich auch als solche durchgegangen. Aber ein schärferes Auge hätte die Unterschiede entdeckt. Im Sinne des ›New York Woman Magazines‹ war sie keine richtige New Yorkerin. Nina trug beispielsweise immer noch eine große Umhängetasche, was bei den Anwältinnen im öffentlichen Dienst »de rigueur« war. Die Frauen an der Bar jedoch waren schon vor Jahren zu Fendi übergegangen. Vielleicht ließen sie sich die Haare beim selben Friseur schneiden wie Nina, doch sie richteten sich danach, wenn er ihnen befahl, alle sechs Wochen zu kommen. Statt doppelt so lange damit zu warten, wie Nina. Außerdem trugen eine Menge dieser Frauen hohe Absätze. Was das Tragen von hohen Absätzen anbelangte, schien das Verhältnis von Einkommen zu Absatzhöhe gegenläufig zu sein. Diejenigen Frauen, die unter fünfundzwanzigtausend Dollar im Jahr verdienten, trugen alle Stöckelschuhe. Die zwischen fünfundzwanzig- und siebzigtausend trugen flache Absätze. Aber die wirklichen Topverdienerinnen trugen die gleichen Stilettos wie die Sekretärinnen. Nina hing der Legende an, daß die Absatzhöhe einer Frau, ebenso wie die Länge ihrer Fingernägel, umgekehrt proportional waren zu ihrer Intelligenz. Aber an einem Ort wie diesem kam sie sich in ihren flachen Schuhen wie ein knuddeliger Dackel inmitten glattgestriegelter Afghanen vor.

Auch das Restaurant machte den Eindruck, als würde es alle sechs Wochen einen Haarschnitt verpaßt kriegen. Mit den grünzeuggeschmückten Bars hatte dies hier überhaupt nichts gemein. Tatsächlich war nirgends eine Pflanze zu sehen. Erdfarbene Töne waren den kühleren, postmodernen Grau-, Purpur- und Schwarznuancen gewichen. Die Tische und Stühle mit den abgeschnittenen Ecken zeigten italienisches Design. Graues Leder dominierte zusammen mit einer Menge rauh gebürstetem Aluminium. Anfangs hatte sie es nicht für möglich gehalten, daß man Aluminium bürsten konnte.

Auf jedem Tisch stand eine dunkelrote Solo-Tulpe in einer Solo-Vase. Es handelte sich eigentlich um keine Vase, sondern eher um ein Objekt. Der Sockel bestand aus weißem Marmor, mit einer Vertiefung für das Wasser. Auf einer Seite des Sockels schoß ein ungefähr dreißig Zentimeter langer schwarzer Draht nach oben und bog sich über die Vertiefung mit dem Wasser wieder zum Sockel hinunter. Der Stengel der Tulpe wurde durch den

Draht gezogen und ins Wasser gestellt. Der Draht hielt die Blume aufrecht. Es war genau die richtige Mischung von minimaler Nützlichkeit und Eleganz, wie Design-Kenner sie heute erwarten.

Zu denen gehörte Nina nicht. Sie mußte anerkennen, daß die Vase sehr schlau ausgetüftelt war. Einerseits wurde damit eine künstlerische Aussage gemacht, andererseits brauchte man nur eine Blume zu kaufen. Aber es wirkte klinisch steril. Es sah aus wie ein Gerät aus dem Fundus eines Gynäkologen oder Augenchirurgen. In ihm schien sich der Komplex einer ganzen Generation auszudrücken: Fort mit allem Schmalz und Kitsch, werde schlank und rank und schaff dir dann ein oder zwei Kinder an, um wieder ein wenig Wärme ins Leben zu bringen. Das war genauso unsinnig wie das Ausmahlen von Weizenmehl, bis es keine Nährwerte mehr enthielt, nur um es anschließend mit künstlichen Vitaminen und Mineralien wieder anzureichern. Aber diese Art von Wunderbrot-Welle war gerade am Rollen.

Eine Möglichkeit der Betrachtung bestand darin, dies als die Endstufe eines Zeitalters der Spezialisierung zu betrachten. Man hielt sich eine Wohnung, die aussah wie eine Leder-Bar, und trug Klamotten wie aus der Kleiderkammer einer Science-Fiction-Produktion. Dann stopfte man Hunderte von Stofftieren, altmodische Laubsägearbeiten und eine chintzbezogene Wiege ins Kinderzimmer und putzte die Kleinen mit viktorianischen Kleidchen heraus. Den ganzen Tag sprach man bewußt emotionslos, aber dann wie ein Dreijähriges, sobald man abends nach Hause kam. Von Montag bis Freitag schlug man sich mit Klienten, Personal und gegnerischen Anwälten herum, und am Wochenende floh man mit der Familie aufs Land und pflegte die echten Werte. Nina kam das verlogen vor, aber auch schrecklich anziehend. Es war emotional effizient. Und auf Effizienz kam es bei der Spezialisierung schließlich an.

Die Leute in dem Restaurant schienen für eine chintzbezogene Wiege noch etwas zu jung zu sein. Sie befanden sich vermutlich immer noch in der ganzwöchigen Rank- und Schlank-Phase. Es war Freitagabend, und die Wiegeninhaber hatten sich wohl alle aufs Land verzogen. Aber die Leute sahen gut aus; das war nicht zu bestreiten. Männer wie Frauen. Beide Geschlechter waren gleich angezogen. Die Männer trugen natürlich flache Absätze. Bei ihnen gab es keine umgekehrten Proportionalitäten zum Einkommen, außer vielleicht hinsichtlich der Benutzung von Haaröl. Sie hatte nie herausbekommen, warum Investment-Banker ihr Haar eingefettet nach hinten kämmten wie Motorradfahrer. Aber Frauen wie Männer trugen die gleichen elegant geschnittenen, lose fallenden Hosen. Dazu Hemden ohne Krawatte, hochgeknöpft bis zum Hals, in Rohseide oder Rayon. Die Frauen hatten fabelhafte Dreihundert-Dollar-Silbernadeln an den Hemdkragen stecken. Statt der fabelhaften Nadeln trugen die Männer Dreihundert-Dollar-Silberschnallen an den Gürteln. Füße und Taille beider Geschlechter zeigten eine Menge Schlangenleder. Hier gab es vermutlich mehr Reptilienhaut als im Tiergarten der Bronx.

Während Nina den Raum betrachtete, hielt sie Ausschau nach ihm. Vor allem in Richtung Tür. Seiner Verspätung zufolge mußte er ganz schön abgebrüht sein. Er hatte gesagt, sie würde ihn an seiner runden Brille erkennen. Er war Architekt. Seit Corbusiers Zeiten, hatte er erklärt, trügen eine Menge Architekten runde Brillen. Sie seien wirklich die einzigen, denen das gestattet sei. Wenn sie einen Mann mit einer runden Brille träfe, der kein Architekt sei, dann sei er ein Knallkopf, hatte er am Telefon behauptet. Er hatte zwar nicht dieses Wort benutzt, aber dasselbe gemeint. Sie stellte sich ein großes Büro mit Männern und Frauen vor, die alle runde Brillen trugen. Verneint hatte er dagegen ihre Frage, ob umgekehrt ein Architekt ohne runde Brille dann ebenfalls ein Idiot sei.

Nina kannte keine Architekten. Es war ein Beruf, der seit einiger Zeit nicht mehr unterbezahlte Schufterei bedeutete, sondern etwas Glanzvolles an sich hatte. Die Magazine behaupteten, sie seien die heutigen Rockstars. Eigentlich hätte sie den Typen ausschließen sollen. Susan hatte Kontaktlinsen gesagt, nicht runde Brillengläser. Aber vielleicht trug er normalerweise Linsen und die runde Brille kam nur gelegentlich zum Einsatz – als Erkennungszeichen bei einem Rendezvous mit einer Unbekannten etwa. Außerdem war die Verabredung bereits abgemacht, bevor er etwas von der Brille gesagt hatte. Abgesehen davon wäre dies ihre erste Verabredung mit einem Architekten. Und wenn das schon so seltene Paradiesvögel waren, brachte sie es auch nicht übers Herz abzusagen.

Da war er, ein bißchen kahl, aber ansonsten sah er ziemlich genauso aus wie das Publikum im Lokal. Braune Hose, schwarzes Hemd und eine silberne Gürtelschnalle in Form eines zunehmenden Mondes. Er erkannte sie sofort. Sie hatte ihm gesagt, sie würde ein Stirnband im Leopardenmuster tragen. Nina kam sich mit diesem modischen Ding ein wenig dämlich vor, aber damit konnte man sich einfach und neutral beschreiben, ohne so sensible Punkte wie Gewicht oder den Anteil grauer Haare ansprechen zu müssen.

»Nina«, grüßte er ohne Umschweife und schüttelte ihre Hand. »Sollen wir uns an einen Tisch setzen?« Um die Bar herum standen ein paar Tische. Sie waren winzig und es standen keine purpurnen Tulpen darauf wie auf den regulären Tischen; offenbar sollte dadurch angezeigt werden, daß man hier mit seinem Drink sitzen durfte, ohne etwas zu essen. In einem weniger hochklassigen Lokal wurde das gleiche mit einer Schüssel Knabberzeug und Cocktailservietten ausgedrückt.

Während er sie an den Tisch führte, verglich sie ihn mit ihrer Checkliste. Er war sicherlich gut angezogen. Der Gürtel war ein edles Teil mit silbernen Beschlägen. Das war nur ein Detail, aber gemäß Mies van der Rohe lebte Gott in den Kleinigkeiten. Gebaut war er auch gut. Nicht einer dieser großen, breitschultrigen Typen, sondern klein, drahtig und muskulös. Ein Zwerg, der mit Hilfe eines Trainers zu passablem Aussehen gelangt war.

Sofort kam eine Bedienung an ihren Tisch. Es war nicht ganz leicht festzustellen, daß sie eine Bedienung war, weil sie die gleichen Schuhe, Hosen und denselben Alligatorgürtel trug wie die Gäste. Sie hätte eine freundliche Seele sein können, die zum Plaudern herübergekommen war. Dann erkannte Nina, daß ihr Hemd, anstatt aus interessant schillernder Rohseide, aus weißem Baumwollstoff bestand. Das war der entscheidende Unterschied. »Möchten Sie noch eines?« fragte sie Nina, die ihr Bier fast ausgetrunken hatte.

»Ja. Ich trinke Heineken«, sagte sie.

Der Architekt, der auf den Namen Victor hörte, verstrickte die Bedienung in ein ernsthaftes Gespräch. »Welche Malt-Whisky-Marken haben Sie anzubieten?« fragte er.

»Glenfiddich«, antwortete sie.

»Und außer Glenfiddich?« insistierte er mit einem zarten Anflug von Ungeduld. Als wäre Glenfiddich das Herkömmliche, und sie hätte erkennen müssen, daß er kein Mann war, der das Herkömmliche suchte.

»Ich muß nachsehen.« Die Bedienung ging zum Barmann hinüber und fragte ihn. Victor schenkte Nina ein kleines, leidgeprüftes Lächeln. Er lehnte sich zurück und wartete darauf, daß die Frau mit der Auskunft zurückkam. Er wollte keine andere Unterhaltung beginnen, bevor dieses wichtige Problem nicht gelöst war.

Glücklicherweise kam sie umgehend zurück, denn Nina haßte Schweigen, gleichgültig, ob es beabsichtigt war oder nicht. »Wir haben Glenlivet«, sagte die Bedienung hoffnungsfroh.

Victor schnaubte leicht auf, um zu verstehen zu geben, daß Glenlivet genauso schrecklich herkömmlich war wie Glenfiddich. »Wie steht's mit Macallan?« fragte er.

»Tut mir leid.« Die Bedienung schüttelte anteilnehmend den Kopf. Solche Auftritte mußten ihr geläufig sein, dachte Nina.

»Laphroag? Glen Grant?«

»Nein, nur Glenfiddich und Glenlivet.«

Nina wartete in Ruhe ab. Sie war noch nie mit einem alleinstehenden Malt-Whisky-Freak aus gewesen, aber sie hatte ähnliche Unterhaltungen in japanischen Restaurants über sich ergehen lassen, während deren ein Sushi-Fetischist die Bedienung über »futomaki« und das Gegenteil von »futomaki« ausfragte. Sie wußte, daß man nichts tun konnte, als abzuwarten, bis es vorüber war.

»Ich nehme einen Courvoisier«, gab er schließlich, zutiefst gemartert, bekannt. Ein paar Sekunden saß er enttäuscht schweigend da, dann wandte er sich Nina zu. »Wissen Sie«, sagte er, »Sie sehen genauso aus wie die Schwester von jemandem, mit dem ich in die Schule ging. Sie haben nicht zufällig einen Bruder, der in Andover war?«

»Tut mir leid. Ich habe überhaupt keinen Bruder. Außerdem stammt meine Familie aus der Bronx.« Nina lächelte. Victor nicht.

»Kommen Sie wirklich da her? Aus der Bronx?«

»Ja. Geboren und aufgewachsen.«

Er sah sie an, als wäre sie ein Glas voller Glenfiddich. »Ich habe noch nie jemanden kennengelernt, der wirklich dort aufgewachsen ist.«

Na ja, den Typen kann man von der Liste streichen. Natürlich wäre es möglich gewesen, daß er sie anlog, um sie loszuwerden. Womöglich hatte er ganze Wochenenden lang Susans amüsanten Anekdoten über ihre Kindheit in der Bronx gelauscht, bevor er sie kaltmachte. Aber wenn sie ihn danach beurteilte, wie er sie ansah, bezweifelte Nina das eher.

Die Bedienung servierte die Getränke. Nina trank den Rest ihres Heineken aus und griff sofort nach dem nächsten. Sie hatte das Gefühl, daß sie einen Sechserpack brauchte, um den Abend mit diesem Typen durchzustehen. Sie hielt es für besser, das Thema zu wechseln und statt über die Abstammung vom Beruf zu reden. Da waren alle gleich. Das war das Gute an New York. Im Gegensatz zu anderen Städten war es hier, wenn man sich hochgearbeitet hatte, nicht so wichtig, wo man zur Schule gegangen war, wo die Eltern zur Schule gegangen waren oder wo die Großeltern geboren waren. Obwohl Victor die Haltung ausstrahlte, daß er ein bloßes Juradiplom noch nicht für eine Karriere hielt. Vor allem dann nicht, wenn jemand damit im öffentlichen Dienst hängengeblieben war.

»Abeiten Sie für eine Firma?« fragte sie.

»Nein, ich habe mein eigenes Büro. Ich arbeite zu Hause.«

»Haben Sie Angestellte?«

»Nein, nur ich und meine Computer.«

»Fühlt man sich da nicht einsam? Wird das nicht langweilig?«

»Eigentlich nicht. Ich verschaffe mir Abwechslung, indem ich morgens Gewichte hebe und nachmittags eine Stunde auf dem Stairmaster trainiere.«

»Aber geht es Ihnen nicht ab, Leute zu sehen?«

»Nun, ich schaffe es, mich regelmäßig zu verabreden.«

Nina versuchte sich vorzustellen, alle menschlichen Kontakte und jegliche Form emotionaler Unterstützung hingen allein von Verabredungen ab. Verabredungen mit Männern waren ihr nie als besonders aufbauende Erlebnisse vorgekommen. Dieser Mann hier hungerte sich gefühlsmäßig vollkommen aus. Er war ein emotionaler Anorektiker. Und eine Stunde auf dem Stairmaster erschien ziemlich übertrieben. Die Yuppie-Variante von Bulimie. Vielleicht brachten Männer auf diese Weise ihre Eßstörungen zum Ausdruck.

Sie versuchte ein anderes Thema. »Gehen Sie viel wandern?« fragte sie.

»Praktisch kaum«, sagte er.

»Ich auch nicht«, sagte sie.

»Obwohl«, fuhr er fort, »letzten Sommer habe ich eine einwöchige Rucksacktour in den Kanadischen Rockies gemacht. Es war wirklich schön. Man ist nicht wirklich gewandert, bevor man nicht einmal ein Paar Steigeisen angeschnallt hat und allein über einen meilenweiten Gletscher marschiert ist. Das verstehe ich unter Wandern.«

»Das hört sich anstrengend an für jemanden, der nicht regelmäßig Touren macht. Ich finde, der einzige Weg, um sich für Wandern fit zu halten, ist Wandern. Wie haben Sie das geschafft?«

»Ich bin jeden Tag einen Monat lang fünfzehn Stockwerke raufgestiegen, mit fünfpfündigen Gewichtsmanschetten an jedem Bein.«

Dieser Typ hatte wirklich einen Sprung in der Schüssel, dachte Nina. Männer wie er weckten in ihr das Verlangen, nach Hause zu gehen, sich mit gefrorenen Milky-Way-Riegeln vor den Fernseher zu setzen und niemals mehr ein Fitness-Center zu betreten. Aber hauptsächlich brachten sie sie dazu, in ihr Heim zu flüchten, was sie auch tat, sobald die Höflichkeit es gestattete.

16

Kandidat Nummer zwei erschien vielversprechender. Vor allem weil er das La Fortuna als Treffpunkt vorgeschlagen hatte. Das war vertrauter Boden für Nina. Lange Zeit war es in den West Seventies der einzige Ort gewesen, wo man eine Tasse Cappuccino bekam, weil die ganze Gegend mit griechischen Cafés zugepflastert war. Jetzt war es der einzige Ort, wo man ohne einen Mindestverzehr von zehn Dollar eine Tasse Cappuccino bekam. Außer man nahm die Tortur im Eclair auf der zweiundsiebzigsten Straße auf sich. Das Problem des Eclair bestand darin, daß sich dort alte jüdische Frauen die Klinke in die Hand gaben. Nicht von der Art Ida Fischmans, die die Gegend als herrliche Verbesserung gegenüber der Bronx betrachtete, sondern jene von der mißmutigen Sorte, die die letzten fünfzig Jahre hier, im Vergleich zu Wien, als einen schrecklichen Abstieg empfanden.

Im La Fortuna herrschte eine festliche Stimmung, es gab kleine Marmortische, und im Hintergrund spielte Opernmusik. Über die Jahre hinweg hatte Nina hier viele Stunden verbracht. Es war wunderbar dafür geeignet, Gespräche zu belauschen. Nina konnte allein dasitzen, in ihrem Espresso herumrühren, im ›New Yorker‹ blättern und die interessantesten Unterhaltungen mit verfolgen. Nicht nur, weil die Tische eng beieinander standen, sondern weil die Menschen ihre Sprache sprachen. Die Leute, die sich um die Marmortische drängten, sagten Dinge, bei denen es sich lohnte zuzuhören.

Was das Lauschen anbetraf, machte Nina feine Unterschiede. Sobald die Unterhaltung auf Aktien und Tenniscamps überging, schaltete sie ab. Aber im La Fortuna kam sie gewöhnlich auf ihre Kosten. Hier wurden endlos Beziehungen, Diäten und Mütter analysiert – jahrein, jahraus die gleichen Themen. Themen, deren Nina nie müde wurde, gleichgültig, ob sie an der Unterhaltung beteiligt war oder nicht. Das war die alte Upper West Side. Leute, die ihr Leben lang nicht aus der Therapie herauskamen. Leute, die sich nie weiterentwickelten. Ihre Leute.

Mit diesem Kandidaten – sein Name war Patrick – schien das Gespräch keine große Mühe zu bereiten. Sie waren bereits bei der zweiten Runde »biscotti« angelangt, und er hatte die Bedienung nicht einmal ansatzweise ins Kreuzverhör genommen. Darüber hinaus sah er hübsch aus. Verdammt hübsch. Irisch: diese unschlagbare Kombination von schwarzem Haar, blauen Augen und rosigen Wangen, die alles schwärzer, blauer und rosiger erscheinen ließ. Und statt eines bis zum Hals zugeknöpften Rohseidenhemdes trug er ein offenes Karohemd mit hochgekrempelten Ärmeln, das gerade genug von seinen Armen und seiner Brustbehaarung sehen ließ.

Patrick erklärte Nina, daß er die Arbeit bei der Staatsanwaltschaft aufgegeben hatte, um mit seinem Zimmergenossen aus der Studienzeit eine Strafverteidigerkanzlei zu eröffnen, aber jetzt feststelle, daß er weniger mit Recht als mit Ermittlungen beschäftigt sei. »Folgendes ist passiert: Ich habe mich in mein Autotelefon verliebt«, sagte er.

»Erzählen Sie.« Fürs Erzählen schien er eine Begabung zu haben.

»Es war Liebe auf den ersten Blick. Es kam so weit, daß ich es nicht mehr ertragen konnte, am Schreibtisch zu sitzen. Ich wollte alles vom Autotelefon aus erledigen. Wenn sich der Ausblick vor mir nicht veränderte, fühlte ich mich eingesperrt. Auf meinen Wandkalender zu starren war für mich der Tod.«

»Was meinte Ihr Partner dazu?«

»Meine Unfähigkeit, still zu sitzen, machte ihn ziemlich fertig. Um ihn loszuwerden, begann ich die Nachforschungsarbeiten nicht mehr zu delegieren, sondern sie selbst zu übernehmen.«

»Als da wären?« Nina sah ihn im Trenchcoat vor sich, wie er Blitzlichter auf einen betrügerischen Ehemann abschoß.

»Da wir hauptsächlich Kriminelle verteidigten, mußten eine Menge Zeugen vernommen werden. Was mir gerade recht war. Ich hing in Jeans in Bars und Imbißstuben herum. Es war, als erlebte ich meine Jugend noch einmal. Dann wurde ich von anderen Anwälten für anspruchsvollere Aufträge empfohlen, wie etwa vermißte Erben von Millionenvermögen aufzuspüren. Ich fand diese Arbeit interessant. Kürzlich verbrachte ich viel Zeit damit, die natürliche Mutter eines Klienten zu finden, der vor dreißig Jahren adoptiert worden war. Ein besonders schwieriger Fall. Aber aufregend.«

»Und das ist Ihr jetziger Beruf?«

»Ja. Mein Partner und ich haben uns letztes Jahr getrennt, und seitdem bezeichne ich mich nicht einmal mehr als Anwalt. Im ›Law Journal‹ annonciere ich inzwischen als Ermittler in Straf- und Zivilsachen.«

Jetzt, als er es erwähnte, fiel ihr ein, daß sie die Anzeige gesehen hatte. Sie gehörte nicht gerade zu den eifrigen Lesern des ›Law Journal‹, aber man mußte hin und wieder einen Blick hineinwerfen, um nachzusehen, was bestimmte Richter mit den eigenen Fällen gemacht hatten. Er hatte eine hübsche, kleine Annonce geschaltet: Dr. jur. Patrick Brennan, Ermittler in Straf- und Zivilsachen. Sein Büro lag im Village, wenn sie sich recht erinnerte. Irgendwo unten in der Nähe des Broadways.

Nina lehnte sich zurück, um ihn einzuschätzen. Er wirkte cool. Tatsächlich so sehr, daß sie es kaum aushalten konnte. Sie ertappte sich dabei, mit ihren Haaren zu spielen. Ihrer Erfahrung nach war das Spielen mit den Locken ein Mittel zum Abbau sexueller Spannung. »Sie kommen also regelmäßig in dieses Lokal?« fragte sie.

»Früher schon, als ich noch in dieser Gegend wohnte.«

»Wie lange ist das her?«

»Ungefähr drei Jahre, glaube ich. Ich habe vor fünf

Jahren geheiratet, und wir lebten zwei Jahre in meiner Wohnung. Dann haben wir ein Haus oben in Rockland gekauft.«

»Oh.«

»Die Ehe ist kurz danach in die Brüche gegangen«, fügte er schnell hinzu.

»Bevor oder nachdem Sie sich in Ihr Autotelefon verliebten?«

»Alles kommt immer zusammen. Ich gebe zu, daß mein Bedürfnis, ständig auf Achse zu sein, eine Scheidungsursache war. Sie ist mit unserem Tierarzt durchgebrannt, also bin ich mit unserem Autotelefon abgehauen.«

»Dem Tierarzt der Familie? Das ist eine neue Variante.«

»Für mich war es auch neu, aber verständlich. Sehen Sie, wir hatten Probleme und schrien uns ständig an. Das machte die Katze offensichtlich so nervös, daß sie sich praktisch kahl leckte. Wir wußten nicht, was los war. Wir dachten, es handle sich um eine Ernährungsstörung oder etwas in dieser Art. Also brachte meine Frau die Katze zum Tierarzt, um herauszubekommen, was ihr fehlte. Er diagnostizierte einen exzessiven Putzzwang, der von Stress oder Langeweile herrührte, und wollte der Katze Valium geben.«

»Ist das wirklich passiert? Es klingt wie der Anfang eines schlechten Witzes.«

»So schien zumindest seine Diagnose zu lauten. Ich weiß es nicht, weil ich nicht bei ihm war. Meine Frau jedenfalls wollte ihre Katze nicht auf Tranquilizer setzen lassen und lehnte die Medikamentierung ab. Der Tierarzt begann ein bißchen nachzubohren, um herauszubekommen, was der Grund für den exzessiven Putzzwang sein könnte. Meine Frau schüttete ihm ihr Herz aus, und das Folgende kennen Sie, sie zog in seine Eigentumswohnung.«

»Und Sie leben immer noch in dem Haus?«

»Ja, ich bekam den Familienwohnsitz, sie die Katze.«

»Haben Sie daran gedacht, wieder in diese Gegend hier zu ziehen?«

»Sicher. Ich habe das Haus eine Zeitlang zum Verkauf angeboten. Aber wissen Sie, diese Gegend hat sich meiner Ansicht nach zu stark verändert. Es ist irgendwie nicht mehr das richtige für mich.«

Dieses Thema stand im La Fortuna auf der Beliebtheitsskala an vierter Stelle. Direkt nach Beziehungen, Diäten und Müttern. »Hier ist es nicht mehr so wie früher.« Es sollte eigentlich an der Volkshochschule unterrichtet werden: Wie hat sich das Viertel verändert, warum hat es sich verändert und was ist in Zukunft zu erwarten. Man hätte mit einem Vortrag über originelle Vorkommnisse beginnen können. Das beinhaltete eine ganze Menge dramatischen Potentials. »An einem heißen Sommertag im Jahre 1977 saßen Julee Rosso und Sheila Lukins bei ihrem Anwalt, der eine Akte mit einem Mietvertrag über eine kleine Ladenfront in der Columbus Avenue in Händen hielt. Auf dem Aktendeckel stand in großen Lettern ›Der silberne Palast‹. Drei kleine Wörter, die mehr bedeuteten als sich irgend jemand jemals vorstellen konnte.« Oder Gastredner hätten historische Vorträge halten können. So hätte etwa Miss Gimble davon erzählen können, wie sie anfänglich in ihrem Laden Dobermannmischlinge halten mußte, weil die West Seventies so gefährlich waren. Oder man hätte Michael Weinstein zu seiner Entscheidung befragt, damals das Museum Café zu eröffnen, als das Gray's Papaya der einzige Ort war, wo man essen konnte.

Dieser ganze Themenbereich war fast obligatorisch. Brachte man eine erste Verabredung hinter sich, ohne wenigstens einmal darüber zu reden, wie sehr sich die Upper West Side verändert hatte, war man sich nicht wirklich nahegekommen. Als Patrick das Thema anschnitt, durchfuhr Nina ein wohliger Schauder, der einer Annäherung immer voranging. »Ach, hat sich das Viertel wirklich verändert? Mir ist das gar nicht aufgefallen.« Sie schenkte ihm ein ironisches Lächeln.

Daraufhin brach er in ein Lachen aus, das ihr zeigen sollte, daß er sie keinen Moment ernst genommen hatte, daß sie sich verstanden. »Sie haben sich entschieden, ein wenig länger auszuhalten?« sagte er. Das war gut. Er hatte ihr eine persönliche Frage gestellt, dabei war noch keine Stunde vergangen. Und er schien eine Antwort zu erwarten. Das war sehr vielversprechend.

»Ich bin mit der Gegend hier verwachsen. Sogar meine Mutter wohnt hier.«

»Dann stehen Sie hier ja ganz schön unter Aufsicht.«

»Fragen Sie mich jetzt bloß nicht, wo ich mich in zehn Jahren sehe? Das ist normalerweise das Thema, das über die großen Veränderungen des Viertels folgt.«

»Ich stelle keine Fragen, die ich selbst nicht gern beantworten würde«, sagte Patrick.

»So in der Richtung: ›Stell im Kreuzverhör keine Fragen, wenn du nicht weißt, was der Zeuge antworten wird.‹«

»Es ist eine Variation des Themas.«

»Gut. Ich war sowieso nicht in der Stimmung darüber zu reden, wo ich in zehn Jahren vielleicht sein werde.«

»Dazu bin ich nie in der Stimmung.«

»Ich auch nicht.«

»Also leben Sie immer noch in diesem Viertel und arbeiten immer noch als Anwältin.« Das war das andere herzerwärmende Thema: Wie sehr einigermaßen sensible Leute es haßten, Anwälte zu sein. Mein Gott, heute lief ja alles wie geschmiert.

»Na ja, man muß ja von etwas leben«, sagte Nina. Das war die Antwort, die ihrer Ansicht nach am klarsten vermittelte, daß sie für die Geldscheffelei in ihrem Beruf ein zu hochentwickeltes menschliches Wesen war, aber dennoch gelassen genug, um deshalb nicht herumzujammern.

Sie lehnten sich zurück und lächelten sich an. Es war ein hoffnungsfrohes Lächeln. Sie hatten die Vorrunde erfolgreich beendet. Sie gefielen sich gegenseitig, sie mochten, was der andere zu sagen hatte. Zehn Jahre früher wäre man als nächstes in Ninas Apartment gegangen. Heute verglich man die Terminkalender der kommenden Woche.

»Haben Sie am Wochenende schon etwas vor?« fragte Patrick. »Ich möchte Ihnen meinen Hund vorstellen.«

Das war ein schlauer Einstieg. Er hatte einen Anflug von Intimität an sich, ohne bedrohlich zu wirken. Nina nickte. »Ich würde Ihren Hund gerne kennenlernen«, sagte sie, genügend gefühlvoll, wie sie hoffte. Genügend, um ihn wissen zu lassen, daß seine hochgekrempelten Ärmel Eindruck auf sie machten. Aber zurückhaltend genug, um ihn nicht glauben zu lassen, sie sei eine »desperada« von der Upper West Side, die ihm überallhin hinterherrennen würde.

Dann fiel ihr ein, daß genau das von ihr erwartet wurde. Eine Frau, die sich einen Berg hinaufschleppen und dort erwürgen ließ. Susan, Williams, und den Grund ihres Hierseins hatte sie im Augenblick völlig vergessen. Mein Gott, der Junge war gut. Er mußte ein teuflisch guter Ermittler sein.

Sie versuchte sich wieder zu fangen und ihn mit Susans Augen zu sehen. Er war die perfekte Mischung zwischen dem zynischen Intellektuellen und dem echten Mann. Er hatte Klasse, ohne ausgelaugt zu sein. Es war eine seltene Mischung. Nina war sicher, daß er Susan gefallen hätte. Sie wäre ihm überallhin gefolgt.

»Vielleicht können Sie meinen Hund am Samstag kennenlernen. Wenn das Wetter gut ist, könnten wir einen Ausflug machen.«

»Sicher. Wandern Sie?«

»Oh ja. Ich wandere schrecklich gern. Rufen Sie mich am Freitag an, und wir sehen, was der Wetterbericht sagt. Sie haben meine Nummer, nicht wahr?«

»Ich habe Ihre Büronummer«, sagte Nina.

»Die gilt fürs Büro, für zu Hause, fürs Autotelefon – es ist immer die gleiche. Sie können mich damit immer erreichen. Und ich habe immer dieses Ding dabei.« Er zog einen Telefon-Piepser heraus. Nina sah sich das Ding an. Als er es zurücknahm, umschloß er kurz ihre Hand. »Mich kann man immer erreichen«, wiederholte er. In Ninas Kopf formten sich seine Worte zum Text eines Rocksongs.

»Das ist gut«, erwiderte sie und spielte dabei mit ihrem Haar.

17

Patricks Hund war ein Rotschopf. Eine große, stämmige Mischung aus irischem Setter und einem goldbraunen Jagdhund. Eine wirklich gute Mischung. Er war nicht so dünn und überzüchtet wie die meisten Setter, sondern hatte den kräftigen Bau und das fröhliche Temperament eines Jagdhundes. Aber er hatte auch ein herrlich kastanienbraunes Fell, das in der Sonne wunderbar aussah.

Patrick und sein Hund hatten vor einem Hydranten bei Ninas Haus geparkt und warteten auf einem besonnten Fleckchen des Gehsteigs auf sie. Als sie aus der Eingangshalle trat, kam der Hund auf sie zugerannt. Sie mochte ihn auf Anhieb. Sie verspürte den Impuls, sich niederknien und ihn umarmen zu wollen. Sie beließ es dabei, ihm ein paarmal herzlich den Kopf zu tätscheln. »Toller Hund«, sagte sie.

Patrick drückte ihren Arm. »Es ist schön, Sie zu sehen«, sagte er und sah ihr direkt in die Augen. Der Druck und der Blick waren perfekt, intimer, jedoch weniger unbeholfen als ein Begrüßungskuß.

»Schöner Tag«, sagte Nina und sah zur Sonne hinauf. Die sparsamen Floskel-Sätze bereiteten ihr einige Mühe. Patrick sah sogar noch besser aus als sein Hund. Sie hatte ihn körperlich nicht wirklich wahrgenommen, als er im La Fortuna hinter den winzigen Marmortisch gezwängt war. Aber jetzt stellte sie fest, wie wundervoll hochgewachsen er war. Ein altmodisch gebauter Mann mit breiten Schultern, kräftigem Hals und einer Andeutung von Bauch. Man hatte Lust, ihn zu umarmen, genau wie den Hund. Er trug ein tannengrünes Chamoishemd, dessen Ärmel wieder aufgerollt waren, braune Cordsamthosen und braune Wanderschuhe mit dicken Sohlen.

Nina hatte lange und hart gearbeitet, bis ihre Ausrüstung vollständig war. Sie wollte alle schicken Anklänge an die Columbus Avenue, die Patrick deutlich haßte, vermeiden, aber dennoch auf intelligente Weise modisch erscheinen. Und sexy.

Jeans und Flanellhemden kamen von vornherein nicht in Frage. Grant, ihr früherer Freund, hatte sie sexy gefunden. Deswegen war sie vermutlich auch nicht mehr mit ihm zusammen. Dann gab es die feminine Version von Jeans und Flanellhemden – all die langen Röcke und gemusterten Pullover im Ethno-Look, die sie im Lauf der Zeit gesammelt hatte. Dieser Putamayo-Stil lag wahrscheinlich mehr auf Patricks Linie, aber zu solchen Aufzügen paßten keine Wanderschuhe. Da sie jedoch vorhatten, mit dem Hund irgendeinen größeren Spaziergang zu machen, wollte Nina nicht atemlos in Cowboystiefeln hinterherhinken. Es gab nichts Peinlicheres als eine Frau mit unpassendem Schuhwerk. Am besten wäre etwas im Kolonialstil gewesen: Khaki-Hosen, ein großes weißes Hemd und eine Fotojournalistenweste. Diesen Stil hatte Nina immer bewundert. Aber leider nur von fern. Denn damit sah sie nicht ansatzweise aus wie Sigourney Weaver in ›Gorillas im Nebel‹, sondern wie eine rundliche grüne Witwe im Safari-Anzug. Nina hatte bestimmte festgeschriebene Regeln. Eine davon lautete: Wenn schon Hosen, dann schwarze. Und siebenundzwanzig verschiedene Taschen auf einer Weste waren nicht angetan, ihren Körper schmaler erscheinen zu lassen. Nina war der festen Überzeugung, daß eine Frau, bevor sie irgendwo im Kolonialstil auftrat, sicherstellen sollte, daß sie die Größe von Sigourney Weaver nicht wesentlich unterschritt, und was das Gewicht betraf, keine zwanzig Pfund mehr drauf hatte. Beiden Mäßstäben wurde Nina nicht gerecht. Die Abweichungen waren zwar nicht enorm, aber sie reichten.

Sie entschied sich für ihren schwarzen Overall. Er lag eng genug an, um sexy zu sein, war aber genügend schlicht, um nicht aufgetakelt zu wirken. Eigentlich entschied sie sich immer für ihren schwarzen Overall, wenn sie an einem Morgen wie diesem ihren Schrank nach der passenden zwanglosen Aufmachung durchwühlte; denn mit dem Overall erzielte sie einen Effekt, der ihr bei all den Ethno-Klamotten nicht gelang: Er ließ sie schlank aussehen. Und trotz ihres in Jahrzehnten gewachsenen Selbstbewußtseins machte das seine unwiderstehliche Anziehungskraft aus.

Zu dem Overall trug sie schwarze Wildleder-Reeboks und rote Socken, der Farbe wegen. Es war warm genug, um die Jacke über dem Arm zu tragen. »Schöner Tag«, sagte sie noch einmal.

»Es ist ein herrlicher Tag. Fast fünfundzwanzig Grad, denke ich.« Der Hund sprang an Patrick hoch. »Das ist Daisy«, sagte er.

»Ein Weibchen?«

»Ja.«

»Hübscher Name.« Nina verfluchte sich. Seit wann brachte sie nicht mehr als zwei Wörter heraus? Es war komisch, wie das jahrelange sorgfältige Training, ihre Schüchternheit zu überwinden, sich so plötzlich in Luft auflösen konnte. Sie riß sich zusammen. »Also wo wollen wir hinfahren?«

»Ich weiß nicht. Egal wohin. Haben Sie irgendwelche Vorlieben?«

»Wir wär's mit dem Bronx Zoo?« Genau wie der schwarze Overall gehörte auch der zu ihren Vorlieben. Besonders das Haus mit den kleinen Säugetieren hatte es ihr angetan, schon seit ihrer Kindheit, als sie ihre Eltern gebeten hatte, sich eine Känguruhratte oder einen ringelschwänzigen Maki-Affen halten zu dürfen.

»Da darf Daisy nicht rein. Hätten Sie Lust zu einer Fahrt den Bear Mountain hinauf?« fragte er. »Es wäre eine Schande, einen Tag wie diesen zu vergeuden.«

»Ich sollte nicht so spät zurückkommen. Ich muß um sechs bei meiner Schwester in Brooklyn sein.« Das stimmte nicht. Ihre Schwester und deren Familie würden ein solch herrliches Wochenende nie in der Stadt verbringen. Laura war sicher draußen in ihrem Haus in Hampton, trocknete Kräuter und kochte irgendwelche Früchte ein.

Aber Williams hatte ihr absolut verboten, mit Patrick wandern zu gehen. »Sie können wieder mit ihm ausgehen«, hatte er gesagt, »aber bleiben Sie innerhalb der Stadt. Irgendein Ort, an dem Leute sind.« Wohin konnte man mit einem Hund gehen, wo es Leute gab? Dorthin, wo alle Leute mit ihren Hunden gingen – in den Central Park.

»Warum gehen wir nicht einfach in den Park rüber?« fragte Nina.

»Daisy hat da nicht das Gefühl, im Freien zu sein. Zu viele Leute.« Nina durchfuhr ein kleiner Angstschauder. Versuchte er sie mit Hilfe seines Hundes an einen einsamen Platz zu locken? »Aber mir soll es recht sein«, fügte er hinzu. »Ich schau mir immer gerne Leute an. Oben in Rockland habe ich dazu nicht allzuviel Gelegenheit.«

Nina versuchte, sich wieder zu beruhigen. Da sah man es – ihre Ängste waren lächerlich. Dieser Typ versuchte nicht, sie irgendwohin zu locken. Er wollte nur, daß sie Spaß hatte. Einem Exemplar wie Patrick begegnete man nicht alle Tage. Und unglücklicherweise wußte man nicht, wann ein solches Exemplar wieder verschwand. Die Erfahrung hatte Nina gelehrt: Es lief etwas falsch, wenn man sich nicht entspannte und bei den ersten drei Verabredungen keinen Spaß hatte. Denn danach ging gewöhnlich alles von selbst.

»Ich meine, da gibt es genügend Leute anzuschauen«, fuhr er fort. »Man kann sich auf der Nanuet Mall herumtreiben, da sieht man Tausende vorbeigehen. Aber die sind eigentlich nicht besonders sehenswert.«

»Ich weiß. Wie lange kann man Paare in Stone-washed-Jeans und dämlichen Sweatshirts anschauen? So ist es eben in Manhattan. Man findet keinen Parkplatz, kann nicht im Freien Tennisspielen, in kein Kino gehen, ohne Schlange zu stehen, aber es ist wirklich der einzige Ort, wo es sich lohnt, Leute zu beobachten.« Während ihrer kleinen Rede kam sie sich gekünstelt vor, so als schreibe sie einen Artikel für ein Magazin. Was sollte der ganze Mist mit Freiluft-Tennis? Der einzige Wettkampfsport, den sie betrieb, war Quatschen.

»Nun, normalerweise findet man sicherlich keinen Parkplatz. Aber wir versuchen es.« Er öffnete die hintere Tür seines Subaru-Kombis, und Daisy sprang hinein. Als Nina die Tür auf der Beifahrerseite öffnete, entschuldigte er sich für den Zustand des Wagens. »Tut mir leid wegen der Unordnung. Ich wohne praktisch hier drin.« Bevor sie einstieg, nahm er einen Stoß Zeitungen und Aktenordner von ihrem Sitz und warf sie nach hinten auf den Boden.

»Ich habe schon Schlimmeres gesehen.«

»Fährt da hinten jemand weg?« fragte er, in den Rückspiegel schauend.

Nina drehte sich um. »Ja, und es scheint kein Parkverbot zu sein.«

Patrick fuhr den Wagen geschickt rückwärts die Straße hinunter zu der eben freigewordenen Parklücke. Er machte es perfekt. In New York gab es zu viele Leute, die nur gelegentlich am Wochenende in gemieteten Autos fuhren. Vor Sonntagabend, wenn es an der Zeit war, das Gefährt zurückzugeben, schienen sie nicht wirklich zur Ruhe zu kommen. Obwohl Nina einen Sommer lang Taxi gefahren war, war auch sie zu einem dieser fluchenden und schwitzenden Menschen hinter dem Steuer geworden. Patrick hingegen war eindeutig ein Autobesitzer, kein Mietwagenfahrer.

Sie spazierten zum Park hinüber und betraten ihn von der zweiundsiebzigsten Straße her. Dann gingen sie zu Sheep Meadow hinüber. Patrick hatte Daisys Tennisball mitgenommen. Sie war froh, daß er dem Hund keine Frisbee-Scheibe gekauft hatte. Solche Sachen sollten auf Kalifornien beschränkt bleiben. Nicht, daß es wirklich noch etwas ausgemacht hätte. Heutzutage fand man es schlimmer, beim Windsurfen zu scheitern, als nichts von Frisbee zu verstehen.

Auf dem Weg entlang der Westseite von Sheep Meadow wurde ein Wettkampf im Skateboardfahren ausgetragen. Junge Männer in Fahrradhosen aus Lycra überwanden ein paar sehr schwierige Hindernisse. Sie ertappte sich dabei, auf deren muskulöse Hinterteile zu starren. Schon vor einer Weile hatte sie festgestellt, daß sie so etwas wie ein weiblicher Lustmolch geworden war, aber sie rechtfertigte das als Entschädigung für die verlorene Zeit. Als sie so alt war wie diese Skateboardfahrer, waren die freizügigsten Kleider, die sie je an einem Mann gesehen hatte, ein paar schlabbrige abgeschnittene Leinenhosen. Und Muskeln zu haben war damals in der Mittelklasse noch nicht populär. Das Anstrengendste, wozu es im College kam, war, einen Joint zu rollen. Außerdem wollte man damals so dünn wie möglich sein. Da die Eltern meist dick waren, war es die politische Pflicht, dünn zu sein. Alles, woran sie sich aus dieser Zeit erinnern konnte, war eine Reihe blasser, staksiger junger Männer in Baseball-T-Shirts und ausgestellten Jeans mit flachen Hintern. Einen mit muskulösem Hinterteil hatte es nicht gegeben. Heutzutage gab es viel mehr zu sehen. Nichts war flach. Überall waren Kurven: Brustkästen, Schenkel, Bizeps, Hinterteile, sogar die Waden waren runder. Es war, als wäre der Große Schöpfer nach seiner kubistischen Periode in eine Renoir-Phase getreten. Vielleicht hätte Nina davon profitiert, wenn sie erst jetzt erwachsen geworden wäre. Damals hatte sie sich wie eine Kugel unter Bohnenstangen gefühlt.

Als Patrick voraussprintete, um Daisy von einem lebhaften Schäferhund zu trennen, betrachtete sie sein Hinterteil. Es war hübsch geformt. Nicht so ausgeprägt wie bei den Skateboardfahrern, aber hübsch. Nina fragte sich, ob er regelmäßig Bodybuilding-Maschinen benutzte. Sie glaubte es eher nicht. Vielleicht Hanteltraining. Vielleicht blieb er auf jene altmodische Weise in Form, wie die

Jungs zu Zeiten der Doppeldeckerfliegerei – indem sie mit ihren Freunden am Wochenende Basketball spielten und ab und zu mit dem Hund losrannten. Er hatte den altmodischen Körper der Vor-Marathon-Ära: kräftig, ohne Muskelpakete. Sportlich, salopp. Wie auch immer, sie mochte die breiten Konturen seines Körpers. Genau wie ihr schwarzer Overall ließ auch Patrick sie schlank aussehen.

Plötzlich bemerkte sie, daß es sie nervös machte, mit ihm auf der Wiese herumzuliegen. Sie befürchtete, völlig dahinzuschmelzen. Sie begann bereits zu schwitzen. »Wie wär's mit einer Runde Minigolf?« schlug sie vor. »Ich habe gehört, daß Trump bei der Wollman-Bahn einen Platz bauen ließ. Oder heißt das jetzt Trump-Bahn?«

»Wahrscheinlich. Ich glaube nicht, daß man Daisy dort reinläßt. Aber ich würde es auch gern einmal sehen. Ich kann mir genau vorstellen, wie es aussieht – Loch Nummer eins ist Trump Tower, Nummer zwei Trump Shuttle Terminal, Nummer drei Trump Taj Mahal und so weiter.«

»Sie sind kein Fan von ihm?« fragte Nina.

»Ich verstehe nicht, warum die Leute so fasziniert von ihm sind. Für mich ist er nur ein weiterer langweiliger, selbstverliebter Geschäftsmann. Absolut uninteressant! Oder wären Sie in der High-School mit ihm ausgegangen?«

»Natürlich nicht. Ich stehe mehr auf dem selbstzweiflerischen, sensiblen Typ. Und zwar immer noch.«

»Wirklich?« Patrick legte eine Hand auf ihren Rücken. Es war eine große Hand. Sie bedeckte den ganzen Platz zwischen Gürtelrand und BH-Unterkante. Sie war groß und warm. Oder vielmehr heiß. Sie brannte ein Loch bis zu ihrem Magen und schickte eine heiße Woge durch die Brust zu ihrem Gesicht hinauf.

»Selbstzweiflerisch und sensibel. Sind Sie das?« fragte sie etwas atemlos, da sie den Eindruck machte, ihre normalen Körperfunktionen nicht mehr aufrechterhalten zu können.

»Selbstzweiflerisch? Sicher. Aber sensibel? Ich weiß nicht. Das werden Sie mir sagen müssen.« Die Hand schien noch größer zu werden. Was passierte mit ihr? Die Hand schob sie. Zog sie eigentlich. Wohin? Zu ihm natürlich. Er zog sie an sich und beugte sich über sie. Was passierte? Es wurde ihr wirklich nicht klar, bis er sie, wie ihr schien, eine Stunde lang küßte. Und zu diesem Zeitpunkt war sie bereits wie Wachs in seinen Händen. Nein, kein Wachs mehr, sie war völlig zerflossen.

18

Kandidat Nummer drei hatte in letzter Minute abgesagt, daher ging Nina statt dessen zu ihrer Mutter. Auf dem Weg durch die Wohnung machte sie die übliche Kühlschrankkontrolle, griff sich einen Joghurt und ging ins Eßzimmer. Auf dem Tisch stand eine große Kristallvase mit Fresien. »Hübsche Blumen«, sagte Nina zu Ida. »Von wem hast du sie?«

»Von niemandem. Ich habe sie gekauft.«

»Erwartest du Gäste?«

»Nein. Kein besonderer Anlaß. Ich hatte einfach Lust auf ein paar Blumen.« Nina sah ihre Mutter fragend an. Ida zuckte mit den Schultern. »Also, was ist los?«

»Nichts Besonderes.« Nina dachte einen Moment lang nach. »Außer vier Dingen.«

»In Ordnung.« Ida setzte sich an den Tisch. »Ich höre. Fang an.«

»Erstens: In fünfunddreißig Jahren habe ich nicht erlebt, daß du Blumen gekauft hättest, nur weil dir danach war. Du weißt, daß du Blumen schließlich fortwerfen mußt. Der Gedanke, etwas fortwerfen zu müssen, bringt dich um. Schau doch um Himmels willen in deine Gefriertruhe. Sie ist voll von mikroskopisch kleinen Überbleibseln, von denen du dich nicht trennen kannst.« Nina dachte an die Jahre in der Bronx zurück. Sie war ziemlich sicher, daß immer nur dann Blumen im Haus waren, wenn Ida die Tischdekoration von einer Bar-Mitzvah-Feier mit nach Hause nehmen konnte.

»Nummer zwei: Fresien. Ich kann nicht fassen, daß du tatsächlich Fresien gekauft hast. In den Sträußen sind immer nur vier Stück. Für die gleichen vier Dollar neunundneunzig hättest du sieben Tulpen, neun Nelken oder ein Dutzend Margeriten bekommen.«

»Margeriten halten nicht lange«, protestierte Ida schwach.

Nina nickte. »Guter Einwand, stimmt. Aber ich finde nicht, daß du der Typ für Fresien bist. Ich meine, ich habe Fresien bis vor ein paar Jahren überhaupt nicht gekannt. Ich bin sicher, daß es sie immer gegeben hat. Jemand muß sie gekannt haben. Aber ich kann mich nicht erinnern, sie vor den achtziger Jahren gesehen zu haben. Das gleiche gilt für Investment-Banker.«

»Ja«, erwiderte Ida. »Wann wurden Investment-Banker eigentlich erfunden?«

»Ich weiß nicht. Lenk nicht ab. Nummer drei«, fuhr Nina fort. »In der Vase sind ungefähr acht bis zehn Blumen. Das bedeutet, daß du mehr als einen Strauß gekauft haben mußt. Du hast tatsächlich zwei Bouquets aus dem Kübel gezogen, bist zur Kasse marschiert, hast dem Mann eine Zehndollarnote gegeben und nichts zurückbekommen. Das sieht dir nicht ähnlich. Hast du eine Affäre?«

»Dein Wort in Gottes Ohr.«

»Also gut, du hast kein Parfüm und kein Make-up aufgetragen, daher schließen wir eine Affäre aus. Nummer vier: Diese Blumen sind alle weiß.«

»Was ist falsch daran? Weiß ist in seiner Einfachheit klassisch.« Ida imitierte Katherine Hepburns Akzent.

»Richtig. Ich weiß nicht, wie ich es ausdrücken soll, ohne dich zu verletzen, aber weiße Blumen sind nicht – hm – besonders jüdisch, wenn du weißt, was ich meine. Du bist eine Frau, die purpurne Batikkissen auf ihrer Couch hat, rote mexikanische Schals trägt und große Türkisohrringe. Weiß ist nie deine Farbe gewesen. Zu subtil. Weiße Blumen erinnern zu sehr an Landsitze in Connecticut, zu sehr an Weiße-Blumen-Gärtnereien.

»Was sind Weiße-Blumen-Gärtnereien?«

Wenigstens darüber wußte Ida nicht Bescheid. Noch nicht. »Ein schickes Gartencenter in Litchfield, wo man Blumen bestellen kann.«

Jetzt, da Nina darüber nachdachte, fiel ihr auf, daß sie diese Art von Gespräch mit ihrer Mutter nicht zum ersten Mal führte. Einmal hatte Ida eine Tüte Feigen aus dem Kühlschrank gezogen. Nina war schockiert gewesen. Und kürzlich, als sie eine der Blusen ihrer Mutter bewunderte, hatte Ida ihr gestanden, sie in der Madison Avenue gekauft zu haben. Natürlich zu fünfzehn Dollar in einer Boutique, die geschlossen werden sollte. Aber was hatte Ida überhaupt in der Madison Avenue zu suchen? Schuld daran waren die Frauen, mit denen Ida sich abgab. Seit sie nach Manhattan gezogen war, verkehrte Ida in schickeren Kreisen.

»Nina, Menschen ändern sich.«

»Ich nicht. Frag meine Therapeutin.«

»Selbst du.«

»Na ja, vielleicht. Meine Ohrringe sind über die Jahre hinweg kleiner geworden.«

»Wie läuft es übrigens mit der Verbrecherjagd?« fragte Ida.

Nina kräuselte die Lippen. Zum Teil, weil sie sich nicht entscheiden konnte, wieviel sie ihrer Mutter verraten sollte, zum Teil deswegen, weil sie, ohne die Lippen zu kräuseln, beim Gedanken an Patrick breit gegrinst hätte. Und das durfte nicht passieren. »Es läuft«, sagte Nina. »Es entwickelt sich ... nun, interessant.«

Ida lächelte. »Schon gut. Du mußt mir nichts erzählen, wenn du nicht willst. Aber ich wollte dich etwas fragen.«

»Was?«

»Nach dem Motiv.«

»Was meinst du?«

»Hast du herausbekommen, warum dieser Mann, wer er auch sein mag, Susan umgebracht hat? Ich halte das für wichtig, du nicht?«

»Ich denke, er ist verrückt«, sagte Nina.

»Nun, er ist sicher in irgendeiner Hinsicht nicht ganz im Lot. Das muß er sein, um so eine Tat zu begehen. Aber meiner Erfahrung nach haben selbst verrückte Leute Motive.«

»Und wieviel Erfahrung mit verrückten Leuten hast du?«

»Nina, ich war dreißig Jahre mit fünfunddreißig verschiedenen Kindern in ein Klassenzimmer gesperrt. Glaubst du nicht, daß einige von ihnen Irre waren? Ganz zu schweigen von den Co-Direktoren, unter denen ich gearbeitet habe. Lauter Meschuggene.«

»Ich glaube, ich habe nicht über das Motiv nachgedacht.«

»Ich habe da eine Theorie«, sagte Ida.

»Ach nein.«

»Ich weiß nicht, ob dir das bewußt war, aber Susan brachte mich zur Weißglut. Ich hätte sie erwürgen können.«

»Nun, genau so ist sie umgebracht worden. Sie wurde erwürgt. Worüber hast du dich denn so furchtbar geärgert?«

»Es ist schwierig zu sagen. Aber ich fand sie aufdringlich. Und zwar auf eine hartnäckige Art.«

»Bitte, Ma. Es ist immer wieder das gleiche mit dir. Alle Leute versuchen, deine Tochter Nina auszunutzen. Warum ist sie so ein Tolpatsch, daß sie nicht selbst auf sich aufpassen kann. Das geht so seit 1959, als mich jemand auf dem gefrorenen Weiher von der Eisbahn abdrängte.«

»Susan konnte den Hals nicht voll kriegen«, sagte Ida, ohne sich aus der Ruhe bringen zu lassen. »Sie wollte Dinge, die andere Leute hatten. Und sie trieb sie so lange in den Wahnsinn, bis sie sie bekam.«

»Du kannst dich immer noch nicht darüber beruhigen, daß ich ihr den silbernen Anhänger mit dem Stein aus Eilat gab? Ma, das ist zwanzig Jahre her. Das Ding muß Tante Ethel ganze fünf Dollar gekostet haben. Drei, wenn sie sich die Mühe gemacht hat, zu handeln. Außerdem habe ich ihn nie getragen.«

»Doch. Er gefiel dir. Ich erinnere mich, wie überrascht du warst, daß Tante Ethel dir etwas schenkte, was dir wirklich gefiel. Und Susan quälte dich bis aufs Blut, bis du ihn ihr gegeben hast.«

»Also gut. Vielleicht war Susan ein gieriges kleines Biest und ich eine dumme Kuh.«

»Das warst du. Immer hast du stundenlang an Straßenecken auf sie gewartet. Es hat mich verrückt gemacht.«

»Aber bei Männern war sie nicht so. Da war sie übertrieben rücksichtsvoll.«

»Vielleicht oberflächlich. Aber im Inneren blieb sie Susan, da bin ich mir sicher«, sagte Ida.

»Vielleicht, was die Hartnäckigkeit anbelangte. Susan war ziemlich zwanghaft. Sie machte immer weiter und weiter und ließ nicht los. Sie war ein zähes kleines Miststück.«

Ihre Mutter nickte. »Genau das meinte ich. Ein zähes kleines Miststück.«

»Aber was ihre Wünsche gegenüber Dingen anderer Leute betraf, glaube ich wirklich, daß das Frauen, nicht Männer betraf.«

»Ist das nicht ein Charakterzug, der bei allen Menschen zum Tragen kommt, nicht nur bei Männern oder Frauen.«

»Mutter, ich verstehe, daß du eine Alt-Progressive bist, die sich dem Wir-sind-alle-eins-Denken verschrieben hat. Daß es zwischen Schwarz und Weiß, zwischen Männern und Frauen keine wirklichen Unterschiede gibt. Daß wir alle gleich begabt sind. Ich halte das für eine nette Eigenschaft von dir. Aber diese Art von antiquiertem Gleichheitsdenken bringt keinen mehr weiter. Es ist ein nettes Gefühl, das zu Sträußchen und Schlittschuhfahrten auf gefrorenen Weihern paßte.«

»Und wodurch ist es ersetzt worden?«

»Kampf der Geschlechter«, sagte Nina. »Meiner Theorie nach gibt es zwei Arten von Frauen: Frauen, die wollen, was die Männer besitzen – Macht, Kühnheit, Geld; und Frauen, die wollen, was andere Frauen haben – Geborgenheit, einen Mann, das Geld eines Mannes. Susan gehörte zur zweiten Kategorie.«

»Und du gehörst zur ersten?«

Nina dachte nach. »Ich bin eine Mischung aus beidem. Ich möchte immer das, was die Leute, die gerade im Zimmer sind, haben. Selbst wenn es sich um einen Schnupfen handelt.«

»Das stimmt nicht ganz. Ich halte dich nicht für eine neidische Person.«

»Nicht neidisch im herkömmlichen Sinn. Aber ich bin gewillt, beim geringsten Anlaß den Wert meiner Existenz in Frage zu stellen, mich für das zu entscheiden, was jemand anderer tut, anstelle dessen, was ich tue.«

»Das ist Unsicherheit.«

»Ja. Das bin ich. Im klassischen Sinne unsicher. All die neuen psychologischen Kategorien, die man erfunden hat – Narzißmus, Borderline-Persönlichkeiten und all das. Keine paßt so gut auf mich wie das simple Klischee, das seit Gott weiß wann bekannt ist: der Minderwertigkeitskomplex.«

»Glaubst du nicht, daß deine Theorie von den zwei Frauentypen genauso veraltet ist wie mein Gleichheitsideal?« fragte Ida.

»Was meinst du damit?«

»Gemäß den Artikeln in den Frauenzeitungen gibt es eine ganz neue post-feministische Generation. Die Jüngeren, die Gleichberechtigung als selbstverständlich ansehen.«

»Ich bin mir nicht sicher, ob ich an den Post-Feminismus glaube«, sagte Nina.

»Glaubst du nicht, daß er existiert, oder glaubst du, er sollte nicht existieren?«

»Ich glaube, es ist einfach eine Stufe, die diese Frauen durchlaufen. Ich gebe zu, sie fühlen sich von geschlechtlicher Benachteiligung nicht betroffen. Erinnere dich, es gibt bereits Frauen an Arbeitsplätzen, die in Exeter in eine Gemeinschaftsschule gingen und in Princeton studiert haben. Sie haben nicht nur in Princeton studiert, sondern dort auch mit Männern zusammen in Clubs gegessen. Sie haben von klein an Fußball gespielt und können seit der Pubertät mit Computern umgehen. Und dann haben sie mühelos angesehene Posten ergattert und behaupten dennoch, sie möchten Kinder haben, bevor sie dreißig sind. Und sie starren dich bloß verständnislos an, wenn du vom Geschlechterkampf sprichst.«

»Glaubst du nicht, daß das anhalten wird?«

»Natürlich nicht. Sie sind in einem jugendlichen Zustand von Anmut. Meine Generation hat das gleiche durchgemacht. Nicht mit dem Sexismus, von dem wir alle wußten, daß es ihn gab und den wir ständig bekämpften, aber mit den Klassenschranken. Wir dachten, Klassenunterschiede seien ein Übel aus der Generation unserer Eltern, die wir aber erfolgreich ausgemerzt hätten. Wir besuchten große staatliche Universitäten, an denen Studenten der verschiedensten Herkunft studierten, wir gingen aus und rauchten Haschisch mit jedem, gleichgültig, welchen Hintergrund er oder sie hatte. Wir wußten nicht, wieviel Geld die Eltern der anderen besaßen. Wir haben uns sogar geweigert, anzuerkennen, daß wir überhaupt Eltern hatten.«

Ida lächelte. »Wie schmeichelhaft.«

»Du weißt, was ich meine. Aber das ganze Kartenhaus ist ziemlich kläglich in sich zusammengestürzt. Plötzlich gingen alle in den gleichen Country Club wie ihre Familien. Abgesehen von Leuten wie mir, deren Eltern Mitglieder im YMCA an der 92. Straße waren, statt zu einem Country Club zu gehören.«

»Ich bin immer noch Mitglied. Und du?«

»Nein, ich habe beschlossen, mich nicht länger zu quälen und steige nicht mehr in das eisige Schwimmbecken.« Nina stand auf, um den leeren Joghurtbecher wegzuwerfen. »Ich wage eine Voraussage: Sexismus wird zu einer rein akademischen Frage werden«, sagte sie. »In diesem Land sowieso.«

»Wieso das?«

»Wir gehen auf eine Zwei-Klassengesellschaft zu. Es wird wie in Südamerika werden, wo ein paar reiche

Arschlöcher tun, was sie wollen, ungeachtet des Geschlechts. Und der Rest der Gesellschaft wird sich durchs Leben schlagen und viel zu beschäftigt sein, um sich den Luxus solcher Fragestellungen erlauben zu können.«

»Jetzt klingst du wie dein Vater.« Manchmal klang sie wirklich wie ihr Vater. Leo Fischmans Denken hatte aus einer Mischung von bitterem Zynismus und einem winzigen Überrest an utopischem Sozialismus bestanden. Er war nicht der Typ gewesen, der Fresien kaufte.

Nina wandte ihre Aufmerksamkeit wieder dem Mord an Susan zu. Es war Idas Theorie, daß Susan von dem Mann etwas wollte. Konnte Ninas beste Freundin aus der High-School eine kaltblütige Erpresserin sein? Sie bezweifelte das. Obwohl Nina zugeben mußte, daß sie Tante Ethels israelische Halskette eigentlich nie hatte hergeben wollen.

19

Einen fünfundfünfzigjährigen Polizisten anzurufen und ihm von einem Rendezvous zu erzählen war schon ziemlich seltsam. Auf jeden Fall unterschied es sich eindeutig von den Diskussionen, die sie mit Susan Gold über Männer geführt hatte. Williams stellte vor allem vollkommen andere Fragen. Ihn interessierte nicht, was der Mann trug oder ob er gut im Küssen war, sondern er beschränkte sich darauf, herauszufinden, ob er abweichendes Verhalten gezeigt hatte – etwas, wofür Susan kein Interesse gezeigt hatte, bis es zu spät war.

»Ich denke eigentlich nicht, daß Patrick irgend etwas an sich hatte, was man als abweichendes Verhalten bezeichnen könnte«, sagte Nina auf seine Fragen. »Aber andererseits kann ich das nicht so genau sagen. Ich habe keine hohen Ansprüche, was das anbelangt.«

»Nun, fühlten Sie sich auf irgendeine Weise bedroht?« fuhr Williams fort.

»Passen Sie auf, mit wem Sie reden. Ich fühle mich bedroht, wenn ich allein in einem Zimmer sitze. Sie erwarten doch nicht, daß ich eine ganze Verabredung durchstehe, ohne mich bedroht zu fühlen, oder? Für mich ist das so normal wie atmen.«

Williams lachte nicht. »Lassen Sie doch die Scherze«, sagte er ernsthaft, »und versuchen Sie sich zu erinnern, ob Patrick irgend etwas tat, das Sie verängstigte oder Ihnen Sorgen machte.«

Sie dachte darüber nach. »Nein, eigentlich nicht. Es war großartig. Ich habe mich wunderbar unterhalten. Er ist ein sehr netter Mann, finde ich.«

»Also gut. Aber ich möchte, daß Sie dennoch mit einer gewissen Vorsicht weitermachen. Hat er etwas von Wandern gesagt?«

»Nun, als wir bei unserer ersten Verabredung darüber

sprachen, wohin wir gehen sollten, schlug er den Bear Mountain vor. Aber es schien ihm nichts auszumachen, als ich ihn davon abbrachte. Und im Lauf des Nachmittags unterhielten wir uns über einige Ausflüge, die wir machen könnten, einschließlich einiger Wanderungen. Aber er hat mich zu nichts gedrängt.«

»Mir wäre es lieber, wenn sie ihn besser kennenlernen würden, bevor Sie sich in eine gefährliche Situation begeben, in Ordnung?«

»Ich glaube, in einer solchen befinde ich mich bereits.«

»Ich meinte das im physischen, nicht im emotionalen Sinne. Letzteres ist Ihre Sache«, sagte Williams. Dann wurde seine Stimme ein wenig sanfter. »Nina, es sollte Ihnen klar sein, daß ich nur für Ihre physische Sicherheit sorgen kann. Wenn ich Leute davor bewahren könnte, emotional verletzt zu werden, würde ich morgen meinen Beruf an den Nagel hängen und in Ihrem Viertel ein Büro eröffnen.«

»Ja, ich kenne eine Menge Leute, denen ich Sie empfehlen könnte.« Versonnen schwieg sie einen Moment lang und wechselte dann das Thema. »Können wir dieses Arschloch von einem Architekten von der Liste streichen, oder muß ich noch einmal mit ihm ausgehen?«

»Victor Gibson? Was ist Ihre Meinung?«

»Es ist völlig ausgeschlossen, daß Susan jemals mit diesem Typen etwas zu tun hatte. Außerdem sagte er, er habe noch nie jemanden aus der Bronx kennengelernt«.

»Wenn Sie gerade jemanden aus der Bronx ermordet hätten, was würden Sie dann sagen?«

»Und zweitens sagte er, er hasse es zu wandern.«

»Wenn Sie gerade jemanden aus der Bronx auf einem Wanderweg ermordet hätten, was würden Sie sagen?«

»Ich kann nicht genau erklären, warum, aber ich denke, wir sollten ihn von der Liste streichen.«

»Liegt das daran, daß sie ihn für unschuldig halten, oder können Sie den Gedanken nicht ertragen, noch mal mit ihm auszugehen?«

Nina dachte darüber nach. Tatsächlich wollte sie mit keinem der Männer auf der Liste, die sie und Williams so sorgfältig aufgestellt hatten, ausgehen. Patrick hatte sie eindeutig von ihren Ermittlungen abgelenkt. Sie mußte sich wohl am Riemen reißen. »Ich werde wieder mit ihm ausgehen, wenn Sie es für richtig halten. Aber das würde vermutlich bedeuten, daß ich ihn anrufen muß. Er machte überhaupt nicht den Eindruck, als sei er hinter mir her.«

»Was sagte er am Ende des Treffens?«

»Nachdem er mir mehr als eine Stunde über verschiedene Themen Vorträge gehalten hat, die von schottischem Malt-Whisky bis zur architektonischen Einheitlichkeit der Skyline von Chicago reichten, sagte er irgendwie sachlich: ›War nett, mit Ihnen zu reden.‹ Ich konnte mich gerade noch zurückhalten, ihn nicht anzubrüllen, ›Sie meinen wohl an mich hinzulabern.‹ «

»Und das war's dann?«

»Dann sagte er reichlich vage: ›Vielleicht sollten wir das einmal wiederholen.‹ Ich sagte, ›In Ordnung‹, und er stieg aus dem Taxi. Seitdem habe ich nichts mehr von ihm gehört.«

»Nun, Sie können sich kaum beleidigt fühlen. Sie sagten, Sie hätten ihn auf Anhieb nicht gemocht.«

»Seit wann hat das eine mit dem anderen etwas zu tun?« fragte Nina.

»Sie erklären mir also, daß Sie den Kerl für ein angeberisches Arschloch hielten, aber dennoch beleidigt sind, weil er Sie nicht mehr eingeladen hat?«

»Ich denke, es ist wie bei dem alten Witz über die Frau, die King Kong gefangen hält. Nachdem sie endlich entkommen ist, beschwert sie sich bei ihrer Freundin, daß er weder anruft noch schreibt.«

»Unglaublich«, sagte Williams.

»Ich bin losgezogen und habe mir extra ein Leoparden-Stirnband gekauft. Im Ernst, man kommt nur schwer darüber hinweg, wenn man glaubt, die ganze Welt sollte einem zu Füßen liegen, gleichgültig, ob es sich zufällig um Arschlöcher handelt oder nicht.«

»Ich finde, diese Ermittlungen bergen einige unvorhergesehene Fallgruben in sich.« Er dachte einen Augenblick nach. »Nina, lassen Sie den Quatsch«, sagte er scharf.

»Was meinen Sie?«

»Bis jetzt haben wir die Sache gut geplant. Ich möchte nicht, daß Sie mit Ihren Neurosen alles verderben. Ich möchte, daß Sie die Sache ernst nehmen.«

Wieder einmal hatte Nina den Eindruck, daß er Jahre therapeutischer Sitzungen übersprungen hatte und zum Kern der Sache vorgestoßen war. Vielleicht sollten alle New Yorker Bullen mit den Psychotherapeuten den Job tauschen, und allen ginge es besser. »In Ordnung, mach' ich«, sagte Nina und meinte es auch.

»Wir lassen Gibson im Moment ruhen; wie wär's damit?« fragte Williams. »Wir kommen auf ihn zurück, wenn wir ihn brauchen sollten.«

»Mir soll's recht sein. Was Sie für das Beste halten.«

»Das ist die richtige Einstellung. Wenn ich die Liste weiter durchgehe, habe ich als nächstes einen John DiMeo. Haben Sie sich mit ihm schon in Verbindung gesetzt?«

»Ach der.« Nina klang nicht begeistert.

»Ich nehme an, das haben Sie. Was stimmt mit dem nicht?«

»Ich hatte ein verrücktes Telefonat mit ihm. In der Antwort auf meine Anzeige hat er sich als geschiedener Geschäftsmann ausgegeben. Ich brauchte ungefähr zwei Minuten, um herauszufinden, daß er weder geschieden noch Geschäftsmann ist.«

»Was ist er dann?«

»Er lebt getrennt. Das heißt, seine Frau hat ihn in die Souterrainwohnung ihres Hauses in Yonkers verbannt. Und in gewisser Hinsicht ist er wirklich ein Geschäftsmann. Sein Bruder und er haben ein paar Taxis. Aber in Wirklichkeit arbeitet er im städtischen Sanitärwesen.«

»Als Müllfahrer?«

»Richtig. Er verbreitete sich endlos darüber, daß er seine fünfundzwanzig Jahre bald hinter sich habe und nach seiner Pensionierung all die unternehmerischen Pläne ausführen könne, die er während der ganzen Jahre zurückstellen mußte.«

»Das klingt nach einer ausgewachsenen Midlife-crisis«, sagte Williams.

»Für mich auch. Ich denke, ich bin in einem Alter, wo ich aufhören darf, mich mit überalterten jugendlichen Halbstarken zu verabreden, und zu den Männern mit Midlife-crisis übergehen kann.«

»Sie haben sich also mit dem Müllmann verabredet?«

»Ich habe es nicht übers Herz gebracht. Können wir DiMeo nicht ruhenlassen wie Gibson auch? Ich glaube nicht, daß Susan jemanden so furchtbar attraktiv fand, der von seiner Frau im Keller gehalten wird.«

»Nach dem zu urteilen, was Sie beschrieben haben, fühlte sie sich von viel Schlimmerem angezogen. Hatten Sie mir nicht erzählt, sie habe mit jemandem eine Affäre gehabt, der aus seinem Handschuhfach lebte?«

»In einem 68er-Volkswagenbus zu wohnen hat viel mehr Glamour als ein Souterrain in Yonkers.«

»Also gut. Sie können DiMeo fürs erste zurückstellen.«

»Danke«, sagte Nina. »Sie haben eine Mitzvah, eine gute Tat begangen.«

»Werden Sie jetzt bloß nicht schmalzig. Wer ist der nächste?«

»Beim nächsten ist die Wahrscheinlichkeit schon größer. Tatsächlich freue ich mich auf den.«

»Wie schön für Sie. Wie heißt er?«

»Irwin Smolkowitz.«

»Sie freuen sich darauf, sich mit Irwin Smolkowitz zu treffen?«

»Er klang am Telefon interessant, trotz seines Namens. Er ist Südafrikaner. Erst seit einem Jahr in New York.«

»Südafrikaner?«

»Wir hatten keine politische Diskussion, aber ich nehme an, er ist zumindest irgendwie liberal eingestellt.«

»Warum nehmen Sie das an? Weil er Jude ist?«

»Nein. Weil er einen Bruder hat, der Journalist ist.«

»Das erklärt natürlich alles.«

»Sie verstehen, was ich meine.« Nina mußte zugeben, daß sie sich auf diesem Gebiet schon einmal geirrt hatte. Zu ihren kalifornischen Zeiten hatte sie jeden in einer Daunenjacke für progressiv gehalten. Aber genausooft war sie dabei auf aktive Mitglieder des Nationalen Clubs von Waffennarren gestoßen.

»Sie fallen bloß auf den Akzent rein.«

»Nun, das tat Susan auch«, sagte Nina abwehrend.

»In Ordnung, er ist es zumindest wert, daß man ihn sich ansieht. Haben Sie schon etwas mit ihm abgemacht?«

»Ja. Wir gehen morgen abend zusammen zum Essen.«

»Der arme italienische Müllmann wird von der Liste gestrichen, aber der Südafrikaner überspringt die Wir-wollen-uns-zu-einem-Drink-treffen-Phase und wird gleich zum Abendessen mitgenommen.«

»Sehen Sie, es gibt ein paar ganz wunderbare weiße Südafrikaner. Der Typ könnte sich als männliche Nadine Gordimer entpuppen.«

»Was macht er?«

»Er arbeitet in einem Familienbetrieb.«

»Und was für eine Art von Betrieb ist das?«

»Hm, Diamanten, glaube ich«, sagte Nina kleinlaut.

»Er ist ein Südafrikaner, der im Diamantengeschäft seiner Familie arbeitet. Und Sie glauben, daß er sich als Vorkämpfer für die Menschenrechte entpuppt.«

»Na gut, ich erliege manch einem Wahn, wenn es sich um Männer handelt. Ich habe nie das Gegenteil behauptet.« Nina fragte sich nebenbei, ob Patrick wußte, wer Nadine Gordimer war. Vielleicht würde sie den Namen bei ihrer nächsten Unterhaltung einmal erwähnen, nur um Bescheid zu wissen. Aber sie sollte wirklich klären, ob er Kontaktlinsen trug, bevor sie herausbekam, ob er schon etwas von Nadine Gordimer gelesen hatte.

»Ich hoffe zumindest, der Kerl zahlt Ihnen ein anständiges Essen«, sagte Williams.

»Da bin ich ziemlich sicher. Wir essen in einem Lokal, wo man die Dessert-Soufflés im voraus bestellen muß.«

»Sie meinen, wenn man reserviert, muß man gleich sagen, was man zum Nachtisch will?«

»Nein, wie mir erklärt wurde, ist es so, daß man sich beim Bestellen der Vorspeise entscheiden muß, ob man ein Soufflé will oder nicht.«

»Dieser Irwin Smolkowitz kennt sich aus in der Stadt, was?«

»Das werde ich morgen herausfinden.« Irgendwie hatte die Unterhaltung mit Williams ihre romantischen Vorstellungen von Irwin Smolkowitz leicht getrübt.

20

Irwin Smolkowitz sah nicht aus wie der Sohn eines südafrikanischen Juwelenhändlers. Er glich eher einem beflissenen Postangestellten, der in seinem Schrank stapelweise anarchistische Schriften versteckte. Er trug einen schäbigen Sportmantel, und sein wildes, grau durchsetztes Haar mitsamt dem Bart ließen ihn wie eine erschreckend dünne, gebückte Version von Jerry Garcia erscheinen. Er trug eine goldgeränderte Brille, deren linker Bügel mit Leukoplast geklebt war. Und er stank, wenn auch nur ein kleines bißchen.

Auf keinen Fall sah er aus wie jemand, der Dessert-Soufflés im voraus bestellte. Dennoch saß er hier, an der hübschen, im französischen Landhausstil eingerichteten Bar des La Tulipe und las die ›Atlantic Monthly‹. Er saß allein dort, und Nina hatte sich gute zehn Minuten verspätet, also mußte sie davon ausgehen, daß es sich bei dieser Kreatur um Irwin Smolkowitz handelte. Normalerweise wäre ihr das Herz eine Etage tiefer gerutscht, doch anstelle von Fluchtgefühlen spürte sie, wie sich ihre Antennen aufrichteten und das kribbelnde Gefühl sie überkam, der Sache auf den Grund gehen zu wollen.

Als sie auf ihn zuging, bemerkte er sie und stand auf. Er nahm die ›Atlantic‹ in die linke, damit er ihr seine rechte Hand entgegenstrecken konnte. Das machte er unbeholfen, und es dauerte länger, als es hätte dauern dürfen. »Nina? Ich bin Irwin Smolkowitz. Freut mich, Sie kennenzulernen.« Sie liebte koloniale Akzente. Sie klangen britisch, aber dann auch wieder nicht; eher so, als versuchte ein amerikanischer Schauspieler königliches Englisch zu imitieren.

Bei diesem Typen mußte man sich nicht die Mühe machen, ihn »vorerst« zurückzustellen, dachte Nina, als sie in den Speisesaal ging. Schlecht gebaut, schlechter Haarschnitt. Eigentlich überhaupt kein Haarschnitt. Und keine Kontaktlinsen. Aber Irwin Smolkowitz war irgendwie faszinierend. Er hatte etwas Geheimnisvolles an sich, auch wenn er mit Susan Gold nichts zu tun haben sollte.

Der Mann, der sie an den Tisch führte, schien der Besitzer zu sein. Er ähnelte eher einem Universitätsprofessor als einem Restaurantbesitzer. Und er sprach Irwin Smolkowitz mit Namen an. Es war schwer zu sagen, ob der alte Irwin Stammgast war oder ob der Besitzer gerade die Reservierungsliste durchgesehen hatte, weil diese besondere Art von Vertraulichkeit in gastronomischen Betrieben gut ankam.

Es war ein kleiner Speisesaal, und die Einrichtung war darauf angelegt, die neuen Gäste in Entzückensrufe ausbrechen zu lassen. Denn entzückend war es, anders konnte man es nicht beschreiben. Man hatte mit Ziegeln, getrockneten Blumen und offenen Kaminen gearbeitet. Und natürlich standen auf jedem Tisch Tulpen. Wenn sich aus den Verabredungen auch sonst nichts ergeben würde, hätte sie zumindest eine Menge Tulpen zu Gesicht bekommen.

»Wie finden Sie das Restaurant?« fragte Irwin, als sie sich setzten.

Nina bemühte sich um ein weniger vordergründiges Adjektiv, aber es wollte ihr keines einfallen. Sie gab auf. »Es ist entzückend.« Sie sah sich um. »Ganz entzükkend«, betonte sie noch einmal.

»Ich liebe es«, sagte Irwin mit Besitzermiene. Vielleicht kam er oft hierher.

Der Ober brachte die Speisekarten, die ebenfalls entzückend waren. Auf den riesigen, handbeschriebenen Seiten wurden Ente mit Linsen und andere französische Landkost angeboten. Noch entzückender war, daß die Speisen »prix fixes« hatten. Nina mochte Lokale, wo man sich einen Bon kaufte und dann sein Essen bekam. Keine quälenden Fragen, ob man eine Vorspeise bestellen sollte oder nicht. Hier waren die Vorspeisen eine Zugabe. Für die Blini mit Kaviar mußte man allerdings einen kleinen Aufpreis bezahlen. Sie beschloß, davon Abstand zu nehmen, weil die Speisekarte empfahl, zu den Blinis Wodka zu trinken, und das Ganze erschien ihr zu kompliziert. Sie war nicht die Art von Frau, der man es abnahm, einen Absolut – aber ganz eiskalt bitte – zu bestellen. Sie wußte nie, ob sie das »t« in dem Markennamen weglassen sollte oder nicht und schaffte es außerdem nie, diese besondere Form von Dringlichkeit in dem Wort »ganz« zu vermitteln, wie dies andere Leute konnten. Statt dessen entschied sie sich für die Sauerampfersuppe. Noch nie hatte sie Sauerampfersuppe gegessen, aber sie hatte ein Rezept gelesen, in dem es hieß, der Sauerampfer müsse gut gewaschen werden, andernfalls könne die Suppe haarig schmecken. Die Vorstellung von haariger Suppe war so zwingend, daß sie sie bestellte, halb in der Hoffnung, sie bekäme heraus, was das bedeutete. Obwohl ihr klar war, daß an einem Ort wie diesem der Sauerampfer wahrscheinlich gründlich geputzt wurde.

Zwischen Ente und Kalb konnte sie sich nicht entscheiden. Ente mit Linsen klang irgendwie verlockend, sicherlich verlockender als brauner Reis mit Linsen. In dieser Kombination wurden Linsen üblicherweise angeboten. Schließlich entschied sie sich für das Kalb, da einer ihrer Grundsätze lautete: Wenn du zufällig an Kalbfleisch kommst, dann solltest du die Gelegenheit nutzen. Obwohl Kalbfleisch heutzutage öko-politisch genauso untragbar zu sein schien wie kalifornischer Wein in Wegwerfflaschen.

Als der Ober sich ihrem Tisch näherte, beugte Irwin sich zu ihr herüber. »Ich nehme keinen Drink vor dem Essen«, flüsterte er eindringlich. »Wollen Sie einen?«

»Oh, ich glaube nicht. Wir trinken ja Wein zum Essen, oder?« Dieser Kerl war wirklich sonderbar.

»Ich trinke nicht. Aber Sie können welchen für sich bestellen, wenn Sie wollen.« Anscheinend wurde es mit dem Trinken genauso wie mit dem Rauchen. Es war nur noch eine Frage der Zeit, bevor außer ein paar Exzentrikern kein Mensch mehr etwas trank. Sie würde damit zurechtkommen, nahm sie an. Sie war inzwischen schon selbst fast so weit, verglichen mit den Zeiten, als sie die ganze Nacht herumsitzen und einen Tequila nach dem anderen hinunterschütten konnte. Aber an ihren romantischen Vorstellungen vom Alkohol würde sie immer festhalten. Selbst das Rauchen – das sie vor Jahren aufgegeben hatte und das sicherlich eine schmutzige und abstoßende Angewohnheit war – hatte immer noch einen Anflug von Romantik. Immer wenn sie einen alten Film sah und Fred Astaire beim Hantieren mit einem kristallenen Martini-Shaker beobachtete, oder zusah, wie Simone Signoret eine Zigarette in ein erotisches Objekt verwandelte, verspürte sie den Verlust. Sie versuchte sich zu erinnern, daß Simone Signoret nicht nur tot war, sondern irgendwann um 1970 herum wie ihre Großmutter auszusehen begonnen hatte. Plötzlich im Alter von sechzig Jahren war Signorets jüdische Hälfte hervorgebrochen, die all die Jahre in ihr geschlummert hatte, als sie in Négligés und zigarettenrauchend herumrannte. Und Fred Astaire war ebenfalls tot (obwohl er sein Leben bewältigt hatte, ohne homosexuell zu sein, im Gegensatz zu all den anderen romantischen männlichen Stars, die auf der Leinwand mit kristallenen Martini-Shakern hantiert hatten). Niemand trank oder rauchte mehr viel. Eingeschlossen Irwin Smolkowitz.

Was sollte sie jetzt machen? Sie konnte schwerlich eine Flasche Wein für sich allein bestellen. Jüdische Mädchen aus der Bronx taten so was nicht. Man bedenke die Vergeudung. Und Nina hatte irgendwie das Gefühl, daß das Lokal zu hochgestochen war, um ein Glas weißen Hauswein zu bestellen. Sie wußte es einfach nicht, selbst wenn das hier möglich gewesen wäre. Aber sie brauchte unbedingt einen Schluck Alkohol. Sie würde den Abend nicht überstehen, wenn sie Irwin Smolkowitz nur durch einen Nebel von Evian-Wasser anstarrte. »Ich hätte gern ein

Glas Lillet, bitte.« Den Trick hatte sie von einem Freund. Das war ein Weißwein, aber auch wieder nicht wirklich. Man mußte keine Flasche öffnen, um ein Glas zu bekommen. Außerdem wußte sie, daß sie bei Lillet das »t« weglassen mußte.

Sie unterzog Irwin einer genaueren Betrachtung. Beim besten Willen konnte sie seine Erscheinung nicht als zwanglose Zurschaustellung von Reichtum beschreiben. Der Typ sah aus wie ein Penner. Aber er mußte Geld haben. Es hatte den Anschein, daß alle nicht hier ansässigen Juden welches hatten. Nicht nur die Südafrikaner und Australier waren wirklich reich. Sogar die amerikanischen Juden, die aus dem Mittleren Westen oder dem Süden stammten, schienen Mitglieder in Country Clubs gewesen zu sein. Juden aus Cleveland kamen von Shaker Heights. Juden aus Pittsburgh von Squirrel Hill. Ohne Ausnahme. An diesen Orten gab es eben keine Bronx.

Nina hatte eine Theorie: Als die Juden in Ellis Island an Land gingen, zogen die einen, die Initiative bewiesen, mit ihren Handelskarren davon. Nur die Versager blieben hier, um die großen Mietskasernen von New York City zu bevölkern. Da saß sie nun selber, immer noch in einem Mietshaus. Eine Versagerin in der dritten Generation.

»Nun«, begann Nina, »Sie sagten mir am Telefon, daß Sie erst seit ungefähr einem Jahr in New York leben. Wie gefällt es Ihnen hier?«

»Um die Wahrheit zu sagen, es erinnert mich an zu Hause.« Er feixte ein wenig.

»In welcher Hinsicht?«

»Ich erwartete, eine integrierte Gesellschaft vorzufinden. Man neigt dazu, das zu glauben. Natürlich sind wir nicht so unschuldig, um anzunehmen, die Kultur hier sei frei von rassischen Problemen. Aber auf das, was ich hier vorfand, war ich nicht vorbereitet. Der ganze Begriff einer integrierten Gesellschaft ist eine Farce.« Während er sprach, zerrte er mit beiden Händen an seinen Haaren. »In den Büros sehe ich riesige Räume voller Schwarzer, die Ablage machen oder andere niedrige Dienste verrichten, während die Weißen immer an den Fensterplätzen sitzen, pro Büro jeweils einer. Und alles, was sie zu tun scheinen, ist den ganzen Tag am Telefon zu hängen und schwarzen Menschen Tipparbeiten zuzuweisen. Schwarze und Weiße benutzen in diesen Büros oft nicht einmal die gleichen Toiletten. Und in der U-Bahn ist es das gleiche. Sie sehen Wagenladungen voller Weißer in eine Richtung nach Hause fahren, und Wagenladungen voller Schwarzer in die andere. Und wenn sich beide Rassen in einem Zug befinden, steigen alle Weißen aus, solange der Zug noch als Express fährt. Dann wird daraus ein Vorortzug, der die Schwarzen langsam zuckelnd in ihre weniger vornehmen Vororte bringt.«

Grundsätzlich stimmte das. Außer daß sich an der Spitze eines jeden U-Bahnzuges ein Sicherheitsabteil für ein paar Weiße befand, in dem sie bis zum bitteren Ende mitfuhren. Nach Riverdale, Howard Beach, Jamaica Estates, an Orte wie diese. Nina beschloß, darauf nicht näher einzugehen. Er schien nicht der Typ von Mann zu sein, der Widerspruch genoß. »Ich sehe, daß Sie in Büros und in der U-Bahn waren. Sie führen also kein allzu abgeschottetes Leben, oder?«

»Haben Sie gedacht, ich verbringe meine ganze Zeit an Orten wie diesem? Sind Sie deshalb mit mir ausgegangen?«

»Ganz im Gegenteil.«

»Enttäuscht, was?« Das war sicherlich nicht die Methode, um Irwin davon abzuhalten, feindselig zu werden. Feindseligkeit war offenbar das bestimmende Element seines Lebens. Sollte sie sich die Mühe machen, ihm zu erklären, daß sie auch nur eine von jenen Weißen war, die ausstiegen, solange es noch ein Expreßzug war? Wozu sich die Mühe machen. Sie griff nach ihrem Lillet und ließ ihn weiterreden. »Ich will Ihnen etwas über die New Yorker Juden erzählen«, sagte er. »Sie tragen Scheuklappen. Die Analogie ist so deutlich, und sie wollen sie nicht sehen.«

»Welche Analogie?«

»Zu den deutschen Juden natürlich. Damals, als es noch welche gab. Die Juden dieser Stadt glauben, sie gehöre ihnen. Sie glauben, sie hätten sich so weit assimiliert, daß sie inzwischen eine Machtposition einnehmen. Frankfurt in den zwanziger Jahren könnte so gewesen sein. Sie sind philantropisch, werden in Ämter gewählt und verheiraten sich mit Nichtjüdinnen. Waren Sie jemals bei den Gottesdiensten im Tempel Emanu-El auf der Fifth Avenue?«

»Könnte ich nicht sagen.« Nina beugte sich über ihre Suppe, die gerade gebracht worden war. Wie erwartet, war sie nicht haarig.

»Da gibt es keine einzige jüdische Frau.«

»Vielleicht verwechseln Sie kosmetisch Operierte mit echten Christinnen«, sagte sie.

Irwin fand das unheimlich komisch. Er lachte heiser und hätte sich fast an seiner Vorspeise, einem einfachen gemischten grünen Salat, verschluckt. Dann hielt er genauso unvermittelt inne. »Sie können darüber Scherze machen«, warnte er sie und beugte sich über seinen Teller zu Nina. »Aber vergessen Sie nicht, was all jenen selbstzufriedenen, quasi-protestantischen deutschen Juden passiert ist.«

»Sehen Sie das hier auch kommen?«

»Sie etwa nicht?« Er starrte sie an wie ein Irrer. Das wirre Haar, der schäbige Aufzug, die geklebte Brille und das eindringliche Starren, all das stand in schroffem Gegensatz zu den pinkfarbenen Tulpen und den getrockneten Blumenkränzen.

Nina wollte eigentlich etwas Beruhigendes sagen. Ihm klarmachen, er solle doch nicht albern sein, alles werde gut enden. Aber dieser Typ war sie nicht. Außerdem mußte sie zugeben, daß ihr Irwins Theorie gelegentlich auch schon gekommen war. Schließlich war sie die Tochter ihres Vaters. »Vielleicht«, erwiderte sie. Am besten man blieb unverbindlich. Wenn sie diesen Kerl aufregte, könnte er vielleicht anfangen, seine Brunnenkresse gegen die entzückenden Ziegelmauern zu werfen.

»Hier gibt es kein ›vielleicht‹.« In diesem Moment sah er aus, als hätte er das Zeug, sie zu erwürgen.

Nina war nicht an die Rolle der netten Begleiterin gewöhnt. Sie wußte, sie konnte eine gute Zuhörerin sein. Stundenlang hörte sie sich die Klagen ihrer Freunde an. Aber Männern zuzuhören, sie aus der Reserve zu locken, ihnen ein Wohlgefühl zu verschaffen, das war ihr immer als das Gegenteil von progressiv vorgekommen. Aber jetzt sagte sie sich, daß sie all das vergessen und aufs Ganze gehen mußte. Ein Cosmo-Girl zu werden war hier eine Überlebensfrage. »Sie haben über einige interessante Fragen sehr viel nachgedacht«, gurrte sie. Zumindest bemühte sie sich um ein Gurren. »Haben Sie schon einmal daran gedacht, Journalist zu werden?«

»Ich sagte Ihnen bereits, mein Bruder ist der Journalist in der Familie.« Er blickte immer noch finster drein, schien sich aber zu beruhigen.

»Aber haben Sie nicht den Eindruck, daß Sie all Ihre Kreativität mit der Arbeit im Familienunternehmen vergeuden?« Daß er im familieneigenen Juwelenhandel arbeitete, ergab tatsächlich einen Sinn, stellte sie fest. Irwin war die Art von Sohn, für den man in New York eine Filiale eröffnen mußte, um ihn zu Hause loszuwerden – insbesondere wenn dieses Zuhause in Johannesburg lag.

»Tatsächlich arbeite ich zur Zeit an einem Buch.« Seine Stimme bewegte sich jetzt in einem gemäßigteren Dezibelbereich. »Würden Sie gerne einen Blick hineinwerfen?«

Sie sah den weiteren Verlauf des Abends genau vor sich. Sie würde weiterhin das perfekte, nette Mädchen spielen, eine Tour, die ihr nur bei völlig durchgedrehten Irren gelang. Er würde das schlucken und ihr bis aufs Blut zusetzen. Das war ihr früher schon passiert. Die Frage war nur, ob dieser völlig durchgedrehte Irre derjenige war, nach dem sie und Williams suchten. Alles an ihm schien auf das Gegenteil zu deuten. Er war nicht der, den Susan beschrieben hatte, und er war gewiß nicht die Art von Mann, mit dem sich Susan normalerweise abgegeben hätte. Aber vielleicht hatte Susan einfach auch nur genug. Genug von den Männern, die Dinge sagten wie: »Tut mir leid, ich war einen Monat verreist. Ich glaube, ich hätte dir sagen sollen, daß ich wegfahre.« Vielleicht war Susan bereit gewesen, alles aufzugeben für einen fabelhaft reichen Juwelenhändler, der zu häßlich und zu verschwitzt war, um sie zu betrügen. Vielleicht hatte sie ihn als gutaussehend beschrieben, weil sie sich genierte. Durchaus möglich, dachte Nina. Aber eines stand fest: Wenn sie mit dieser Kreatur auf eine Wanderung gehen sollte, würde sie verdammt darauf achten, daß Detective James Williams die ganze Zeit nicht weniger als zwanzig Schritt hinter ihr war.

21

Als Nina am nächsten Tag ins Büro ging, spürte sie wieder den bekannten Adrenalinschub. Sie mochte ihren Beruf im Moment noch so sehr hassen, es hatte dennoch den Anschein, als wäre das Büro der Schauplatz allen Geschehens. Darauf konnte sie sich gewöhnlich verlassen, Tag für Tag. Sie schien keine Ausnahme zu sein. Amerika war eine Nation von Menschen geworden, die ihre täglichen Dramen im Büro erlebten, danach nach Hause gingen, den Fernseher anschalteten und fiktive Personen dabei beobachteten, wie sie ihre täglichen Dramen in fiktiven Büros erlebten.

Heute wurde ein großes, mysteriös geformtes Paket, das sie auf dem Tisch am Empfang erwartete, zum Requisit ihres alltäglichen Dramas. Ein Bote hatte es gerade abgeliefert, teilte ihr die Empfangsdame mit. Nina nahm es mit in ihr Büro. An dem Paket war ein Umschlag befestigt. Als sie ihn öffnete, fand sie eine Nachricht auf Irwin Smolkowitz' persönlichem Briefpapier. »Nachdem wir nicht dazu gekommen sind, zusammen zu frühstükken ...« stand darauf. Nina betrachtete das Paket voller Mißtrauen. Letzte Nacht war sie Irwin nur schwer losgeworden. Er wollte ihr sein Apartment zeigen, er wollte, daß sie ihm ihres zeigte, er wollte mit ihr von der Staten-Island-Fähre aus den Sonnenaufgang beobachten. Und so weiter und so fort. Schließlich war es ihr gelungen, in ein Taxi zu steigen und ihn mit seinen Vorschlägen auf dem Gehsteig zurückzulassen. Er war bestimmt nicht der Typ, der eine Briefbombe verschickte, sagte sie sich. Dummerweise stimmte das nicht ganz. Tatsächlich war er genau der Typ, dem sie so etwas zutraute.

Ohne weitere Umstände entfernte sie das braune Papier und eine Kuchenschachtel kam zum Vorschein. In der Schachtel befanden sich ein Käsekuchen und ein Hörnchen mit Lachs. Wie reizend, dachte Nina. Wie romantisch. Wie jüdisch. Zu schade, daß Irwin Smolkowitz nicht jemand anderer war.

Was sie wirklich beeindruckte, war, daß er ihre Büroadresse herausgefunden hatte. Sie hatte nur einmal erwähnt, daß sie als Anwältin bei einer Rechtsberatungsstelle für ältere Leute arbeitete. Er mußte eine ganze Weile im Telefonbuch von Manhattan herumgesucht haben, um herauszubekommen, wo er das Frühstück hinschikken sollte. Am beeindruckendsten war jedoch, daß er ihr zugehört hatte.

So eroberte man das Herz einer Frau, aber das schienen viele Männer nicht zu wissen. Vielleicht wußten sie es auch, aber es war ihnen zu mühsam. Sie machten Bodybuilding, gaben eine Menge Geld für tolle Schlitten aus und seit kurzem schmierten sie sich teure und möglicherweise gefährliche Chemikalien auf den Kopf. Wo sie nichts anderes hätten tun müssen, als einfach zuzuhören. Und sich zu erinnern.

In ihrem Universitätswohnheim hatte es einen Mann gegeben, der nicht viel besser aussah als Irwin Smolkowitz. Aber er hatte eine Menge Mädchen aufs Kreuz gelegt, wie man damals sagte. Die anderen Männer konnten sich nicht vorstellen, worin sein Geheimnis bestand, doch alle Frauen wußten Bescheid. Er war der einzige Mann, den Nina jemals kennengelernt hatte, der sich noch Monate nach einer beiläufigen Unterhaltung daran erinnerte, was man gesagt hatte. Frauen taten das untereinander natürlich immer. Aber wenn ein Mann es tat, war es schon etwas Besonderes. Sie erinnerte sich, daß seine Fähigkeit sie tief beeindruckt hatte. Dennoch hatte sie nie mit ihm geschlafen. Die Warteschlange war zu lang gewesen.

Susan hätte verstanden, was sie meinte. Vielleicht war es Irwin gelungen, sie mit seinem Gedächtnis zu verzaubern. Aber sie konnte nicht glauben, daß am Ende von Susans langer Reihe von Liebhabern, nach all den aufreizenden Sambatänzern, den Kunsttischlern und geschmeidigen Yogalehrern Irwin Smolkowitz stehen sollte. Sie wünschte, Gwen wäre aus Europa zurück. Obwohl sie sich oft stritten, war Gwen immer sehr scharfsichtig gewesen, wenn es um Susans Männer gegangen war. Sie schien zu wissen, wie lange eine Affäre dauern und was die wirklichen Schwierigkeiten bereiten würde. Für Susan war Gwen die Sexualastrologin, der sie vertraute und deren Rat sie bei jeder neuen Beziehung einholte. Gwen war nun fast einen Monat weg. Man erwartete sie bald zurück, aber sicher war es nicht. Gwens neuer Ehemann betrieb mysteriöse überseeische Geschäfte, daher hatte sie weder über ihre Reiseroute noch über das Datum ihrer Rückkehr etwas Genaues gesagt.

Bei der Beurteilung von Irwin Smolkowitz versuchte Nina sich vorzustellen, sie sei Gwen. Sie nahm eine für Gwen typische Haltung ein: Hand in die Hüfte gestützt, die Lippen abschätzig gekräuselt. Im Geiste sah sie die Gestalt von Irwin Smolkowitz vor sich. »Meine Güte«, sagte sie, Gwens kehlige Stimme imitierend. »Schmeiß bloß den Typen raus.«

Vielleicht würde Williams dazu etwas einfallen. Später, als sie ihn endlich am Telefon hatte und ihm die vergangene Nacht sowie die morgendlichen Geschenke beschrieb, fragte sie ihn, was sie tun sollte.

»Da gibt es nicht viel zu tun für Sie«, sagte er. »Haben Sie einfach Geduld.«

»Soll ich Smolkowitz anrufen und ihm für das Hörnchen danken? Ich meine, wenn Sie ihn für einen echten Verdächtigen halten, sollten wir ihn nicht entkommen lassen.«

»Glauben Sie, dieser Typ macht sich davon? Nina, Irwin Smolkowitz wird Sie bis in Ihr Grab verfolgen. Das eine kann ich Ihnen sagen, den werden Sie so leicht nicht mehr los.«

Williams gab ihr das Gefühl, eine blutige Anfängerin zu sein. Nicht nur als Detektivin, auch was Verabredungen anbelangte. Deshalb pflegte Susan auch Gwen als Liebesastrologin einzusetzen, und nicht Nina. Nina, die sich etwas darauf einbildete, Vorkommnisse des täglichen Lebens voraussagen zu können, war immer vollkommen überrascht, sobald es sich um Verstrickungen mit Männern handelte. Sie stellte sich einen Cartoon mit dem Titel ›Nina und die Männer‹ vor. In ihrem schwarzen Overall, mit hochgerissenen Augenbrauen und vor Schreck gerundeten Lippen: »Oh«, würde sie sagen.

»Nun, besteht Ihrer Ansicht nach die Möglichkeit, daß er schuldig ist?« fragte sie Williams.

»Ich vermute schon. Selbst wenn Susan ihn nicht ermutigt hat, wenn er von ihr besessen war, könnte er ihr an jenem Wochenende gefolgt sein. Bis jetzt galt für uns die Theorie, daß ihr Mörder unter den Männern zu suchen ist, mit denen sie sich verabredet hat. Aber wir sollten nicht vergessen, daß jemand anderer sie aufgespürt und in die Wälder gelockt haben könnte, um sie umzubringen. Also ist die Tatsache, daß Irwin Smolkowitz sowohl für Sie wie für Susan zu häßlich und verrückt ist, nicht notwendigerweise ein Grund, ihn auszuschließen.«

»Daran hatte ich nicht gedacht. Aber das macht die ganze Sache so unerträglich kompliziert.«

»Tut mir leid«, erwiderte er auf eine Art, die ihr bewußt machte, daß sie zu jammern begann.

»In Ordnung. Ich bleibe einfach auf Irwins Spur. Ist das die beste Lösung?«

»Das finde ich schon. Übrigens, wie lange ist es her, daß Sie auf diese Anzeigen geantwortet haben?«

»Zwei Wochen.«

»Hat sich schon irgend jemand gemeldet?«

»Nein.«

»Das überrascht mich nicht. Als Sie diese Antwortbriefe aufgesetzt haben, dachte ich, sie würden uns auf eine Spur bringen. Oder Sie würden zumindest ein paar interessante Anrufe bekommen. Aber in der Zwischenzeit habe ich mit einer ganzen Reihe von Frauen gesprochen, und sie sagten mir alle dasselbe.«

»Und das wäre?«

»Daß eine Frau, die eine Anzeige aufgibt, gewöhnlich ein paar Antworten erhält und sich wie eine Ballschönheit vorkommt. Aber wenn ein Mann eine Anzeige aufgibt, bekommt er Hunderte von Briefen. Wenn Sie also auf eine Anzeige antworten, selbst wenn Sie einen wirklich tollen Brief schreiben, besteht immer noch die große Wahrscheinlichkeit, daß der Mann nicht dazukommt, Sie anzurufen.«

»Wie wunderbar für mich.«

»Oder wenn er Sie anruft, dann erst nach einigen Wochen.«

»Weil er damit beschäftigt ist, Hunderte schlauer, geistreicher Briefe von fünfunddreißigjährigen, alleinstehenden jüdischen Anwältinnen durchzugehen. Vielleicht sollte ich Irwin Smolkowitz heiraten.«

»Ich glaube nicht, daß Sie Irwin Smolkowitz heiraten sollten. Aber um dieser Untersuchung willen sollten Sie vielleicht seine Anrufe beantworten. Sie können Ausflüchte machen, aber lassen Sie ihn nicht völlig fallen. Man sollte ihn genauer unter die Lupe nehmen.«

»Gut. Hören Sie, habe ich Ihre Genehmigung, die Nacht mit Patrick Brennan zu verbringen? Ich möchte herausfinden, ob er Kontaktlinsen trägt.«

»Können Sie ihn nicht einfach fragen?«

»Vielleicht lügt er.«

»Das macht mich ein bißchen nervös«, sagte Williams.

»Mich macht es auch ein bißchen nervös. Aber das scheint mich nicht abzuschrecken.«

»Ich sage Ihnen, was wir machen. Ich werde einen Wachtposten rüber schicken, der auf der Straße bleibt. Wir geben ihm einen Schlüssel. Wenn Sie in Schwierigkeiten kommen sollten, machen Sie die Lichter kurz aus und an, und er kommt rauf.«

»Klingt praktisch. Können Sie mir das für den Rest meines Lebens bieten?«

»Warum, haben Sie vor, sich für den Rest Ihres Lebens mit Männern zu verabreden?«

»Man weiß nie.«

»Das ist wahr. Sehen Sie mich an«, sagte Williams.

Das ließ sie verstummen. Wenn man begann, sich selbst zu bemitleiden, war es hilfreich, eine Person mit ähnlichen – oder noch größeren – Schwierigkeiten um sich zu haben, die sich mit äußerster Würde verhielt.

»Wann treffen Sie Brennan wieder?«

»Freitagabend.«

»Sind Sie sicher, daß er die Nacht mit Ihnen verbringt?«

»Ich habe keine Ahnung. Aber die Möglichkeit besteht.« Es stimmte nicht ganz, daß sie keine Ahnung hatte. Mit Verabredungen war es oft so wie mit dem Lesen von Romanen. Insgeheim wußte man irgendwie, was als nächstes passieren würde. Allerdings nicht immer. Manchmal waren Verabredungen wie eine Kurzgeschichte von O. Henry. Das überraschende Ende konnte einen total umhauen.

»Also gut. Wenn es sich ergeben sollte, daß Sie zusammen die Nacht verbringen, dann achten Sie darauf, daß das in Ihrer Wohnung stattfindet, damit wir ihn im Auge behalten können. Und wegen Irwin machen Sie sich keine Sorgen. Vermutlich ist er harmlos.«

»Wollen wir hoffen, daß ›vermutlich‹ ausreicht«, sagte sie. Aber ihre Gedanken waren schon nicht mehr bei Irwin.

22

Diesmal hatte Patrick den Hund zu Hause gelassen. Nina wußte nicht so recht, was das bedeutete. Es konnte bedeuten, daß er früh nach Hause mußte, um sich um ihn zu kümmern. Aber sie zog die Annahme vor, daß Daisy gemütlich in ihrer Hundehütte saß und Patrick die Freiheit ließ, herauszufinden, wie sich die Dinge entwickeln würden.

Als sie in seinen Wagen stieg, in dem es immer noch sehr unordentlich war, bemerkte sie einen grünen Nylonsack auf dem Rücksitz. Er schien ihr nicht der Typ zu sein, der jedes Mal ein Köfferchen packte, wenn er dachte, er würde die Nacht außer Haus verbringen. »Machen Sie eine Reise?« fragte sie und deutete darauf.

»Das ist mein Sportbeutel. Ich lasse ihn immer im Auto, weil ich nie weiß, wann ich dazu komme.«

»Letztes Mal war er nicht da.« Zuweilen kollidierte Ninas Wunsch, alles zu erfahren, mit ihrer Fähigkeit, romantische Stimmungen heraufzubeschwören.

»Vielleicht war das Zeug in der Wäsche. Manchmal wasche ich es.« Er klang, als fühlte er sich etwas belästigt.

»Aha«, versuchte sie in sanftem, verführerischem Ton zu sagen, aber sie hatte den Eindruck, daß der Schaden nicht mehr rückgängig zu machen war. Es war sicher ein schlechter Einfall, bei der dritten Verabredung mit dem Kreuzverhör zu beginnen.

»Übrigens«, sagte er, »ich muß in der Bar eines Freundes auf der 9th Avenue etwas abgeben. Wie wär's, wenn wir mit ihm einen Drink nähmen und uns dann überlegten, wo wir zu Abend essen?«

»Prima.« Sie fuhren nach Osten bis zur Columbus Avenue, bogen nach rechts und fuhren über die Stelle hinaus, wo die Straße ihre Ambitionen aufgab und zur 9th Avenue degenerierte. Patrick erspähte in der Nähe der

Zweiundfünfzigsten Straße eine Parklücke und stellte den Wagen ab.

Nina fühlte sich in dieser Gegend nicht wohl. Nicht, weil es hier besonders gefährlich war, sondern weil es ihrer Ansicht nach nicht wie New York aussah. Das ehemalige Hell's Kitchen, das sich inzwischen wieder in das christliche Clinton verwandelt hatte, war nur halbwegs elegant. Unter den Gebäuden gab es immer noch eine Menge Blocks mit billigen Mieten, doch durch die Nähe zum Theaterviertel wurde es attraktiv für all die angehenden Schauspieler, die immer noch jedes Jahr nach New York strömten. Sie kamen, trotz allem. Daß das Theaterleben tot war, schien ihnen genauso entgangen zu sein wie die Tatsache, daß es sich nur noch reiche Leute leisten konnten, in Manhattan zu wohnen.

Dieses junge, blonde Volk gab in den Straßen den Ton an. Auf der 9th und 10th Avenue befanden sich mehr mexikanische Restaurants als sonstwo. Nicht daß Nina mexikanisches Essen nicht gemocht hätte, aber es war nicht gerade das, worum sich die New Yorker rissen. Es paßte irgendwie nicht in die Stadt. Während der Rest des Landes sich über Steak Fajitas begeisterte, blieben die New Yorker lieber bei thailändischem oder indischem Essen. Und für die Masse der Altmodischen gab es die allgegenwärtigen Chinesen. In Ninas Vorstellung waren die mexikanischen Restaurants voller Dreiundzwanzigjähriger aus Kalifornien oder dem Mittleren Westen, die mit regelmäßigen Gesichtszügen, langen Beinen und Begeisterung in der Stimme protzten. Sie redeten mit rollendem R, trugen Blue Jeans und rosafarbene Sweatshirts anstelle von Schwarz. Sie gaben ihr das Gefühl, alt, dick und verdrießlich zu sein. Und jüdisch.

Natürlich konnte man damit argumentieren, daß mit der Columbus Avenue das gleiche passiert war. Sicher, auch dort gab es die Blonden und die mexikanischen Restaurants. Aber einem kritischen Auge entgingen die Unterschiede nicht. Weiter oben, angefangen an der Sechzigsten Straße West, mehr noch zwischen der Siebzigsten und Neunzigsten Straße, gab es immer noch einen Überrest von Mittelklasse, von einheimischer Bevölkerung in mittleren Jahren. In jedem Empire-Szechuan-Lokal nördlich des Columbus Circles traf man immer noch auf einen Mann, der aussah wie Philip Roth und der mit seiner Mutter oder einer seiner aus seinen Büchern bekannten Ehefrauen zusammensaß. Hier oben gab es genügend Leute, denen aus Ohren und Nase die Haare wuchsen und in deren Nähe sich Nina wohl fühlte.

Die Bar von Patricks Freund war im Grunde eine altmodische Kneipe, die mit ein paar modernen Versatzstücken aufgemöbelt worden war. Der Boden bestand aus schwarzen und weißen Linoleumfliesen und so geschmeidig-drehbaren Barhockern, als hieße die Parole: »Hier kannst du trinken, vorausgesetzt du bist jung und schick.« Das Publikum war gemischt: einige Oldtimer, die aussahen, als würden sie seit ihrer Rückkehr aus dem Koreakrieg hier sitzen, ein paar junge Blondschöpfe, die Margeritas kippten, ein Tisch mit Ballettänzern, die Zigaretten rauchten und Diät-Cola tranken, und eine Gruppe jüngerer Proleten an der Bar, die gut genug aussahen, um bei der städtischen Feuerwehr zu sein.

Die Musik, die den Raum erfüllte, war genau von der Sorte, die Nina zu Herzen ging. Rock'n Roll aus der Zeit ihrer Vor-Adoleszenz. Aus den Jahren, die sie mit Cousin Brucie verbrachte, bevor sie sich gezwungen fühlte, zu sozial aussagekräftigeren Texten überzugehen. Die kurze Spanne, als sie tatsächlich 45er-Platten kaufte und mit einem Transistorradio herumspazierte. Als die Leute noch »Teenager« sagten, ein Wort voller romantischer Begeisterung, dem sonst nichts gleichkam. Es war die Zeit, als diese Teenager noch ihr Haar einölten und zurückkämmten und mit Lockenwicklern durch die Straßen gingen. Sie wäre so gerne wieder ein Teenager gewesen. Vielleicht war es das letzte Mal in ihrem Leben, daß Nina genau wußte, was sie sein wollte.

Sie kannte noch jedes Wort der Texte auswendig, angefangen von den bubblegumartigen Songs einer Lesley Gore – typischem Weiße-Mädchen-Sound – bis hin zu den magnetischen Klängen des Motown. Diese Musik heute zu hören hatte immer etwas Quälendes an sich. Irgendwie wurde sie dadurch gezwungen, ihr jetziges Leben mit dem innigen Sehnen und den hochgespannten Erwartungen von damals zu vergleichen. Und das führte immer zu der Frage: »Was ist aus dir geworden?« Dann sah sie sich mit ihrer Aktentasche, den Kleidern aus der Reinigung, dem Regenschirm und all den Enttäuschungen und mußte sich der Antwort stellen. Und die hieß: »Etwas, was du dir nie im Traum vorgestellt hättest.« Sie stellte sich die elfjährige Nina vor, die tief geschockt und enttäuscht einen Blick in die Zukunft der fünfunddreißigjährigen Nina warf. Sie sah dann vor sich, daß die Elfjährige darauf ihren Transistor aus dem Fenster schmiß und hinterhersprang. Obwohl sie also die Musik aus dieser Zeit mochte, obwohl das ein Rhythmus war, nach dem man tanzen konnte, der einen aufrüttelte, versetzte er sie gleichzeitig auf irgendeine Weise in Selbstmordstimmung.

All diese Impulse versuchte sie zu unterdrücken und begrüßte Patricks Freund Jim, der hinter der Bar stand, mit einem herzlichen »Hallo«. Er blinzelte ihr zu, als er ihr die Hand schüttelte. Das Blinzeln war nicht ausgesprochen anzüglich, aber es hatte etwas Berechnendes an sich, als hätte die Begrüßung von Frauen für ihn etwas fast Berufsmäßiges. Jim trug einen dieser beschissenen europäischen Pferdeschwänze, an die sich Nina nur schwer gewöhnen konnte.

Er gab Patrick einen freundschaftlichen Schlag auf die rechte Schulter. »Na, wie geht's, alter Gauner?« fragte er. Nina hoffte, daß er nur Spaß machte, und nicht auf Patricks Charakter anspielte.

»Kann nicht klagen«, erwiderte Patrick. Nina fand es immer komisch, wenn jemand diesen Ausdruck benutzte, weil sie selber niemandem offen ins Gesicht sehen konnte, wenn sie diese Worte sagte. Wenn sie etwas jederzeit beherrschte, dann Klagen. »Ich habe deinen Mietvertrag.« Patrick reichte ihm eine Akte, die er aus dem Durcheinander in seinem Wagen herausgefischt hatte. »Jim ist einer meiner wenigen verbliebenen Anwaltsklienten«, erklärte er Nina.

»Der Mann hat eine brillante Karriere weggeworfen«, sagte Jim. »Es gab eine Zeit, da konntest du mit ihm durch die Gänge des Justizgebäudes wandern, und die Angeklagten scharten sich um ihn. Einmal kam ein Typ zu uns her und zeigte uns einen Packen Visitenkarten. Er hatte die Karte eines jeden Anwalts aufgehoben, der ihn vertreten hat, sowohl in Straf- wie in Privatsachen. Die Karten waren auf der Rückseite mit Sternchen bewertet. Er zog Patricks Karte heraus und zeigte uns fünf Sterne. Fünf war die Höchstnote.«

»Das nennst du eine brillante Karriere?« fragte Patrick. »Fünf Sterne von einem schäbigen Gangster?«

»Du warst gut«, sagte Jim. »Und du hast alles aufgegeben, damit du den ganzen Tag herumfahren kannst, in der Hoffnung, in eine Verfolgungsjagd reinzukommen.«

»Ich fahre nicht den ganzen Tag herum. Das stimmt nicht«, sagte er zu Nina.

»Was möchten Sie trinken?« fragte Jim und lächelte sie genauso professionell an, wie er ihr zugezwinkert hatte.

Nina wußte, daß mit diesen Jungs hier kein Evian-Problem anstand wie bei Irwin Smolkowitz. »Ich nehme ein Bier«, sagte sie.

»Wie wär's mit einem Corona?« Ihre Theorie über die westlichen Fünfziger Straßen und das mexikanische Essen stimmte.

»Was ist denn das?« fragte Patrick. »Irgendeine neue Pisse, die im Trend liegt und die du an die Minderjährigen verkaufst?«

»Ich bringe euch zwei Heineken, in Ordnung?«

»Schon besser.« Während Jim das Bier holen ging,

strich Patrick Nina eine Haarsträhne hinters Ohr. Sie lächelte zu ihm hinauf, und er hob zuerst sein Kinn, dann sah er sie mit hochgezogenen Augenbrauen an. Der Abend schien sich vielversprechend anzulassen.

Während Jim einschenkte, stieß Patricks linker Schenkel an Ninas rechte Hüfte und blieb dort. »Was habt ihr beiden heute abend vor?« fragte Jim.

»Kommt drauf an. Möchten Sie zum Essen gehen?« fragte Patrick Nina.

Sie beschloß, mit den Schultern zu zucken, da Patricks Körpersignale ihr die Stimme verschlagen hatten.

»Es gibt einen guten Italiener in der Nähe, Ecke Fünfzigste und Sechste«, sagte Jim. »Nichts Aufgemotztes. Knoblauchbrot, rot-weiße Tischtücher und billigen Chianti.«

»So wie italienische Restaurants sein müssen.«

»Genau. Ein richtiger Dinosaurier.«

»Klingt gut«, sagte Patrick. »Oder wir könnten ins Village runter fahren, wenn Sie möchten. Wir haben ja den Wagen. Wir können überallhin gehen. Was meinen Sie?«

In der Musikbox begann ein neuer Song. Die Mamas und Papas sangen ›Go Where You Wanna Go‹. Cass Elliot war tot, aber Nina lebte noch. War es zu spät, jemand zu werden, der man eigentlich hatte werden wollen? »Wir könnten uns auch etwas mit nach Hause nehmen«, sagte sie, sich zu ihm umwendend.

Er nahm ihr Kinn in die Hand. »Ja«, sagte er, »das könnten wir.«

Jim lehnte sich gegen die Bar, beobachtete sie und lächelte.

»In gewissen Situationen«, sagte er, »ist es sicherlich das beste, etwas mit nach Hause zu nehmen.«

23

Ein Polizeiwagen parkte in ihrer Straße, allerdings saß niemand darin. Aber vor Ninas Haus lehnte ein Mann an seiner schwarzen Honda und putzte sich mit einem Schlüssel die Nägel. Als sie mit Patrick durch die Eingangstür trat, warf er einen Blick zu ihrem Fenster hinauf, ganz so, als wollte er ihr ein Zeichen geben. Entweder war er der Wachtposten, den Williams geschickt hatte, oder ein sehr neugieriger Herumstreicher.

Was immer er auch sein mochte, Nina hatte andere Sorgen. Ihre Unterwäsche zum Beispiel. Unter ihrer schlichten schwarzen Hose trug sie pinkfarbene Satinhöschen, die sie im Ausverkauf gefunden hatte. Die Frau in dem Laden hatte sie als French Kniggers bezeichnet, aber Nina hegte den Verdacht, daß sie an ihr eher wie Boxershorts aussahen. Sie hatte sie gekauft, weil sie so wunderhübsche kleine Perlknöpfchen und einen interessanten Langettensaum hatten. Aber wahrscheinlich reichte der Bogensaum bis zu einer ungünstigen Stelle ihrer Schenkel. Vielleicht sollte sie es so einrichten, daß sie unbekleidet ins Bett stieg und sich darum nicht zu kümmern brauchte. Vorausgesetzt natürlich, sie bekam überhaupt die Gelegenheit, sich auszuziehen. Aber andererseits: Wozu trug man antike French Kniggers mit Perlknöpfchen, wenn es niemanden gab, der sie aufknöpfte und lässig zu Boden fallen ließ?

Außerdem hatte sich dann natürlich die unvermeidliche Frage gestellt, ob man unter den Kniggers Strumpfhosen tragen sollte oder nicht. Ninas Beine sahen in Strumpfhosen eindeutig besser aus, das war bei fast allen Frauen so. Aber welchen Sinn hatte es, die French Kniggers lässig zu Boden fallen zu lassen, wenn man dann die Strumpfhose ausziehen mußte? Sie hatte sich ohnehin für die Strumpfhose entschieden, weil die Alternative Socken gewesen wären, was zu den Höschen wirklich schrecklich ausgesehen hätte. Und in der Aufregung hätte sie vielleicht vergessen, die Socken zuerst auszuziehen.

Sie versuchte, sich zu beruhigen und nicht mehr an ihre Unterwäsche zu denken, aber der Aufstieg über die vier Treppen war ohnehin jedesmal enervierend. Die Stufen waren zu schmal für zwei Personen, also mußte Nina vorangehen, wohl wissend, daß ihr Hintern direkt vor Patricks Gesicht war. Und das brachte sie wieder auf den Saum ihrer French Kniggers. Bis sein massiger Körper schließlich auf der kleinen Couch lagerte, war sie ziemlich nervös geworden.

»Was kann ich Ihnen zum Trinken anbieten«, fragte sie, immer noch stehend. »Ich habe kaltes Bier, aber ich glaube, es ist Amstel Light. Und ich habe Jameson ...« sie brach ab und fragte sich, ob ihm Jameson anzubieten das gleiche hieß, als hätte ihr jemand Manischewitz offeriert.

»Ein kleiner Jameson wäre nicht schlecht.« Er schien nicht beleidigt zu sein. Sie öffnete den Küchenschrank, der ihr als Bar diente und holte die Flasche heraus. Praktischerweise ging ihre Küche ins Wohnzimmer über. Vielleicht sollte sie ihm Eis anbieten. Sie zermarterte sich den Kopf, um sich zu erinnern, ob man in irischen Whiskey Eis tat. Sie entschied sich zur Vorsicht und ließ das Eis weg. Sie nahm zwei Whiskeygläser aus dem Abtropfer, stellte alles auf den Couchtisch und goß ein, zuviel, wie sie wußte. Aber vielleicht würde ein dreifacher Jameson ihr Gehirn daran hindern, aus dem Schädel zu springen.

»Cheers«, sagte sie und kippte einen ordentlichen Schluck. Patrick sah ihr amüsiert zu.

»Sie scheinen ein wenig nervös zu sein«, sagte er.

»Na ja, da wären wir also, nicht wahr.«

»Ja, da wären wir.« Er lächelte.

Sie unterdrückte den Impuls, aufzuspringen und das chinesische Fertigmenü aus der Küche zu holen. Am Theater hätte man das »sinnlose Handlung« genannt. Es war wohl besser, wenn sie durchhielt und sich auf den Gang des Geschehens konzentrierte.

»Ich freue mich«, sagte sie mit dünner Stimme.

»Worüber?« fragte er.

»Daß wir ... na ja ... hier sind.«

»Ich mich auch.« Er streckte die Hand aus und streichelte ihren Nacken. Nina sah plötzlich Susans Hals vor sich, zerquetscht und gebrochen. Aber das Bild verschwand, als Patrick langsam zu einer Schultermassage überging. Nina spürte, wie sie sich öffnete. Genau das fühlte sie; daß sich alles in ihr öffnete – ihre Augen, ihr Mund, ihre Beine. »Möchten Sie, daß ich Ihren Rücken massiere?« fragte er.

Sie wollte eigentlich nicht, daß er ihren Rücken massierte. Ihr Rücken spielte bei dem Ganzen eine untergeordnete Rolle. Ihre Vorderseite war dabei viel zentraler. Dennoch willigte sie ein. Sollte sie etwa ablehnen? Sie wollte nicht unhöflich erscheinen.

»Legen Sie sich hin«, sagte er und dirigierte ihren Kopf auf die Couch hinunter. Sie ließ ihre Schuhe zu Boden fallen. Es war gut, daß sie bereits bei ihrem letzten Treffen den schwarzen Overall getragen hatte. Denn wenn sie ihn jetzt angehabt hätte, hätte Patrick seine Hände nicht unter ihre Bluse gleiten lassen können.

Ihre Brustwarzen fühlten sich an, als wollten sie Löcher in die Couch bohren. Er war gut, nicht nur weil er ihren Rücken wunderbar massierte, sondern weil er anscheinend genau den Zeitpunkt spürte, da Nina es nicht länger ertragen konnte. In diesem Moment legte er seine Hände auf ihre Hüften und drehte sie sanft um. Sein Gesicht war über sie gebeugt, als er mit den Fingern die Linien ihres Mundes nachfuhr.

»Du hast einen schönen Mund«, sagte er und küßte sie zärtlich. »Und einen schönen Hals«, setzte er hinzu, ihr Schlüsselbein liebkosend. Seine Lippen verharrten einen Moment lang dort, dann hob er den Kopf und sah ihr mit ernstem Blick in die Augen. Mit der rechten Hand öffnete er ihren obersten Knopf. »Darf ich«, fragte er. Sie nickte.

Er knöpfte weiter auf und öffnete die Bluse. Sie trug einen durchsichtigen Büstenhalter und sie sahen beide auf ihre erigierten Brustwarzen hinab. Patrick legte seine Hand auf eine Brust und küßte sie wieder kurz auf die Lippen. Plötzlich zog er sie von der Couch hoch. »Ich möchte dich anschauen«, sagte er, und stellte sie in die Mitte des Zimmers.

Er trat zurück und betrachtete sie eine Weile, als wäre er ein Künstler und sie sein Modell. Dann streifte er ihr die Bluse ab und legte sie auf die Couch. Er kam zurück, kniete sich neben sie, knöpfte die Hose auf und öffnete den Reißverschluß. Langsam zog er sie herunter, und Nina kickte sie von sich fort.

»Wie heißen die denn?« fragte er, während seine Hand unter den pinkfarbenen Saum glitt und ihren Hintern umschloß.

»French Kniggers«, sagte sie.

»Natürlich. Sie gefallen mir. Die schärfsten, die ich je gesehen habe«, sagte er, während er sich an den hübschen kleinen Perlknöpfchen zu schaffen machte. Beide sahen zu, wie das Höschen lässig zu Boden glitt.

24

Als Nina am nächsten Morgen mühsam zu sich kam, war ihr erster Gedanke, daß sich ein Mann in ihrem Bett befand. Sie konnte sich nicht erinnern, wer er war, aber sie wußte, sie war froh über seine Anwesenheit. Den Bruchteil einer Sekunde später fiel ihr natürlich alles wieder ein. Aber jener erste Moment des Erwachens – wenn das Denken noch nicht eingesetzt hat und nur Gefühle vorherrschen – ist aufschlußreich. Und Nina war froh, daß sie das Richtige gefühlt hatte.

»Keine Kontaktlinsen«, war ihr nächster Gedanke, während sie den immer noch schlafenden Patrick betrachtete. Das war ermutigend. Er trug weder Kontaktlinsen, noch hatte er versucht, sie letzte Nacht zu vergewaltigen. Beides waren gute Zeichen.

Als nächstes stellte sie fest, daß sie schrecklichen Hunger hatte. Letzte Nacht hatte sie nichts zu sich genommen, außer ein Glas Jameson, und nicht einmal das hatte sie ausgetrunken. Glücklicherweise hatte sie Frühstück eingekauft für den Fall, der Freitagabend stellte sich als so erfolgreich heraus, wie er es getan hatte.

Manchmal fragte sie sich, ob die Jungs im Laden an der Ecke ahnten, was vor sich ging. Nina wußte immer Bescheid. Sie konnte am Freitagabend eine Frau an der Kasse beobachten und wußte, wie deren Wochenende aussah. Es war der Streichkäse, der sie verriet. Die anderen Dinge – die Hörnchen, der Orangensaft, selbst die Kaffeesahne – das waren Sachen, die Frauen zum eigenen Verzehr einkauften. Aber wenn eine Frau eine Halbpfundpackung Philadelphia-Käse kaufte, dann wußte man, daß sie einen Gast erwartete, der über Nacht blieb. Die moderne Frau aß keinen Sahnekäse, außer in Gesellschaft eines Mannes. Nina dachte zuweilen, ein zölibatäres Leben wäre günstiger für die Linie.

Dem Stand der Sonne nach zu urteilen, war es ungefähr zehn Uhr. Ninas Apartment bekam am Morgen ungefähr eine Stunde Sonne. Das war vielleicht genug für Parma-Veilchen, für mehr aber nicht. Ohnehin war sie zu dieser Tageszeit selten zu Hause. Sie stützte sich auf, um auf die Uhr zu sehen, und Patrick bewegte sich. Er griff zu ihr hinüber und zog sie an sich. »Was ist für heute geplant?« fragte er.

»Es steht noch alles offen«, sagte sie. Der Morgen danach war entweder schrecklich oder wundervoll, deshalb beobachtete sie ihn genau.

»Mir fallen zwei Sachen ein«, sagte er. »Eine ist Frühstück.«

»Frühstück steht ganz sicher auf unserem Plan. Für meinen Geschmack haben wir genügend Mahlzeiten ausgelassen. Soll ich den Wasserkessel aufsetzen?«

»Mach ruhig«, sagte er, dann drehte er ihr Gesicht zu sich herum und küßte sie. »Stell den Kessel später auf«, fügte er hinzu.

Es verging eine Stunde, bis Nina schließlich aus dem Bett kam und den Kessel aufsetzte. Das beste an einer dritten Verabredung war, dachte sie, als sie in ihrem schönsten Bademantel in der Küche stand, daß der Sex die Gespräche überwog. Später änderten sich die Dinge gewöhnlich, und man hatte mehr Gespräche über Sex als Sex als solchen, und schließlich hörten selbst die Gespräche darüber auf.

Sie zog die Alufolie vom Streichkäse und legte ihn auf den Käseteller. Da sie ihren Gästen meistens Käse servierte, war ein Großteil ihres Porzellan-Budgets in einen viktorianischen Käseteller geflossen. Das übrige Geschirr fiel dagegen ab und bestand hauptsächlich aus den Überresten der Erbschaft von Tante Pauline, die vor zehn Jahren in ein Pflegeheim gegangen war.

Ihre Kleider lagen immer noch auf dem Boden des Wohnzimmers verstreut. Als eine Art reizvolles Tableau ließ sie sie dort liegen. Patrick kam in Unterhosen herein.

Er gab ihr einen Klaps aufs Hinterteil, als würden sie sich schon immer kennen.

»Riecht großartig. Kein koffeinfreier, hoffe ich.«

Sie reichte ihm eine Tasse. »Nein, richtiger Kaffee.«

Er trank einen Schluck. »Schmeckt gut«, sagte er und stellte die Tasse auf die winzige Arbeitsplatte in Ninas Küche. »Ich habe etwas für dich.« Er ging hinüber und hob seine Jacke vom Boden auf. Aus der Tasche zog er eine in Geschenkpapier gewickelte Schachtel. »Ich habe vergessen, sie dir gestern abend zu geben.«

»Ja sicher. Du wolltest sehen, ob du in der Horizontalen landest, bevor du damit anfängst, mich mit Geschenken zu überschütten.«

»Du weißt, daß ich nicht so ein Typ bin. Ich wurde letzte Nacht einfach abgelenkt. Du hast mich abgelenkt.« Er reichte ihr die Schachtel.

Sie hatte die Größe eines Reiseweckers und war in jene Sorte exquisiten Papiers eingewickelt, das man nur in Einzelbögen bekam. Dieser Bursche war einfach zu gut, um wahr zu sein. Er war auf eine altmodische Weise männlich, war nicht nur gut im Bett, sondern hatte auch noch einen ausgesuchten Geschmack in Geschenkpapierfragen.

Die Schachtel enthielt eine Parfümflasche. Sie nahm sie heraus. Es war eine Sprühflasche aus Milchglas, die einen Duft namens Calyx enthielt. »Probier es«, sagte er, nahm ihr die Flasche aus der Hand und sprühte ihr ein wenig aufs Handgelenk. »Gefällt es dir?«

Sie schnupperte daran. Es roch stark nach Zitrus, ein leichter Duft. Irgendwie athletisch. Ein Sportlerparfüm. Es war angenehm. Nina kannte sich bei Parfüms nicht aus. Sie benutzte, was Verwandte ihr zum Geburtstag schenkten. Sie war noch nie an einen Parfümstand gegangen und hatte sich etwas gekauft. »Es gefällt mir«, sagte sie.

»Würdest du es für mich tragen? Von jetzt an?«

»Sicher.«

»Es ist der einzige Duft, den ich ausstehen kann.«

Nina wurde ein wenig stutzig. Es war das erste Mal, daß er etwas von jenem »Welche-Art-von-Pilzen-sind-im-Salat«-Verhalten zeigte, das sie so haßte. Vielleicht war er nur ein weiterer dieser Typen mit Herrschaftswahn, der sich als Freigeist tarnte. Was für ein Parfüm hatte sie gestern nacht benutzt? Zur Zeit nahm sie Cloe oder Opium. Sie konnte sich nicht erinnern, welches sie gewählt hatte. Er hatte es aber offenbar verabscheut, welches es auch gewesen sein mochte. Dabei hatte sie gedacht, beides seien gesellschaftlich akzeptable Düfte. Ihre Abwehr schmolz jedoch dahin, als Patrick ihr Handgelenk nahe an sein Gesicht hielt und sagte: »Außerdem finde ich es aufregend.«

»Dann werde ich es tragen.« Sie lockerte ihren Bademantel, ließ ihn über eine Schulter gleiten und sprühte sich das Parfüm auf Hals und Schulter.

»Danke«, sagte er, schnupperte an ihr und liebkoste dann ihren Hals. Jetzt wußte sie, was es hieß, weiche Knie zu bekommen. Sie würde sich mit allem einsprühen, was dieser Bursche wollte. Sie würde seine Lieblingspilze in den Salat tun, sogar diejenigen, die zwölf Dollar pro Pfund kosteten, denn es kam sehr selten vor, daß man sich so fühlte. Manche verspürten so etwas in ihrem ganzen Leben nicht, davon war sie überzeugt. Und sie war ganz versessen darauf, es zu genießen. Wenn sie jetzt nur diese untergründige Sorge hätte vertreiben können, diese beständige Frage, wann wohl alles zu Ende wäre.

25

Williams war am Apparat. »Ich muß Ihnen eine einigermaßen delikate Frage stellen«, sagte er.

Delikat war ein komisches Wort. Unweigerlich ließ es Bilder von kleinen Häufchen schwarzen Kaviars auf Rührei vor Ninas Augen erstehen. Deshalb war es immer eine Enttäuschung, wenn Leute behaupteten, eine delikate Sache besprechen zu wollen, und dann immer nur endlos über Geld oder Sex schwatzten statt über Leckereien.

Dennoch spitzte Nina die Ohren, als sie den Satz vernahm. Alles Nicht-Alltägliche hatte etwas Prickelndes an sich, gelegentlich konnte einem natürlich auch bange werden. Außerdem hatten sehr delikate Sachen ... nun, sie hatten etwas Köstliches an sich. »Ja?« fragte sie erwartungsvoll.

»Susan hat unerwartet Post bekommen«, sagte Williams. »Es handelt sich um eine Siebenhundert-Dollar-Rechnung eines Anästhesisten für eine Vollnarkose bei einem chirurgischen Eingriff, der zwei Wochen vor ihrem Tod stattfand. Wissen Sie etwas davon?«

»Ein chirurgischer Eingriff? Wie konnte sie eine Operation gehabt haben? Ich kann mich nicht erinnern, daß sie auch nur einmal bei der Gymnastik gefehlt hätte.«

»Sie fand an einem Freitag statt. Es handelte sich um einen Schwangerschaftsabbruch.«

»Heiliger Strohsack. Noch eine Abtreibung. Sie hat mir kein Wort davon gesagt.«

»Dann wußten Sie also gar nicht, daß sie schwanger war?«

»Na ja, das stimmt nicht ganz. Sie hat mich eines Nachts angerufen und mir vorgeheult, ihre Periode sei ausgeblieben. Aber es ging nur um ein paar Tage. Und als ich sie später danach fragte, machte sie Andeutungen, die mich annehmen ließen, daß sie doch wieder ihre Tage bekommen hatte.« Nina hatte die Sache nicht weiter verfolgt. Schließlich mußte man sich um eine ganze Menge Dinge kümmern. Eltern kleiner Kinder glaubten, Alleinstehende führten ein sorgloses Leben. Wenn die wüßten. Nina hatte den Eindruck, daß Ehe und Kinder als Entschuldigung dienten, die eigene Verantwortung auf drei oder vier Leute zu begrenzen. Allein zu leben bedeutete, daß allein der Himmel die Grenze bildete. Vor allem mußte man über die Menstruationszyklen all seiner Freundinnen auf dem laufenden sein. Ganz zu schweigen vom eigenen.

Es war allerdings richtig, daß niemand genauer ihren Zyklus beobachtete als eine fünfunddreißigjährige verheiratete Frau, die schwanger werden wollte. All die Thermometer, all die übrigen Gerätschaften und die intensive Untersuchung des Vaginalschleims. Das Leben war wirklich ein grausamer Witz. Erst verbrachte man fünfzehn oder zwanzig Jahre mit Beten, daß man nicht schwanger war und suchte verzweifelt nach dem winzigsten Fleckchen Blut auf dem Toilettenpapier. Dann entschied man sich für Schwangerschaft und machte eine Wendung um hundertachtzig Grad. Der gleiche Fleck ließ einen verzagen, alle Hoffnung begraben und verurteilte zu weiteren achtundzwanzig Tagen Gebete und Meditation. Und Fasten. Denn dieser Wunsch bedeutete den völligen Verzicht auf Koffein, Alkohol, Tabak, sogar Kopfschmerztabletten. Dieser winzige Blutfleck bedeutete, daß die vergangenen vier Wochen der Enthaltsamkeit und der durch Koffeinentzug bedingten Kopfschmerzen nutzlos gewesen waren. Und daß man zu einem potentiell genauso nutzlosen weiteren Monat verdammt war. Schließlich gelangte man dahin, das Ganze wieder den »Fluch« zu nennen.

Also verbrachte Nina die Hälfte ihrer Zeit damit, ihren unverheirateten Freundinnen zuzuhören, die Angst hatten, ihre Periode würde sich nicht einstellen, und die andere Hälfte hörte sie den verheirateten zu, die Angst hatten, sie würde sich einstellen. Aber die Sache war so neu nicht. Selbst damals in jenen Tagen, als alle Overalls trugen und niemand an Elternschaft dachte, rannte man geschäftig mit Taschenlampe, Spiegel und Speculum herum, um sich mit seinem Gebärmutterhals vertraut zu machen.

»Hat sie Ihnen irgend etwas über die Identität des Vaters gesagt?« fragte Williams.

Nina strengte ihr Gedächtnis an. Sie erinnerte sich, daß Susan gesagt hatte: »Unklar, wie immer.« Aber Nina konnte sich an die Frage nicht mehr erinnern. Hatte sie Susan direkt nach dem Vater gefragt? Oder hatte sie gefragt, ob er sich um sie kümmern würde. Vielleicht hatte sie auch gefragt, was sie zu tun gedachte.

»Sie hat es im unklaren gelassen. Und ich habe nicht nachgebohrt. Sie war sexuell aktiv, wissen Sie. Und es schien mir nicht angebracht, nachzufragen, wie aktiv. Jedenfalls weiß ich wirklich nicht, ob es derselbe war, mit dem sie zum Wandern ging. Ich bin ziemlich sicher, daß ihre Periode ausgeblieben war, bevor sie diesen Typen erwähnte; es war also möglicherweise nicht sein Kind. Vielleicht wußte sie auch nicht, wer der Vater war. Sie war bekannt dafür, ihre Partner ziemlich rasch zu wechseln. Manchmal kam es zu Überschneidungen.«

»Sie hatte wohl eine ziemlich volle Tanzkarte, was?«

»Richtig. Natürlich durchlief sie, wie jedermann, auch Perioden der Abstinenz, in denen sie alles aufgeben wollte. Aber die dauerten meist nicht lange. Niemals länger als eine strenge Diät. Zölibatäre Gedanken waren bei Susan hauptsächlich eine Montagmorgen-Angelegenheit.«

Nachdem sie aufgelegt hatte, versuchte sich Nina darüber klarzuwerden, wie Susans letzte Schwangerschaft zu ihrem rätselhaften Tod paßte. Es gab soviele Möglichkeiten. Vielleicht war es das Kind dieses Mannes und er hatte sie in einem Wutanfall getötet, nachdem er herausgefunden hatte, daß sie den Fötus hatte abtreiben lassen. Möglich, aber unwahrscheinlich, dachte Nina. Die meisten Männer, denen man heutzutage über den Weg lief, schlugen nur allzu gern den Gang in die Klinik vor. Männliche Besitzgefühle ungeborenen Kindern gegenüber schienen sich auf religiöse Eiferer und Vertragspartner von Leihmüttern zu beschränken.

Das wahrscheinlichere Szenario sah so aus, daß sich Susan – emotional angeschlagen, weil sie sich einer neuerlichen Abtreibung unterziehen mußte – in eine Situation brachte, die gefährlicher war, als sie dachte. Durch den Abbruch ihrer Schwangerschaft blind und fühllos geworden, fehlte ihr das Gespür für die mögliche Gefahr, das sie in dieser Situation gebraucht hätte. Ob der Mörder der Vater war oder nicht, spielte keine Rolle. Susan mußte vollkommen durcheinander gewesen sein, gleichgültig wessen Kind es war.

Diese Überlegungen waren um so triftiger, wenn man wußte, daß Susan als Heranwachsende ›Unser Körper – unser Leben‹ gelesen hatte. Und daß sie bei Hefepilzinfektionen immer Joghurt statt chemischer Mittel nahm, und bei Blasenbeschwerden auf Cranberry-Saft vertraute statt auf Sulfonamide. Und dennoch hatte sie sich bei der Abtreibung zu einer Vollnarkose entschlossen. Das war gar nicht ihre Art. Nina hatte eine Abtreibung von ihr ja miterlebt, und sie war sicher, daß sich Susan immer für eine lokale Anästhesie entschieden hätte.

Das letzte Mal hatte Susan davon gesprochen, daß sie keinerlei Lust hätte, das noch einmal durchzustehen. Sie muß gedacht haben, ohne Bewußtsein sei es leichter zu ertragen. Nun, sie hatte die Abtreibung überlebt, aber nicht lange. Nina spürte, daß diese letzte Abtreibung, trotz der Vollnarkose, ihr einen Tribut abgefordert hatte, den Susan nicht hatte vorhersehen können.

26

Als Nina am Montag von der Arbeit nach Hause kam, war auf dem Anrufbeantworter eine Nachricht von jemandem namens Clinton Klein. Nina hatte auf seine Anzeige geantwortet, und er wollte sie treffen. Nina war erleichtert. Sie konnte den Gedanken nicht ertragen, daß all die geschickt zusammengepuzzelten Antworten völlig umsonst gewesen sein sollten.

Als sie zurückrief, erklärte ihr Clinton Klein, er sei Gynäkologe und habe am Mount-Sinai-Krankenhaus ein einjähriges Forschungsstipendium. Er sprach mit leicht näselndem Tonfall, der an einen südlichen Akzent erinnerte. Ein weiterer auswärtiger Jude, dachte Nina. Sie hoffte, daß er besser aussah als Irwin Smolkowitz. Sie verabredete sich mit ihm zu einem Drink auf der East Side, in der Nähe seines Apartments.

Als sie hereinkam, war er der einzige Mann an der Bar, und er sah wesentlich besser aus als Irwin. Aber er war eindeutig kein auswärtiger Jude, es sei denn er wäre adoptiert worden. Seine Gesichtszüge waren deutlich die eines Nichtjuden.

Sie konnte nicht anders. Das erste, was sie sagte, nachdem sie sich gesetzt und ein Heineken bestellt hatte, war: »Wie buchstabiert man Ihren Familiennamen?«

»C-L-I-N-E. Wie Patsy.«

»Und wie sprechen Sie ihn aus?« fragte sie.

»Auf die übliche Art.«

»Wie das Kaufhaus?«

»Welches Kaufhaus?« fragte er. Er war eindeutig nach der Schließung von S. Klein's in New York eingetroffen. Der Union Square war für ihn vermutlich nicht mehr als ein besserer Vorhof für die Zeckendorf Towers. Dessen anarchistische und kommunistische Vergangenheit sowie die Kellerläden mit den Mänteln zum Sonderpreis, waren ihm entgangen. Er dachte vermutlich, der Platz werde Union Square genannt, weil sich dort Broadway und Park Avenue South vereinten.

»Auf dem Union Square gab es ein Kaufhaus namens Klein's. Was ist denn Cline für ein Name?« Sie versuchte höflich zu klingen.

»Der Name armer Weißer«, sagte er.

»Oh, ich verstehe.«

»Ein ganz geläufiger Name dort, wo ich herkomme«, fuhr er fort. »Überall in Kentucky und Tennessee gibt es Clines.«

»Dann stammen Sie also von armen Weißen ab?« Wenigstens war er kein Angeber. Aber er hatte es eher herausfordernd als mit humorvollem Unterton gesagt.

»Ja, soweit ich es zurückverfolgen kann. Meine Familie hat immer das Land bebaut, aber mein Vater wurde Bergarbeiter. Im Tagebau. Im Nordwesten von Kentucky wird nicht allzuviel unter Tage abgebaut.«

»Aber Sie sagten, Sie hätten in Neuengland studiert.«

»Am Wesleyan College und dann Tufts Medical School.«

»Das verstehe ich nicht.«

»Ich war eine Mutante.« Er lächelte und schien etwas zugänglicher zu werden. »In jeder Kleinstadt gibt es zumindest eine davon. Die Art von Kind, bei dem die Lehrer meinen, sie seien endlich auf eine Goldader gestoßen. Sie möbeln dich auf, lassen dich deinen Stoff reinpauken, und wenn du Glück hast, kriegst du in deinem ersten Jahr in irgendeinem College, das dich aufgenommen hat, keinen Nervenzusammenbruch.«

»War es so schlimm dort?«

»Nicht ganz. Das Wesleyan ist ein liberaler Ort mit einer Studentenschaft, die genügend aufgeschlossen war, um mich interessant zu finden. Ich brachte ihnen die korrekte Aussprache von Appalachia bei. Die dritte Silbe wird wie Fliegenpatsche ausgesprochen, wissen Sie.«

»Nein, das wußte ich nicht.«

»Ich hatte es dort wirklich ganz gut. Mehr Spaß zumindest als im Medizinstudium.«

»Wollten Sie irgendwann nach Kentucky zurückgehen und dort als Arzt praktizieren?« fragte Nina.

»Keinen Augenblick. Ich wußte, ich würde nie wieder zurückkommen, schon von der ersten Minute an, die ich weg war – seit dem Sommer, nachdem ich mein erstes Jahr High-School hinter mir hatte.«

»Was passierte dann?«

»Ich wurde in einen wissenschaftlichen Sommerkurs für High-School-Anfänger aufgenommen. Ich mußte für ein paar Monate nach Südkalifornien.«

»Da haben Sie eine Menge Spaß gehabt, was?«

»Am Anfang haben mich die geistigen Fähigkeiten der anderen ein bißchen eingeschüchtert. Ich war es gewöhnt, der einzige kluge Junge zu sein. Aber dann entdeckte ich etwas, worin ich besser war als die übrigen. Ein Gebiet, das die Wissenschaftstrottel noch nicht erobert hatten.«

»Und das war?«

»Sex.« Clinton Cline lehnte sich zurück und lächelte. »Das ist etwas, wofür die Berge gut sind. Nicht nur die Berge, sondern auch der Süden. Kentucky gehört nicht zum Süden. Das wissen Sie doch, oder?«

»Also gut. Kentucky gehört nicht zum Süden«, sagte Nina und versuchte, freundlich zu klingen.

»Während ihr Kinder im Norden an den Knöpfen eurer elektronischen Anlagen herumspielt, vögeln wir in den Feldern herum. Das gibt uns einen Vorsprung.«

»Und Sie haben nicht den Eindruck, zu früh auszubrennen?«

»Machen Sie Witze?« sagte er. »Zu dem Zeitpunkt, zu dem die Jungs hier ihre Midlife-crisis haben, werden wir gerade erst warm.«

»Na, kommen Sie.« In Ninas Stimme lag mehr Zweifel, als tatsächlich der Fall war. Sie war immer der Meinung gewesen, daß es mit dem Sex wie mit dem Schwimmenlernen war: Wenn man nicht früh damit anfing, wurde man nie wirklich gut. Alle geborenen Athleten fingen jung an, fand sie, der Rest verbrachte sein Leben damit, am Ball zu bleiben.

Cline schien ein geborener Sex-Athlet zu sein. Nichts Äußerliches deutete darauf hin, obwohl er ziemlich gut aussah. Er war einfach auf eine Art umwerfend sexy, die nichts Angelerntes an sich hatte. Einer jener Typen, bei denen man schon in der ersten Minute des Kennenlernens darüber nachdenkt, mit ihm ins Bett zu gehen. Und wenn sein tückisches Lächeln und der laszive Blick nicht ausreichten, den Gedanken hervorzulocken, dann wurde man spätestens durch die Tatsache daran erinnert, daß er Gynäkologe war.

Nina wußte, daß sie mit Clinton Cline nicht ins Bett springen würde. Schließlich hatte sie gerade mit Patrick eine Nacht verbracht. Und die Tage, als man die Bettpartner wechselte, ohne daß Zeit geblieben wäre, das Diaphragma wieder einzusetzen, waren vorbei. Es erschien ihr bereits schwierig, über einen längeren Zeitraum sexuell aktiv zu sein. Promiskuität lag vollkommen außerhalb ihrer Möglichkeiten.

Aber daß sie in Patrick vernarrt war, reichte nicht aus, um ihre sexuelle Reaktion Cline gegenüber abzuschwächen. Ihrer Erfahrung nach hatte das eine mit dem anderen wenig zu tun. Sie hatte festgestellt, daß es so etwas wie sexuelle Erfüllung nicht gab. Man war nie wirklich erfüllt. Es gab immer noch Raum für mehr. Eheliche Untreue war ihrer Meinung nach weniger auf Probleme im ehelichen Bett zurückzuführen als darauf, welche Art von Stimulus gerade den Weg des Ehepartners kreuzte.

Es gab natürlich die eingefleischten Betrüger, Leute wie Garry Hart und Jack Kennedy, die sich scharfen Reizen gegenüber gerade solange zurückhalten konnten wie Nina brauchte, um ein halbes Stück Käsekuchen zu essen und den Rest für den nächsten Tag in den Kühlschrank zu stellen. Diese Typen erkannte man eine Meile gegen den Wind. Nicht zuletzt daran, daß sie volleres Haar hatten als andere Männer ihres Alters. Vielleicht war alles nur eine Frage der Hormone. Das weibliche Gegenstück war schwerer auszumachen. Manchmal hatten sie an ihrer Bluse einen Knopf mehr offen, aber meist waren sie nicht zu erkennen.

Clinton Cline würde sich nach seiner Heirat unvermeidlich zu einem zwanghaften Betrüger entwickeln. Er hatte das sexuelle Selbstbewußtsein und den dichten Haarschopf von Hart und Kennedy. Seine eindrucksvolle Mähne war zu einer hübschen Tolle getrimmt, aber gemäßigt genug, um ihn modisch, aber nicht schwul aussehen zu lassen. Seine Kleidung zeigte dieselbe feinfühlige Balance. Er trug eine abgeschabte Lederjacke in heterosexuellem Braun, die weit genug über die Hüfte reichte, um jegliche Vermutungen auszuschließen. Er war ein ziemlich attraktives Exemplar. Sie wettete, daß seine Patientinnen ihre jährliche Untersuchung nie verpaßten. Vermutlich traten sie alle sechs Monate an.

Er zog eine kleine Plastikflasche aus der Tasche seiner Lederjacke. »Meine linke Linse macht mir seit kurzem Schwierigkeiten«, sagte er und träufelte ein paar Tropfen in sein Auge.

Susans Checkliste trat Nina vor Augen. Clinton Cline war perfekt: tolle Klamotten, fabelhafter Haarschnitt, gut gebaut. Und Kontaktlinsen. Aber warte, sagte sich Nina, ein Planquadrat ist noch unerforscht.

»Gehen Sie manchmal zum Wandern?« sagte sie, jetzt zu aufgeregt, um nicht geradewegs aufs Ziel zuzusteuern.

»Machen Sie Witze?« sagte er. »Das ist mein Leben.« Jetzt hatte sie es. Alle fünf quer. Bingo.

27

So bald als möglich machte sie sich von Clinton Cline los. In heller Panik versuchte sie, Williams zu erreichen. Aber das Telefon läutete und läutete. Heute sei sein freier Tag, sagte der Sergeant, der endlich abnahm. Vielleicht könne man ihn finden, wenn es wirklich dringend sei. Nein, räumte Nina ein, es kann warten. Schließlich war nicht anzunehmen, daß ein Forschungsstipendiat vom Mount-Sinai plötzlich verschwinden würde.

Sie rannte los, um rechtzeitig zur Acht-Uhr-Aerobic zu kommen. Gewöhnlich haßte sie es, so spät zu trainieren, besonders wenn sie den Bauch voller Alkohol und Erdnüsse hatte. Aber sie war zu aufgewühlt, um mit dem ›New Yorker‹ von letzter Woche oder vor dem Fernseher herumzusitzen. Das einzig sehenswerte Programm um diese Zeit lief gewöhnlich auf Kanal Dreizehn, dort zeigte man um acht Uhr naturkundliche Sendungen. Sie war aber viel zu unruhig, um lyrisch-gewundene Beschreibungen der Brutpflege von Känguruhs über sich ergehen zu lassen. Man mußte tatsächlich sehr entspannt sein, um dieses Zeug anzusehen.

Die Gymnastik schien sie etwas zu beruhigen. Erst gegen Ende der Stunde, als sie beim kontemplativen Teil, dem Strecken der Achillessehne, angelangt war, begann sie wieder über Clinton Cline nachzudenken. Im Umkleideraum überlegte sie, ob sie Williams nicht doch noch finden könnte. Sie suchte gerade in ihrer Börse nach Kleingeld, als jemand vom anderen Ende des Raumes nach ihr rief. Es war Gwen, die, auf einer Bank sitzend, einen Anzug mit Tigermuster überstreifte. Die beiden Frauen umarmten sich. »Wann bist du zurückgekommen?« fragte Nina.

»Vor genau einer Stunde. Alles, was mir einfiel, war, sofort zur Gymnastik zu rennen.«

»Hast du eine schöne Zeit verlebt?«

»Europa war wundervoll. Es ging uns prima, aber körperlich bin ich völlig runter.« Bis Gwens Body völlig runter war, würde eine lange Zeit vergehen. Er sah ziemlich intakt aus. Gwen hatte die Art von Körper, für den ›Sports Illustrated‹ eine Menge Geld zahlen würde, um ihn für ihre Badeanzugkollektion abzulichten. Und sie hatte eine herrliche rote lange Mähne, die hübsch mit einem Tigerband zurückgebunden war. Gwen war die hübscheste Frau, die Nina kannte, und die reichste. Das Leben war voller solcher Koinzidenzen.

Während Gwen ihre Wadenwärmer anzog, überlegte Nina, wie sie das Gespräch auf Susans Tod bringen konnte. Es war klar, daß Gwen nichts davon wußte, sonst hätte sie nicht so fröhlich gelächelt, während sie diesen wundervollen kleinen Gürtel um ihre winzige Taille schnürte. Nina würde gerne eines Tages zu den Frauen gehören, die sich mit dem Kauf attraktiver Gymnastikbekleidung beschäftigen konnten. Alles, was sie bisher fertigbrachte, war, alle paar Jahre eine neue Sporttasche zu erstehen.

Sie entschloß sich, nicht um den heißen Brei herumzureden, sondern es ihr kurz und schmerzlos mitzuteilen. »Susan ist tot«, sagte Nina. »Sie wurde ermordet.«

Gwen sank auf die Bank zurück. »Erzähl mir alles«, sagte sie mit tonloser Stimme.

»Sie wurde erwürgt auf einem Wanderpfad gefunden. Oben im Norden. Man weiß nicht, wie es geschah, wer es getan hat, oder warum. Sie hatte mir gesagt, sie würde an dem Wochenende mit einem neuen Freund wandern gehen, aber niemand weiß, wer es war.«

Gwen begann zu weinen. »Oh mein Gott, das ist alles meine Schuld«, schluchzte sie.

Das war nicht unbedingt die Antwort, die Nina erwartet hatte. »Deine Schuld«, sagte sie. »Bist du verrückt?«

»Ich riet ihr, ihn zur Rede zu stellen.«

»Ihn? Wen?«

»Sie hat mir nie seinen Namen genannt. Sie war abergläubisch und hatte Angst, verhext zu werden.«

Jetzt war Nina an der Reihe zu sagen: »Erzähl mir alles.«

»Laß uns hier rausgehen«, erwiderte Gwen, »irgendwohin, wo wir reden können.«

»Möchtest du mit zu mir nach Hause kommen?« fragte Nina tröstend.

»Gute Idee. Dann mache ich die Jane-Fonda-Übungen daheim vor dem Zubettgehen.« Diese Frau war unerbittlich, dachte Nina. Ohne solche Konzentration wäre sie wohl auch nicht so weit gekommen. Gwen stopfte ihre Sachen in die Gymnastiktasche, zog ihre Turnschuhe an und warf sich die Jacke über. Sie war auch eine von denen, die ohne Hosen durch die Straßen gehen konnte. Wie Susan. Nina spürte einen winzigen Anflug von Neid. Warum hatte sich Susan Gwen anvertraut und nicht ihr? Und warum konnten einige Frauen praktisch in Unterwäsche durch die Straßen spazieren, während für Nina bereits ein Paar lausige French Kniggers ein Wagnis darstellten?

»Magst du was trinken?« fragte Nina, nachdem sie es sich auf ihrer Couch gemütlich gemacht hatten.

»Hast du Kräutertee?« Natürlich hatte Nina Kräutertee. Tüten voll. Gemischte Kräuter, Zitronenblüten, Orangenblüten, alle Blüten. Sie war die Art von Frau, die Tüten voller Kräutertee hatte, aber wenn sie Trost suchte, direkt nach der Jameson-Flasche griff. Oder nach dem Rest des Käsekuchens.

Nina spulte die Namen ihrer Kräutertees herunter. Gwen entschied sich für Zimtblüte. »Möchtest du etwas essen?« Nina wußte, wie die Antwort lauten würde. Selten sah sie, daß Gwen überhaupt etwas zu sich nahm. Sie schien sich hauptsächlich von mariniertem Seetang zu ernähren, den sie als das gesündeste Nahrungsmittel der Natur bezeichnete. Ständig versuchte sie, die anderen dazu zu bewegen, mehr Meerespflanzen zu sich zu nehmen.

Nina hielt aber hartnäckig an der antiquierten Vorstellung von Gartengemüse fest.

»Nein, danke«, sagte Gwen auf das Stichwort.

»Möchtest du Honig in deinen Tee?«

»Hast du Gerstenmalz?« Offensichtlich wurde Honig nicht mehr als gesund angesehen.

»Nein, ich habe kein Gerstenmalz.«

»Du solltest dir wirklich welches besorgen.«

»Bitte laß mich in Frieden«, sagte Nina. »Möchtest du Honig oder nicht?«

»Ist schon gut. Ich glaube, ich habe Sukanat in meiner Tasche.«

Nina hatte von diesem Zeug noch nie etwas gehört, aber sie war nicht in der Stimmung, eine von Gwens Ernährungslektionen vom Zaun zu brechen. Sie fragte nicht weiter nach.

Gwen kramte herum und brachte eine Packung zum Vorschein. Sie leerte sie in die Tasse, die Nina ihr reichte, rührte um, trank einen Schluck und seufzte. »Ich kann nicht glauben, daß das passiert ist«, sagte sie und starrte in ihren Tee.

»Du hast erwähnt, du habest Susan geraten, sie solle einen Mann zur Rede stellen. Was hast du damit gemeint?«

»Nun, sie hat sich bei mir beklagt, daß er ein wenig geheimnisvoll sei. Wenn er sie beispielsweise anrief, geschah das immer von seinem Büro oder seinem Autotelefon aus, nie von zu Hause. Und wenn sie ihn zu Hause anrief, war da immer nur der Anrufbeantworter. Sie fing an zu glauben, daß die Nummer, die er ihr gegeben hatte, gar nicht die von seiner Wohnung war. Deshalb glaubte sie, er sei vielleicht verheiratet. Auch hat sie nie gesehen, wo er wohnte. Andererseits war er so verfügbar, daß sie sich für paranoid hielt. Da er immer bereit war, Samstagnacht mit ihr zu verbringen, nahm sie an, daß er nicht verheiratet sein konnte.«

»Und wie lautete deine Diagnose?«

»Ich sagte ihr, daß seine Verfügbarkeit gar nichts bedeutete, weil sich einige Typen freimachen, indem sie ihren Frauen erzählen, sie gingen auf eine Geschäftsreise und verbringen dann das Wochenende mit ihren Geliebten.«

»War dieser Typ geschäftlich unterwegs?«

»Susan sagte mir nicht genau, was er machte, aber sie meinte, daß seine Arbeit es gelegentlich erfordere, die Stadt übers Wochenende zu verlassen.«

»Also hast du angenommen, er sei verheiratet?«

»Ich hielt es für möglich. Ich sagte ihr, sie solle ihn mit den Tatsachen konfrontieren. Sie solle ihn fragen, weshalb er sie immer vom Autotelefon aus anrief? Warum sie nie sein Haus gesehen habe? Warum immer nur der Anrufbeantworter dran sei? Aber ich riet ihr zur Zurückhaltung. Du kanntest doch Susan, sie neigte zum Theatralischen.«

»Ja«, sagte Nina. »Sie konnte ziemlich außer sich geraten. Ich sehe sie vor mir, wie sie zu ihm sagt: ›Verlaß deine Frau, oder es passiert was.‹ Glaubst du, daß es ihr ernst war mit ihm?«

»Ich glaube, nach dem war sie ganz verrückt.«

»Meine Mutter hat kürzlich etwas über Susans Hartnäckigkeit gesagt. Daß sie die Leute wahnsinnig machte, bis sie bekam, was sie sich in den Kopf gesetzt hatte. Findest du das auch?«

»Absolut. Susan muß diesen Burschen in den Wahnsinn getrieben haben, glaubst du nicht auch?«

»Na ja, so ganz bei Trost kann er auch von sich aus nicht gewesen sein«, sagte Nina. »Ein einfaches ›Laß das, Susan‹ hätte genügt. Er hätte sie nicht ermorden müssen.«

»Wolltest du sie nie umbringen?«

»Ich hatte keine so gefühlsbeladene Beziehung zu ihr wie du, Gwen.« Nina kam der Gedanke, Gwen könnte vielleicht gar nicht in Europa gewesen sein. Vielleicht war sie untergetaucht, nachdem sie Susan ermordet hatte. Nina versuchte sich zu erinnern, ob sie Postkarten aus Europa erhalten hatte. Aber das war lächerlich. Gwen schickte nie Postkarten. Und wenn Gwen Susan hätte ermorden wollen, dann nicht auf dem Gipfel eines Berges. Gwens Vorstellung einer Tageswanderung bestand in einem Spaziergang durch den Park mit anschließendem Brunch im Stanhope.

»Wußtest du, daß sie, kurz bevor das passierte, eine Abtreibung hatte?« fragte Nina.

»Ja. Aber es war nicht sein Kind«, sagte sie. »Susan war bereits schwanger, als sie den Mann traf.«

»Wessen Kind war es?« Im gleichen Moment bedauerte Nina, gefragt zu haben. Es erschien so zudringlich, als wollte eine Klatschkolumnistin einen Nachruf schreiben.

Gwen antwortete nicht gleich. »Sie sagte mir seinen Namen nicht. Jemand, der nicht zur Verfügung stand. Sie kannte ihn von der Arbeit.«

»In welcher Hinsicht stand er nicht zur Verfügung?« fragte Nina. »War er verheiratet?«

»Ich weiß es nicht genau. Vielleicht. Sie hat es nicht gesagt. Er hätte auch Priester sein können, soweit ich weiß. Jedesmal, wenn ich vorgeschlagen habe, eine feste Beziehung daraus zu machen, sagte sie immer nur: ›Das steht nicht zur Debatte. Es steht überhaupt nicht zur Debatte.‹ Ich denke also, er war verheiratet.«

Das sah Gwen ähnlich, angesichts der Betrügereien ihres ersten Mannes. »Also hat sie sich eindeutig für eine Abtreibung entschieden?«

»Machst du Witze?« Gwen sah sie spöttisch an. »Eindeutig? Was denkst du denn? Sie hat sich die ganze Zeit furchtbar gequält.«

Natürlich, dachte Nina. Diese Dinge waren besonders hart, weil man in der Öffentlichkeit seine Entscheidung so überzeugt vertreten mußte. Inmitten eines derart vergifteten politischen Klimas gab es keinen Raum für Emotionen. Nicht daß Nina oder irgendeine Frau, die sie kannte, bezweifelt hätten, daß die Wahlmöglichkeit der Frau sakrosankt war. Aber das machte die Wahl nicht einfacher. »Wie hat sie sich schließlich entschieden?« fragte sie.

»Zuerst schöpfte jemand bei der Arbeit Verdacht und stellte sie wegen der Affäre zur Rede.«

»Wie haben sie es herausgefunden?«

»Es war interessant. Susan sagte, daß niemand eine Ahnung hatte, was vor sich ging, bis eine andere Schwester zufällig auf einen Stapel Umlaufpost stieß, der auf Susans Tisch lag. Du kennst die Art.«

Ninas Büro war zu klein dafür, aber sie verstand, was Gwen meinte. Es waren übergroße Umschläge aus Manilapapier, und die Vorderseite war in kleine Rechtecke unterteilt; man strich den Namen des letzten Adressaten aus und schrieb den des neuen in das Rechteck darunter. »Ja, ich weiß, was du meinst.«

»Na ja«, fuhr Gwen fort, »diese andere Schwester hatte keine solchen Umschläge mehr, und der Materialschrank war ebenfalls leer. Also kam sie zu Susans Schreibtisch und fragte, ob sie welche habe. ›Natürlich‹, sagte Susan, ›ich habe ein ganzes Paket‹, und reichte sie ihr. Sie waren alle an Susan gerichtet und hatten sich angesammelt, bevor sie Gelegenheit hatte, sie wiederzuverwenden. Die Schwester sah den Packen durch und bemerkte sofort, daß alle von derselben Person stammten.«

»Wie kam sie darauf?« fragte Nina, aber dann fiel es ihr ein. »Warte, ich weiß es. Der Name über Susans Namen, der, der ausgestrichen war, war auf jedem Umschlag der gleiche. Richtig?«

»Richtig. Sehr gut. Gemäß Susans Aussage hat dieser Bursche ihr immer süße kleine Briefchen und Ausschnitte mit dem Postumlauf geschickt. Als romantische Geste. Und diese Schwester fragte Susan, warum sie soviel Post von dem So-und-so bekomme? Was da los sei? Und weil Susan bereits seit ein paar Wochen schwanger war und sich in emotionalem und hormonellem Aufruhr befand, brach sie in Tränen aus und gestand alles. Na ja, diese Schwester war von der harten Sorte, die sich auskannte.

Und sie sagte Susan, daß sie schon immer der Ansicht gewesen sei, dieser Typ sei ein Hallodri, und sie sei überzeugt, daß er nicht das erste Mal in solch einer Situation stecke. Soweit sie wisse, habe er sich bei einer früheren Gelegenheit wie ein wirkliches Schwein benommen. Ihrer Ansicht nach wäre es das beste, wenn sich Susan so bald als möglich aus der beschissenen Lage befreien würde.«

Nina dachte kurz über Gwens Betonung des Wortes ›befreien‹ nach. Es spielte deutlich auf eine Abtreibung an. »Und damit hat sie die Beendigung ihrer Schwangerschaft entschieden?« fragte sie.

»Nicht ganz. Sie war immer noch am Überlegen, als dieser Wandersmann auf ihre Anzeige antwortete. Offensichtlich verstanden sie sich außerordentlich gut, und für Susan war alles sehr vielversprechend.«

»Außer daß sie von einem anderen schwanger war«, sagte Nina.

»Richtig. Daher dachte sie, sie sollte sich noch eine Chance gönnen. Aber es war klar, daß es sie viel kosten würde. Sie sagte immer wieder, daß dies das letzte Mal sei. Und sie lieferte sich ans Messer. Sie wollte es nicht noch einmal bewußt erleben, was, wenn sie sich nur lokal betäuben ließ, der Fall sein würde, wie sie fürchtete.«

Noch eine Chance. Nina kannte das Gefühl. Ein neuer Anfang. Wasch dir all die Schmutzspuren ab und sag dir, dieses Mal wird alles ganz anders. Der Drang, für einen neuen Mann als neue Person dazustehen, war immer unwiderstehlich. Als könnte man noch einmal Jungfrau werden. Es war eine Tendenz, sich zu reinigen, all den angesetzten Rost abzuschleifen. Die Beinenthaarung, das Gesichtspeeling, das verdauungsfördernde Essen. Nina erinnerte sich, daß sie einmal eine Stunde vor einer zweiten Verabredung mit Plastiksäcken um die Beine in einer Sauna saß. Nur noch ein paar Schweißtropfen mehr, und sie wäre wie neugeboren. Sie war zu lange drin geblieben und wurde den ganzen Abend von Schwindel und Übelkeit geplagt. In jener Nacht hatte sie allen Reinigungsritualen abgeschworen. Aber sie konnte Susans Empfindungen nachfühlen. Konnte man ihr vorwerfen, daß sie diese äußerste Reinigung vorgenommen hatte? In welchen Geisteszustand muß es sie versetzt haben, daß sie für einen Mann so viel investierte, den sie nicht einmal kannte.

Gwen sprach Ninas Gedanken aus. »Du kannst dir vorstellen, wie sie sich nach der Abtreibung fühlte. Den Zwang, den sie verspürte, mit diesem Mann unter allen Umständen alles richtig hinzukriegen. Ich wußte es, obwohl sie bezüglich dieses Themas eigentümlich schweigsam war.«

»Schweigsam klingt gar nicht nach Susan«, sagte Nina und dachte an all die Jahre enormer Ferngesprächsrechnungen. Zu schade, daß das Finanzamt Zwangshandlungen nicht als Grund für eine Steuerreduzierung ansah.

»Manchmal sagte sie atemlos, ›Ich glaube das war's‹, und brach dann ab. Als wollte sie auf Holz klopfen.«

Komisch, dachte Nina. Susan war nicht der Mensch, der zu Kleinmut neigte. Das war eine Seite, die Nina an ihr mochte. Sie gab sich allen möglichen Phantastereien hin, was wohl wäre, wenn dieses oder jenes geschähe. Und dennoch hatte sie Nina nichts davon erzählt. Sie muß schrecklich verletzt gewesen sein. Gewöhnlich waren Schmerz und Qual direkt proportional zu der Länge der Zeit, die man am Telefon verbrachte. Aber jenseits eines bestimmten Punktes, wenn es zu sehr weh tat, verschloß sich sogar Susan.

»Es war jedenfalls offensichtlich«, fuhr Gwen fort, »daß sie sehr große Hoffnungen auf diese neue Beziehung setzte. Und das wenige, was sie mir von ihm erzählte, klang gut. Außer ihres Verdachts, er sei verheiratet, und da mußte ich zugeben, daß es so klang, als wäre ihr Verdacht begründet. Sie versuchte sich einzureden, daß ein Mann, der Samstagabends ausgeht, nicht verheiratet sein kann. Aber wir beide wußten, daß das nicht notwendigerweise so sein mußte.«

»Was hat sie schließlich überzeugt?«

»Das Parfüm.«

»Parfüm?« Nina bemerkte, daß sie Gänsehaut bekam.

»Sie erzählte mir, daß er ihr ein Parfüm geschenkt hatte. Und daß er darauf bestand, ihre gewohnte Marke aufzugeben. Was nahm sie denn gleich?«

»Obsession«, sagte Nina.

»Ja, richtig. Jedenfalls sagte er ihr, sie solle nicht mehr Obsession tragen, sondern das andere. Sobald sie mir das sagte, wußte ich, daß er verheiratet war. Oder zumindest mit jemandem zusammenlebte.«

»Das verstehe ich nicht.«

»So habe ich es herausbekommen, als Charles mich betrogen hat.« Charles war Gwens erster Mann, der mit seiner neuen Frau, einer Stewardeß, in Marin County lebte. »Du weißt, ich liebe Chanel Nr. 5 über alles. Es ist hoffnungslos altmodisch, aber ich mag es. Ich habe seit Jahrzehnten nichts anderes benutzt. Als ich dann einen neuen Duft an Charles Anzügen roch, wußte ich, daß er sich mit jemand anderem herumdrückte.«

»Wirklich? Das wußte ich nicht.«

»Ich wollte meinen Freunden die schmutzigen Details meiner Scheidung ersparen.« Gwen strich sich nervös durchs Haar und biß sich auf die Lippen. »Seitdem höre ich die gleiche Geschichte von anderen betrogenen Ehefrauen. Es scheint, daß ein wirklich ausgefuchster Bursche, ein professioneller Betrüger, sich genügend auskennt, um seine Freundin dazu zu bringen, das Parfüm seiner Frau zu benutzen. Ich habe das Susan erklärt, und sie fand es ziemlich überzeugend. Sie rief mich am nächsten Tag an und sagte mir, sie platze vor Wut und wolle ihn zur Rede stellen.«

»Gwen, hat sie nicht zufällig erwähnt, was für ein Parfüm er ihr gab?«

»Doch. Aber ich kann mich an den Namen nicht erinnern. Es stammte von einer Firma, die Kosmetika herstellt. Jeder produziert doch heute auch Parfüm, weißt du. Mode-Designer, Filmstars, jeder.«

»Erinnerst du dich an den Namen der Kosmetikfirma?«

»Ich bin ziemlich sicher, es war Prescriptives.«

Nina erhob sich von der Couch, ging in ihr Schlafzimmer und nahm die Flasche Calyx von ihrer Spiegelkommode. Sie drehte sie um. Auf der Bodenseite war ein winziges Schildchen. Und darauf stand in winzigen Buchstaben, aber ganz deutlich zu lesen: Prescriptives.

Also das war es, was Susan gewollt hatte: den Mann einer anderen Frau. Und dieser Mann war zufällig derselbe, mit dem Nina die letzte Freitagnacht verbrachte.

Das Telefon klingelte. Nina ließ den Anrufbeantworter einklicken. Es war Irwin Smolkowitz. Nina nahm nicht ab.

Sie glaubte, es nicht durchstehen zu können. Während sie aus dem Fenster sah und auf Patricks Auto wartete, hoffte sie halb, er würde nicht kommen.

Aber es war alles vorbereitet. Williams fand Gwen glaubwürdig. Er hielt sie für egozentrisch und narzistisch, gestand er ihr später, aber für glaubwürdig. Sein Plan bestand darin, die Umstände von Susans Ermordung so ähnlich wie möglich nachzustellen – Nina wurde mit Patrick auf eine Wandertour geschickt, und man wollte sehen, was geschah, wenn sie ihn wegen seiner Ehe zur Rede stellte. Sie sollte sich sehr hartnäckig geben. Williams würde ihr in kurzem Abstand folgen. Das waren die beiden schwächsten Punkte des Plans: Ninas Fähigkeit, hartnäckig zu sein, und Williams Vermögen, ihr in kurzem Abstand zu folgen. Er wollte natürlich genügend Verstärkung mitbringen. Und er hatte ihr versichert, er habe nur Polizisten mit ausreichend großer Herzmuskel-Fitneß ausgesucht. Trotzdem verfolgte sie die Vorstellung, wie Williams schwer atmend und keuchend über ihren Leichnam stolperte.

Sie hatte auf Regen gehofft, irgend etwas, was die Sache aufschieben würde. Der Morgen jedoch war herrlich, nur ein paar dünne Zirruswolken standen am Himmel. Wie schade, daß dies ihre letzte Verabredung sein würde. Nina und Patrick hatten nicht nur wundervollen Sex zusammen gehabt, sie hatten auch großartiges Wetter.

Während sie aus dem Fenster sah, fragte sie sich, ob sie hätte wissen müssen, daß er verheiratet war. Er zeigte keine der üblichen Verhaltensweisen – sah nicht zwanghaft auf die Uhr oder sprang morgens um zwei aus dem Bett, und er schlich sich in Restaurants nicht in Telefonzellen, wenn er vorgab, auf der Toilette zu sein. Andererseits hatte er die Art von Job, der sich fürs Abtauchen anbot. Nachforschungen kann man notwendigerweise nicht von Montag bis Freitag zwischen neun und fünf Uhr anstellen. Und Gwen hatte die Sache mit dem Parfüm nur aufgrund persönlicher Erfahrung herausgefunden. Im Gegensatz zu Gwen hatte Nina nicht den Hauptteil ihres Erwachsenenlebens als jemandes Ehefrau oder Geliebte zugebracht. Wie hätte sie also darauf kommen sollen? Das einzige, was ihren Verdacht hätte erregen müssen, war die Nylontasche auf dem Rücksitz des Wagens. Die ergab jetzt einen Sinn. Wenn er seiner Frau vorlog, er sei geschäftlich unterwegs, brauchte er Gepäck. Und er war so gereizt, als sie ihn danach fragte – das hätte sie nicht ignorieren dürfen.

Da war er. Als sie seinen Subaru-Kombi erspähte, zog sie ihre Jacke an, verschloß eilig die Tür und rannte zu ihm hinunter. Jetzt, wo alles klar war, konnte sie es nicht mehr hinauszögern, und sie wollte es so bald als möglich hinter sich bringen. Patrick und Daisy standen bereits auf dem Gehsteig, als sie aus dem Haus trat. Der Hund sprang auf, um sie zu begrüßen, bevor Patrick es schaffte, zu ihr durchzukommen. So lange als möglich beschäftigte sie sich mit Daisy und versuchte, den Kontakt mit ihm zu vermeiden.

»Wie ich sehe, konkurriere ich mit meinem eigenen Hund«, sagte er.

»Sei nicht albern«, sagte sie und versuchte, gleichmäßig zu atmen.

»Bekomme ich keinen Kuß?«

Sie wandte ihm das Gesicht zu. Einen Mann zu küssen, dachte Nina, der einen vielleicht zu einem späteren Zeitpunkt des Tages ermorden würde, das unterschied sich eigentlich gar nicht so sehr vom üblichen Küssen. Gleichgültig, wen man küßte, man versuchte immer wegzuschieben, was passieren könnte, nachdem der Kuß vorbei war.

»Also nehmen wir heute den Slide in Angriff?« fragte sie. Nina und Patrick hatten geplant, auf den Slide Mountain zu steigen, wo Susans Leiche gefunden worden war. Williams hatte die Wanderkarten der Gegend genau studiert, so daß er jederzeit ihre Spur verfolgen konnte.

»Ich dachte, wir sollten lieber zum Ledges fahren.« Ledges war ebenfalls ein beliebter Wanderweg, nicht weit vom Slide Mountain entfernt. Aber weit genug. Nina stellte sich vor, wie sie tot am Aufstieg zum Ledges lag, während die New Yorker Polizei wie wahnsinnig den Slide Mountain nach ihrem Leichnam absuchte.

»Ich habe mich aber so sehr auf den Slide gefreut.« Nina versuchte ein hübsches Schmollen. »Auf dem Ledges war ich letztes Jahr, aber ich war Ewigkeiten nicht mehr auf dem Slide.« Sie wußte kaum, was sie sagte, aber sie versuchte, überzeugend zu klingen. Es war eigentlich nicht schwierig, wie sie feststellte. Es war wie vor Gericht, das war alles.

»In Ordnung, wenn du unbedingt willst, dann auf den Slide«, sagte er. Nina hatte das Gefühl, als habe sie nach einer Biopsie einen günstigen Bescheid bekommen. Sie hatte eine Überlebenschance.

Im Auto fühlte sie sich so unbehaglich wie zu Hause am Fenster. Sie wünschte, sie hätte sich nie darauf eingelassen. Sie hatte oft solche Gefühle, selbst wenn das bevorstehende Ereignis nicht so besorgniserregend war. Sie saß in öffentlichen Verkehrsmitteln und hoffte inbrünstig, die U-Bahn würde versagen oder ein plötzlicher Schneesturm den ganzen Verkehr lahmlegen. Im Bus durch die Stadt fahrend, stellte sie sich vor, er würde entführt, oder die Person, die sie treffen wollte, würde auf einer Kreuzung überfahren. Die Vorstellung, die sie am meisten heimsuchte, praktisch jeden Werktagmorgen, war die von der plötzlichen Explosion des Zivilgerichtes, wobei die Flammen alle Akten im Büro des Urkundenbeamten vernichteten, bevor die Feuerwehr überhaupt auftauchte. Als Teenager hatte sie an Tagen, an denen sie ihr Biologieheft abgeben mußte oder eine Physikprüfung bevorstand, die gleiche Vorstellung hinsichtlich der High-School in der Bronx.

Jetzt, als sie den Henry Hudson Parkway hinauffuhren, stellte sie sich vor, die George Washington Brücke bräche entzwei. Und als sie die Brücke sicher überquert hatten, sah sie Patrick zusammengesunken über dem Steuer vor sich, verstorben an einer plötzlichen Herzattacke, während der Wagen im Straßengraben lag.

Das würde die ganze Angelegenheit wieder zweifelhaft werden lassen. Sie wußte, daß sie sich zu oft nach Zweifelhaftigkeit sehnte. Bei Gericht sah sie sich die Vorladungen und Klagen immer sehr lange und genau an und hoffte auf einen Fehler, durch den sich das ganze Verfahren aufhalten ließe. Statt Anklage zu erheben wie einige ihrer Kollegen, die den verdammten Gegner niedermachen wollten. Heute müßte sie es eigentlich genießen, den Mord an Susan zu rächen. Probier es doch wenigstens, versuchte sie sich gewöhnlich einzureden, statt über Zweifelhaftigkeiten und Katastrophen herumzuphantasieren. Pack das Leben bei den Hörnern. Pflücke die Rosen. Nimm einen tiefen Schluck. Probier es. Beiß rein. Begeistere dich. Du lebst nur einmal. Aber gleichgültig, wie oft sie im Geist die Verse aus ›Cabaret‹ auch sang, immer wieder hoffte sie, sie würde nicht ankommen, egal wohin sie fuhr.

Williams hatte gesagt, er wolle ihnen einen Wagen hinterherschicken, nur für den Fall, sie würden gar nicht bis zum Slide kommen. Aber soviel sie sah, wurden sie nicht verfolgt. Ob das auf Könnerschaft oder Ungeschick zurückzuführen war, konnte sie nicht entscheiden. Als sie auf den Parkplatz einbogen und sie Williams gegen einen Wagen gelehnt, im Gespräch mit zwei Männern und einer Frau entdeckte, war sie erleichtert. Alle vier trugen Wanderkleidung, aber jeder sah auf seine Weise ein wenig unpassend aus. Williams hatte Khakihosen und eine graue lange Weste an. Das Wort elefantenhaft kam ihr in den Sinn. Einer der anderen Männer, ein großer Rothaariger, trug eine grüne Basketball-Jacke aus Satin. Er sah nicht nur aus wie eine Imitation von Larry Bird, auch die Kombination von rotem Haar und grünem Satin war für eine Wanderroute, wo gewöhnlich Erdtöne vorherrschten, zu grell. Der andere Typ sah in seinen Jeans und der Daunenjacke ein bißchen normaler aus, aber sein Gesicht verriet den Polizisten. Er trug einen dieser scharf zurechtgestutzten Schnäuzer, nicht weil das gut aussah, sondern weil es den Abteilungsvorschriften entsprach.

Die Frau war eine jener altmodischen Lesbierinnen, die ihre Hosen in der Männerabteilung kauften und ihr Haar sehr kurz trugen. Diese Attitüde brachte Nina, die mit ihren breiten Hüften und dem kleinen Kopf hart gegen ihre Pyramidengestalt ankämpfte, immer zum Staunen. Sie gab sich viel Mühe, um Hosen zu finden, die weit über die Taille hinaufreichten, und trug ihr Haar so, daß es möglichst füllig wirkte. Das Ziel bestand darin, den Eindruck eines umgekehrten Dreiecks zu erreichen. Das war ein allgemein gültiges Modediktat. Deswegen hatte sie vor Frauen, die dieses geometrische Theorem bewußt ignorierten, immer ein wenig Scheu; es war, als wollten sie ausdrücken, einen guten Stand zu haben, sei wichtiger als alles andere. Als wollten sie sagen, daß sie keine Lust hatten, wie eine Pfingstrose auszusehen – alles nur Kopf und kein Blattwerk, alles flatterte im Wind und konnte jeden Moment abknicken. Als meinten sie, es sei besser, ein Busch zu sein, den selbst ein Tornado nicht entwurzeln konnte.

Natürlich wußte Nina, daß es eine ganz neue Schule von Lesbierinnen gab, die bei Lord und Taylor eine persönliche Directrice hatten und Bruno Magli Schuhe trugen. Aber die Frau, die mit Williams redete, gehörte zur robusten alten Sorte, was Nina Vertrauen einflößte.

»Schönen Tag noch«, grüßte Patrick die Gruppe, als sie an ihnen auf dem Weg zur Wanderroute vorübergingen. Das war eine Grundregel beim Wandern: Selbst der unhöflichste und verschlossenste New Yorker mußte sich, sobald er den Rucksack auf dem Rücken hatte, so umgänglich benehmen wie eine Hausfrau aus dem Mittleren Westen beim Kirchenfest.

Williams Plan war, daß Nina und Patrick den Slide Mountain hinauf und auf der Rückseite wieder herabstiegen. Williams und sein Partner wollten ihnen bis zum Gipfel folgen und dort warten, bis es wieder bergabwärts ging. Die anderen beiden würden ihnen nicht bis zum Gipfel folgen, sondern ein wenig zurückbleiben, um ihnen beim Abstieg etwas voraus zu sein. Auf diese Weise würden sich Patrick und Nina immer zwischen zwei Polizistenpaaren befinden. Gemäß den Wanderkarten führte vom Gipfel ein steiler Abstieg nach unten, der in dem Einschnitt zwischen Slide und Cornell Mountains in ein abgetrenntes Waldgebiet überging. Sobald sie diesen Wald erreicht hätten, sollte Nina damit beginnen, ihn zur Rede zu stellen. Wenn sie ihn tatsächlich dazu brachte, sie zu bedrohen, würden die beiden Polizistenteams sich heranarbeiten und dazwischentreten.

Die Wanderung hatte ihre Reize. Es war gar nicht besonders schwer, so zu tun, als sei alles in bester Ordnung. Nina trug einen Sender. Es war ein winzig kleines Ding unter ihrem Hemd, aber er gab ihrer Mission den Anschein von Realität. Immer wenn sie meinte, sie bildete sich dies alles nur ein, drückte sie den Arm gegen das winzige Mikrophon.

Der Aufstieg zum Gipfel war steil. Als die nackte Bergspitze in Sicht kam, wurde Nina unruhiger. Direkt unter dem riesigen Felsen hielt Patrick an und zeigte auf eine Metalltafel, die in den Boden eingelassen war. »In Memoriam« las Nina und glaubte einen wahnsinnigen Moment lang, das sei bereits für sie angebracht worden. Sie zwang sich, den Rest zu lesen. Folgendes stand darauf geschrieben:

In Memoriam
John Burroughs
Der in seinen frühen Schriften den Slide Mountain der Welt bekannt gemacht hat. Er hat diesen Gipfel oftmals besucht und mehrere Nächte unter diesem Felsen verbracht. Diese Gegend ist der Schauplatz vieler seiner Geschichten.
Hier, im Herzen der Südlichen Catskills, vergehen die Werke der Menschen.

Das war genau, was Nina in diesem Augenblick empfand. Sie verging im Herzen der Südlichen Catskills.

Sie ließen sich auf dem Felsen nieder, um Picknick zu machen. Nina holte Käsebrote und Äpfel aus ihrem Rucksack, Patrick eine Wasserflasche und einen Flachmann aus dem seinen. Trotz der Umstände überkam Nina angesichts des Flachmanns freudige Erregung. Sie war immer der Meinung gewesen, diese Taschenflaschen hätten etwas romantisch Gefährliches an sich. Nun, sie hatte recht behalten. Das war ihr Problem. Sie hielt immer noch Ausschau nach Typen mit Flachmännern, statt nach solchen mit einer Altersversorgung.

Sie sah sich auf dem verlassenen Gipfel um. Williams war nirgendwo zu sehen. Sie mußte annehmen, daß er unten im Wald wartete.

Patrick reichte ihr den Flachmann. »Was ist drin?« fragte sie.

»Jameson. Unsere Marke.«

Sie nahm einen tüchtigen Schluck. Vielleicht verlangsamte das ihre Reflexe. Aber vielleicht beruhigte es sie auch soweit, um richtig reagieren zu können. »Ich könnte mich daran gewöhnen«, sagte sie.

»Woran?«

»Mit dir Jameson zu trinken. Und zwar regelmäßig.« Patrick lächelte. »Ich hoffe, das tust du.«

»Ich glaube nicht.«

»Warum nicht?«

»Du bist verheiratet, nicht wahr?« Warum hatte sie das gesagt. Sie war nicht nach Plan vorgegangen. Sie sollte warten, bis Williams auftauchte und sie unten im Wald waren. Es war richtig, daß sie die ganze Sache hinter sich bringen wollte, aber das war einfach lächerlich.

»Wie kommst du darauf?«

Sei nicht verrückt, sagte sie sich. Laß das Thema fallen und halte dich wieder an die Abmachung. Sag ihm, er solle es vergessen. Sie konnte die Sache immer noch abbiegen. Aber irgend etwas in ihr trieb sie voran. »Ich weiß es eben.«

»Ach wirklich?«

»Ja, wirklich. Und ich finde, es ist schrecklich. Jemand sollte deiner Frau Bescheid sagen.«

»Nina, sag nichts, was dir später leid tun würde.«

»Warum? Was soll mir passieren?«

»Du bist ein sehr törichtes Mädchen.«

»Also, du streitest es nicht ab?«

»Ich denke, wir sollten jetzt zurückgehen.«

»Nein, ich möchte, daß du mir die Wahrheit sagst.«

»Es geht dich wirklich nichts an.«

»Es geht mich nichts an? Es geht mich verdammt noch mal sehr wohl etwas an. Und deine Frau ebenso. Ich habe deine Wohnungsadresse herausgefunden, weißt du, obwohl du keine eingetragene Telefonnummer hast. Und ich werde ihr schreiben und ihr sagen, was du treibst.« Sie wußte, daß es Wahnsinn war, was sie tat. Williams war nirgendwo zu sehen. Aber sie konnte mit ihrer Vorstellung nicht aufhören. Weil es eben keine Vorstellung mehr war. Sie bebte vor Zorn.

»Du wirst nicht mit meiner Frau in Verbindung treten.« Seine Stimme klang sehr beherrscht.

»Wie willst du mich davon abhalten?«

»Glaub mir, Nina, ich werde alles tun, um dich davon abzuhalten. Glaubst du mir etwa nicht?«

»Soll das vielleicht eine Drohung sein?« Sie gab ihm

keine Chance zu antworten. »Willst du mit mir dasselbe wie mit Susan machen?«

»Susan?« Er klang geschockt. Auch Nina hatte einen Schock bekommen. Susan zu erwähnen war nicht geplant gewesen.

»Susan Gold. Die du erwürgt hast. Genau auf diesem Weg.«

»Es tut mir leid, daß du davon weißt, Nina. Es tut mir leid für dich.« Er packte sie grob an.

Nina fragte sich, ob es jetzt an der Zeit war zu schreien. Wenn Williams in der Nähe war, würde es etwas bringen. Wenn nicht, war es vielleicht ein Fehler. Sie konnte sehr wohl in den nächsten fünf Minuten getötet werden. Seit damals, als sie zufällig um Mitternacht im Uptown Express eingeschlafen und auf der 110. Ecke Lennox aufgewacht war, hatte sie sich nicht mehr so bedroht gefühlt. Nun, wenigstens würde der Mord an Nina Fischman nicht in die Annalen der ungelösten Rätsel eingehen.

Plötzlich lockerte sich der Griff, mit dem er sie festhielt. Seine Hand fiel herunter, er wandte ihr den Rücken zu und ging ein paar Schritte. Seine Schultern zitterten, es sah aus, als schluchzte er. Er raufte sich die Haare. Dann wandte er sich zu ihr um, in seinen Augen standen Tränen. »Ich kann immer noch nicht glauben, daß es geschehen ist«, sagte er. »Natürlich wollte ich das nicht. Ich verstehe das Ganze immer noch nicht.«

Nina war außer Fassung gebracht. Von einem vermeintlichen Mordversuch hatte sich das Szenario blitzschnell in eine Therapiesitzung verwandelt. Das war offensichtlich ihr Schicksal. Das Leben imitiert die Therapie. Ihr fiel keine angemessene Antwort ein, also blieb sie stumm stehen und ließ ihn fortfahren.

»Wir waren hier und amüsierten uns großartig. Es war ein besonders leidenschaftlicher Nachmittag. Und plötzlich rückte sie ab, starrte mir in die Augen und sagte: ›Der Teufel soll dich holen.‹ Und sie begann all die Dinge herauszuschreien, wie ›Du bist doch verheiratet, du verdammtes Arschloch‹, sie hyperventilierte, die Augen traten ihr aus dem Kopf. Ich versuchte, sie zu beruhigen, aber sie schrie immer nur ›Faß mich nicht an, geh weg von mir.‹ Also ging ich weg von ihr, und sie schleuderte einen Stein nach mir. Dann hakte es bei mir aus. Ich ging wieder zu ihr zurück und begann sie zu schütteln und anzuschreien. Und sie schrie zurück und versuchte mein Gesicht zu zerkratzen. Ich erinnere mich, daß ich dachte, ich müsse sie dazu bringen, mit dem Schreien aufzuhören. Mehr weiß ich eigentlich nicht. Das nächste, woran ich mich erinnere, ist, daß meine Hände um ihren Hals lagen und ihr Kopf zur Seite fiel.«

Nina spürte, daß ihr eine Träne über die Wange lief. Patrick bemerkte es. »Glaub mir«, sagte er, »du brauchst keine Angst zu haben. Es war eine Tat im Affekt. Ich mache nichts vorsätzlich. Das konnte ich noch nie.«

Nina unterdrückte einen anteilnehmenden Impuls. »Aber ich nehme an«, fuhr Patrick fort, »daß es deine Absicht ist, mir damit mein Leben zu ruinieren.« Er griff in die Tasche und zog ein Schweizer Armeemesser heraus. Er klappte die Klinge auf und richtete sie auf sie. »Soll die Angelegenheit auf diese Weise geregelt werden?« drohte er. »Willst du wirklich dafür sorgen, daß ich den Rest meines Lebens hinter Gittern verbringe? Und soll ich dir dieses Messer dafür in die Brust stoßen und nach Mexiko abhauen, wo ich den Rest meines Lebens in einer Tequila-Wolke verbringen werde?«

Der Anblick der Klinge ließ sie erzittern, aber der Ausdruck auf seinem Gesicht entsprach so sehr einer Mischung aus Verzweiflung und Sarkasmus, daß ihre Angst sich legte. Eine Minute lang standen sie sich gebannt gegenüber, wie in der Szene eines Stückes. Die Stille wurde von einer Frauenstimme unterbrochen.

»Lassen Sie das Messer fallen.« Nina war froh, die Stimme zu hören, aber es war keine von denen, die sie kannte. Nina drehte sich um, und da standen zwei ältere

Frauen mit Feldstechern um den Hals. Die größere von ihnen sagte: »Was meinen Sie eigentlich, was Sie hier machen?«

»Lady, das geht Sie wirklich nichts an«, erwiderte Patrick. Aber er warf das Messer zu Boden.

Die vier standen einen Moment lang verlegen herum und starrten sich an. Schließlich tauchte Williams mit dem Polizisten in der Basketballjacke auf. Beide hielten schußbereite Waffen in den Händen. »Polizei«, sagte Williams. Er senkte die Waffe und zog seine Marke heraus.

»Oh, mein Gott«, sagte eine der älteren Damen.

»Alles ist unter Kontrolle«, fuhr Williams fort. »Durchsuch ihn.« Der Rothaarige zerrte Patrick zur Seite und klopfte ihn ab.

»Wo zum Teufel waren Sie?« fragte Nina mit zitternder Stimme, während ihr Tränen in die Augen stiegen.

»Wir warteten darauf, daß Sie mit dem Abstieg beginnen. Dann wollten wir Sie überholen und Ihnen folgen. Das war der Plan.«

»Das stimmt.«

»Ja, das stimmt. Und Sie wußten sehr gut, daß Sie ihn nicht reizen sollten, bevor Sie unten im Wald waren. Verdammt noch mal, was sollte denn das Ganze bedeuten?«

»Ich weiß nicht. Ich habe ihn einfach angeschrien und konnte nicht aufhören. Ich glaube, ich wollte alles schnell hinter mich bringen.«

»Nina, wenn man einen Mordfall untersucht, muß man seine Affekte ein wenig im Griff behalten.«

»Das kann ich nicht immer besonders gut. Manchmal esse ich nach dem Abendessen.«

»Wachtmeister«, sagte eine der älteren Damen, »brauchen Sie uns, oder können wir gehen?«

»Ich hätte mir wenigstens noch gerne Ihre Namen und Adressen aufgeschrieben, falls wir Sie als Zeugen brauchen.«

»Gewiß.«

»Und vielen Dank für die Hilfe«, fügte er höflich hinzu.

Die Frau wandte sich an Nina. »Wir sind Vogelbeobachter«, sagte sie. »Uns entgeht nichts.« Und zur Bekräftigung hielt sie ihren Feldstecher hoch.

»Wunschkinder. So nennen die Demographen alles nach dem zweiten Kind.« Nina preßte sich gegen die Scheibe, um ihren neuen Neffen genauer zu betrachten. »Natürlich nehme ich an«, fuhr sie fort, »daß alle Kinder Wunschkinder sind. Wenn sie keine Wunschkinder wären, hätte mein Leben keinen Sinn.« Sie hielt einen Moment inne. »Weil ich keine habe«, setzte sie als Erklärung hinzu.

»Ich weiß, daß du keine hast«, sagte Ida.

»Ich dachte mir, daß du das weißt.« Nina klopfte gegen die Scheibe, die sie von zwanzig Wickelkindern trennte. »Wie heißt du?« rief sie einem in dem linken Bettchen zu, auf dem »Rubin« stand. Aber er war fest eingeschlafen.

»Sie schwanken noch zwischen Ethan oder Evan«, sagte Ida. Offensichtlich waren die Leute vom Park Slope von Joshua und Jason zu den Vokalen übergegangen.

»Und sie werden eine Beschneidungsfeier veranstalten.«

»Du machst Scherze. Für Jared hatten sie keine.«

»Nein, aber deine Schwester hat vor kurzem die Religion wiederentdeckt.«

Als wäre Nina das entgangen. Was zuerst nur ein praktischer Ort für den Schwimmunterricht der Kinder war, hatte sich zu einer vollen Tempelmitgliedschaft und freitagabendlichem Kerzenanzünden ausgeweitet. Und jetzt eine Beschneidungsfeier.

Nina dachte darüber nach. Für Laura, Ken und die drei kleinen Rubins war das Judentum etwas Sinnvolles. Institutionen – einschließlich der Ehe, und jetzt der Religion – boten ihrer Schwester ein gewisses Maß an Beruhigung. Dafür sind Institutionen da. Nicht dazu, daß sie einem das Gefühl einflößten, jemanden vors Schienbein treten zu wollen.

War Nina auf ewig zur Hölle der Adoleszenz verdammt? Einer späten Adoleszenz, in der sie erkannte, wie gleichgültig Anpassung war, aber irgendwie nicht den letzten Schritt tun konnte, um sich damit abzufinden? Aber sie hatte nicht die Seele einer wirklichen Rebellin. Es wäre leichter, wenn sie sich selbstbewußt von ganzem Herzen zu einem unangepaßten Leben entschließen könnte. Aber voll hinter der eigenen Sache zu stehen war ein komplizierter Akt, der bei Nina nur dazu führte, daß sie im Kreis herumrannte.

Sie wünschte, sie hätte sich für die eine oder andere Möglichkeit entscheiden können. Eine aufgeweckte Feministin mit Feuer in den Augen, die, um die Wahrheit herauszufinden, kühl und klinisch die täglichen Ereignisse analysierte. Oder eine verträumte junge Mutter mit Augen, die irgendwo auf den Horizont gerichtet waren und die jedesmal, wenn man etwas zu ihr sagte, mit einem schläfrigen »Hmmm?« antwortete. Ganz so als hätte sich der Marihuana-Nebel von vor zwanzig Jahren plötzlich auf die Bürgerhäuser von Park Slope oder die Hinterhöfe von Tenafly gesenkt.

Wie sollte man sich entscheiden? Nun, die Magazine behaupteten, eine Frau habe viele Leben. Ein eingefleischtes Muttertier konnte später, wenn die Kinder sicher im College untergebracht waren, zur glutäugigen Feministin werden. Auf ihre verquälte Art war Ida das gelungen. Aber in Ninas Leben schien es keine Phasen zu geben. Sicher, die Panik, die Hausaufgaben nicht gemacht zu haben, hatte sich in die Panik vor einer Gerichtsverhandlung verwandelt. Und statt der Demütigung, in der Schulcafeteria einsam beim Mittagessen sitzen zu müssen, empfand sie nun den Mangel eines Stadthauses und der darin zelebrierten Beschneidungsfeier. Das Gefühl war im großen und ganzen das gleiche. Man konnte aber nur eine bestimmte Anzahl von Jahrzehnten jammern, keinen Heiratskandidaten gefunden zu haben. Zwei Jahrzehnte waren fast schon zu viel. Bei dreien war man absolut über dem Limit. Und sie bewegte sich aufs vierte zu.

Nina sah den kleinen Rubin an. Er hatte das Glück, ein Teil von Lauras kleinem Reich zu sein. Nina hatte sich nie als Teil eines Reiches gefühlt – weder als Herrscherin noch als Untertanin. Sie war eher eine freie Agentin, mit der Fähigkeit, sich über Grenzen zu schleichen, ohne von jemandem bemerkt zu werden. Das Problem bei diesem Status war natürlich, daß man genauso schleichend in Vergessenheit geraten konnte.

Es stimmte nicht ganz, daß niemand etwas bemerken würde. Aber man brauchte sich nur Susan anzusehen. Während der sieben Tage Shivasitzen wurde viel geweint und geklagt, aber jetzt war man so ziemlich zum normalen Alltag zurückgekehrt. Aber vielleicht war das bei jedem so, selbst bei Herrscherinnen wie ihrer Schwester. Nina hatte einmal eine Geschichte über eine junge Mutter gehört, die wußte, daß sie sterben würde. »Seht nur zu, daß meine Kinder mich nicht vergessen«, hatte sie immer und immer wieder gesagt.

Sie vermutete, daß jeder Angst hatte, vergessen zu werden, genauso wie jeder Angst vor dem Tod hatte. Gleichgültig, wie eng die Bindungen waren. Deshalb war es auch ein natürlicher menschlicher Impuls, sich die eigene Beerdigung vorzustellen und dabei schnell die Trauergäste zu zählen.

Vielleicht war dies eine allgemeine Regung, aber irgendwie fühlte man sich dem Tod näher, wenn man allein war. Daß die älteste Freundin umgebracht wurde, half dabei auch nicht weiter. »Möchtest du nachsehen, ob Laura schon wach ist?« fragte Ida. Ihre Schwester hatte geschlafen, als sie in der Klinik angekommen waren.

»Weißt du was, ich glaube, ich gehe nach Hause.« Vielleicht fühlte man sich dem Tod näher, wenn man allein war, aber das Zusammensein mit der Familie gab ihr zuweilen das Gefühl, kurz vor dem Selbstmord zu stehen. »Richte Laura meine Glückwünsche aus.«

Als sie im Bus saß, dachte Nina über Lauras Reich nach. Würde die Sonne darin jemals untergehen? Das letzte Jahrzehnt war für ihre Schwester ein gutes gewesen. Würde sich das kommende auch als so günstig erweisen? Es war schwer zu sagen. Ihre Schwester war eine typische Vertreterin der achtziger Jahre, genauso wie Abbie Hofmann ein Vertreter der sechziger und Steve Rubell einer der siebziger Jahre war. Statt einer politischen Bewegung oder einer Drogen-Disco hatte Laura eine Modell-Familie geschaffen, die für die vergangenen zehn Jahre typisch war.

Nina mußte in einer der kommenden Dekaden erst noch Fuß fassen. Vielleicht würden die neunziger Jahre ihr Jahrzehnt werden. Die Über-Dekade. Die Ära der übergebildeten, überanalysierten, übergewichtigen jüdischen Frau. Während die Herrscher für Wirtschaftsverbrechen ins Gefängnis gingen und die Herrscherinnen in ihren Stadthäusern gefangen säßen und andere Leute herumscheuchten, wären dann die Ninas dieser Welt die einzigen, die noch funktionierten.

Das Telefon klingelte, als sie in ihr Apartment kam. Aus reiner Zerstreutheit hob sie ab.

Es war Irwin Smolkowitz. Er hatte verzweifelt versucht, sie zu erreichen, und ihr mehrere Nachrichten hinterlassen. Hatte sie sie bekommen? Warum hatte sie nicht zurückgerufen? Er mußte ihr etwas Wichtiges sagen. Er wollte nicht, daß sie es persönlich nähme, denn er hatte das Gefühl, daß ihre Beziehung hoffnungsvoll war, dennoch müsse er nach Johannesburg zurückkehren. Wenn sie jemals in die Gegend kommen sollte, würde er sich freuen usw.

Sie versicherte ihm, daß sie ihn als ersten anrufen würde, sollte sie jemals nach Südafrika kommen. Dann hängte sie ein.

Sie machte eine Aufstellung ihrer sozialen Erfolge in der jüngsten Vergangenheit. Großartiger Sex mit einem sozialpathologischen Killer und eine »Wir-bleiben-in

Verbindung-Abfuhr« von einem südafrikanischen Trottel. Nicht sonderlich eindrucksvoll. Und jetzt konnte sie nicht einmal Susan anrufen, um sich bedauern zu lassen. Die einzige Frau mit einer noch schlechteren Erfolgsbilanz, die sie kannte, war tot. Gestorben an ihrer miesen Bilanz.

Nina erwog, mit den Verlusten Schluß zu machen und die Männer aufzugeben. Sie würde nur noch Tante sein, die Kinder ihrer Schwester vergöttern, kleine gemusterte Pullover stricken und die Nichte und die Neffen jede Woche ins Naturkundemuseum führen. Oder vielleicht würde sie sich auf ihren Beruf konzentrieren, Fälle vor Gericht bringen, statt sie vorher zu regeln, und jeden Kläger daraufhin untersuchen, ob die Möglichkeit zu einer Schadensersatzklage bestand. Sie könnte sich auch gymnastisch verausgaben und versuchen, ihren von Natur aus hypotonischen Körper in ein erstaunliches Muskelpaket zu verwandeln.

Tatsächlich jedoch fand sie das alles nicht besonders anziehend. Die Juristerei, die Gymnastik, ihre Nichte und die Neffen – alle konnten ihre Aufmerksamkeit nur für begrenzte Zeit fesseln. Tief im Innern wußte sie, sie würde die Männer nie aufgeben. Vielleicht war die Heterosexualität ein Fluch, aber es war immerhin ihr Fluch. Vielleicht konnte sie in Zukunft ein wenig vorsichtiger sein. Sie sollte nach Heiratskandidaten Ausschau halten. Andererseits – wie weit war Susan damit gekommen.

Wieder klingelte das Telefon. Diesmal ließ sie den Anrufbeantworter einklicken. Es war Williams. »Ich wollte hören, wie es Ihnen geht«, sagte er.

Sie nahm ab. »Ich bin hier.«

»Wie geht es Ihnen?«

»Soll ich ehrlich sein? Ich tue mir leid.«

»Das ist schade«, sagte Williams.

»Aber ich genieße es. Selbstmitleid ist eine meiner Lieblingsbeschäftigungen.«

»Es wird Sie freuen zu erfahren, daß wir kurz vor der Anklagerhebung stehen.«

»Das ist großartig. Ich wollte Sie eigentlich etwas fragen. Eine Sache ist für mich immer ungeklärt geblieben. Die Sache mit den Kontaktlinsen. Hat Patrick welche getragen oder nicht?«

»Er trug welche, die man nicht herauszunehmen braucht«, sagte Williams. »Er mußte sie nur einmal pro Woche wechseln.«

»Natürlich. Warum habe ich nicht daran gedacht?«

»Der Bursche war mit leichtem Gepäck unterwegs.«

»Das stimmt.« Nina dachte über Patrick nach. Von allem fühlte er sich eingezwängt – von seinem Büro ebenso wie von seiner Ehe. Er konnte nicht einmal ein Telefon benutzen, das an einer Wand festgemacht war. Er reiste nicht nur mit leichtem Gepäck, er war ein Mann, der sich vollkommen abgekoppelt hatte. Dennoch hatte sie sich unsterblich in ihn verliebt. Nina fragte sich, wie eingebunden sie selbst war. Sie hatte einen zweijährigen Mietvertrag, einen Einjahresvertrag im Fitneß-Studio und ein halbjähriges Abonnement des ›New Yorker‹. Dazu einen Job, der ihr Kopfschmerzen verursachte. Waren das die Bindungen, die einen festhielten? Es blieb unklar.

»Wenn das Hauptverfahren eröffnet wird«, fuhr Williams fort, »sollten wir vielleicht feiern.«

»Wir? Sie meinen Sie und ich?«

»Nun, ich würde auch Patrick einladen, aber ich glaube nicht, daß er kommt.«

Nina bemerkte, daß ihr Gesicht glühte. Und sie wußte, was das bedeutete. Nimm dich zusammen, sagte sie sich. Gerade hatte sie sich entschlossen, vorsichtiger zu sein. Ganz sicher sollte sie sich mit diesem Typen nicht einlassen. Nicht, wenn sie nach Heiratskandidaten Ausschau hielt. Williams war ein Bulle, über fünfzig und hatte ihr bereits gestanden, daß er sich als Geschiedener wohl fühlte. Andererseits hatten seine Frau und seine Tochter Juden geheiratet. Vielleicht war er der nächste. Bevor sie sich zurückhalten konnte, sah sie sich bereits mit einem hübschen Mischlingskind mit goldbrauner Haut und schwarzem Lockenkopf herumtollen.

»Ja«, sagte sie. »Lassen Sie uns feiern. Wir machen irgendwas Nettes.«

»Aber keine Wanderungen.«

»Nein, ich glaube, die Wandersaison ist vorbei. Für mich sowieso. Wir machen irgendwas in geschlossenen Räumen.« Zu anzüglich, ging es ihr durch den Kopf. Reine Flirterei. Soviel zur Kontrolle spontaner Regungen. Aber was zum Teufel bedeutete das schon. Gerade hatte sie festgestellt, daß sie dazu verdammt war, ihr Leben als praktizierende Heterosexuelle zu verbringen. Und wie es schon in dem alten Witz hieß, konnte sie schließlich so lange weiterüben, bis sie es richtig hinkriegte.